JN095656

もう君を逃さない。

Mitsuki & Rihito

綾瀬麻結

Mayu Ayase

エタニティ文庫

目次

もう君を逃さない。

第一章

豪奢《ごうしゃ》なクリスタルシャンデリアが光り輝くホテルの会場。そこでは、色鮮やかなカクテルドレスをまとった女性たちやスーツを着た男性たちが、シャンパングラスを片手に談笑していた。

今日の新年パーティの主催は、アパレル業界で財をなした磯山《いそやま》グループ。招待客たちは、誰もがこの催《もよお》しを楽しんでいる。上質な赤色のベルベットカーテンが引かれた壁際で身を縮こまらせる、芦名《あしな》美月《みつき》以外は。

本来なら大学も卒業していない二十一歳の小娘が、このような華やかなパーティに出席できるはずもない。

美月がここにいる理由は、ただ一つ。これまで男手一つで美月を育ててくれた父が、昨年の秋に磯山グループの社長令嬢と再婚したためだ。

美月は父の再婚に大賛成だった。中学生の時に母が他界して以降、父は美月が寂しさを感じないよう、ずっと子育て第一で頑張ってきてくれた。

そんな父が、ようやく心を開ける女性に出会えたのだ。反対する理由などない。これからは、また別の幸せを紡いでいってほしいと願っている。

義母になった女性も再婚で、前夫との間に二人の子どもがいる。義母は、彼ら実子と分け隔《へだ》てなく美月にも愛情を注いでくれるぐらい、心優しい女性だ。〝美月ちゃんにも慣れてほしいの〟と新年パーティへの出席を懇願《こんがん》してきたのも、家族の絆《きずな》をさらに深めたいという気持ちがあったからだろう。

美月の義兄妹となったのは、将来磯山グループを継ぐ二十六歳の倉崎宗介《くらさきそうすけ》と、美月と同い年で大学四年生の倉崎愛菜《まな》。

再婚にあたり、義母は美月たち芦名の籍に入ったが、義兄妹は父方の倉崎の籍に残った。

義兄は父に〝私と妹は、お義父さんの籍に入りません。私たちはあくまで倉崎家の人間だからです。また美月さんは私にとっては義妹、愛菜にとっては生まれ月の関係で同年でも義姉になりますが、私たちは、一個人として付き合わせていただきます。ただ、縁あって家族になったのだから、美月さんを気遣うとお約束いたします〟と宣言した。

そして美月にも〝俺のことを義兄《あに》とは呼ばないでほしい。俺たちは皆既に成人している。今更兄妹ごっこもないだろう？〟と釘を刺したのだ。

父は宗介の意見を尊重し〝私たちは家族だ〟と言って握手を交わした。そして美月には、義母に心配をかけないためにも、新しい家族を第一に考えてほしいと伝えたのだ。

こうした流れはあったが、確かに宗介は、美月を気遣ってくれている。でもそれは、どちらかというと彼女が磯山家に迷惑をかけないかどうか見張っているといった態度だ。

美月は夫婦で招待客に挨拶《あいさつ》する父たちを眺めたあと、堂々とした所作で動き回る義兄妹に視線を移した。

義兄妹は生まれた時から華やかな世界で生きてきたので、気後《きおく》れせずにいろいろな人と会話を楽しんでいる。

しかし、美月は違う。一般家庭で生まれた美月が、彼らと同じ振る舞いなどできるはずがない。上流階級者が集《つど》うパーティに参加すること自体初めてだし、マナーすら知らないのだから……。

そんな美月にできるのは、家族に迷惑をかけないために目立たずにいるだけだった。だからこそ誰の目にも留まらないように縮こまり、ひたすら手元のカクテルグラスに視線を落としている。

その時、すらりと伸びる綺麗な生脚が美月の視界に入った。それは目の前でぴたりと立ち止まる。

「美月ちゃん、こんな端っこで何をしてるの？　しかも一人で……」

鈴を転がすような声が響き、美月はゆっくり顔を上げる。

そこには緩やかに巻いた長い髪を結い上げ、華やかな薄紫のオフショルダードレスを身に纏《まと》った美しい義妹がいた。

「愛菜ちゃん」

愛菜は微笑みながら美月に手を伸ばし、義母が見立ててくれたシャンパン色のレースチュールカクテルドレスに指を這《は》わせる。

「このドレス、絶対にあたしの方が似合うのに、ママったら〝美月ちゃんが着たら大人っぽく見える〟とか言って譲ってくれないんだもの。本当にムカつく！」

愛菜は美月に対して、必ずこういう険のある物言いをする。義理の姉妹として美月と仲良くする気などないと、態度で堂々と示すのだ。

美月は怯《ひる》みそうになるのをぐっと堪《こら》え、愛菜の感情を逆撫でしないように用心しつつ口を開く。

「このドレス、愛菜ちゃんが気に入ってたのね。気付かなくてごめんなさい。今回はわたしが着てしまったけど、これからは愛菜ちゃんが使ってくれたら――」

「あたし、誰かのお下がりって嫌いなの。特に……美月ちゃんのはね！」

美月に朗《ほが》らかな表情を向けてはいるが、愛菜の瞳には冷たい光が宿っている。彼女から発せられる怒気に思わず身震いすると、彼女は美月の強張った頬を指先で軽くなぞった。

「あっ、埃《ほこり》がついてる」

そう囁《ささや》いた愛菜が手を伸ばし、ふんわりと結われた美月の黒髪に触れる。その手が引かれた際、美月の頭皮に鋭い痛みが走った。

「……っ！」

顔をしかめる美月に、愛菜が申し訳なさそうな態度を取る。一方、彼女の口角は楽しげに上がった。

「やだ、ごめんなさい。埃《ほこり》を取ろうと思っただけなのに、爪に髪の毛が引っ掛かっちゃった」

ほんの数本ならまだしも、かなりの量の毛束が引き抜かれていた。鏡で確認しなくても、セットしてもらった髪形が崩れているのがわかる。

酷い嫌がらせを受け、美月の目の奥にちくちくと刺すような刺激が走った。

どうしてこんな真似をするのだろう。仲良くとまではいかなくても、父や義母のためにも、普通に付き合いたいのに……

「どうした？　いったい何をしている？」

その時、相手の心を瞬時に凍らせる冷たい声が響き、美月は恐怖で震え上がった。

「お兄ちゃん！」

愛菜は隣に立つ宗介を見るなり、彼の腕に手をかけて甘える。そんな妹が可愛くて仕方がないと言わんばかりに、彼も目を細めて愛菜を見下ろした。

女性の目を惹き付ける端整な顔立ちと、男性的な魅力のあふれるしなやかな体躯。

磯山グループの跡取りとして本社の経営企画部で働く宗介は、つい先ほどまで社長である祖父の傍《かたわ》らにいた。おそらく愛菜が美月の傍に立つ姿を見て、心配して飛んできたのだろう。

二人の実父が事故で亡くなって以来、宗介は父の代わりにずっと妹を守ってきたという。そういう事情もあり、彼は妹の愛菜をことさら大切にしていた。今も彼女に対する愛情が躯《からだ》中から満ちあふれている。だが、美月に顔を向けた途端、宗介の雰囲気は一変した。美月を見る目には、冷淡な色が宿っている。

「なんてだらしない格好をしているんだ。さっさと化粧室へ行って、身なりを整えてきなさい。それぐらいの判断もできないのか？」

「お兄ちゃん、美月ちゃんに優しくしてあげて。こういう場に慣れてないんだから仕方ないわ。おじさまがママと再婚しなければ、あたしたちの世界に足を踏み入れることもなかったんだし」

「だが美月が家族になり、磯山家と繋《つな》がりができたのは事実。名字が違うから俺たちと兄妹だと気付かない人もいるが、何かあった時のために慎重に行動してもらわないと。……わかるね？」

「はい、お義兄《にい》――」

美月がそう言った瞬間、宗介からじろりと睨《にら》まれる。兄妹ごっこをするつもりはないと宣言したのを忘れたのかと言わんばかりだ。

「そ、宗介さん」

言い直すと、愛菜はにやりと口角を上げ、宗介は満足げに頷いた。二人はそれ以上何も言わずに背を向け、さっさと去っていく。

一人になると、美月の視界はみるみるうちにボヤけ始めた。

今は泣いてはダメ。父に会った時に理由を訊《き》かれでもしたら、何も答えられない！

零《こぼ》れそうになる涙を指の腹で拭《ぬぐ》った美月は、俯《うつむ》いたまま早足で出入り口へ向かう。

誰の目にも留まらないよう乱れた髪を手で隠し、シャンパングラスを持つ指に力を込めた。

あっ、グラスを返却しないと――と、慌てて方向転換する。でも、それがいけなかった。不意に現れた男性に気付けず、勢いよくその人にぶつかってしまったのだ。

「きゃあっ！」

グラスの中のシャンパンが勢いよく撥《は》ね、男性の胸元にかかる。

その粗相《そそう》に、美月の顔から一瞬にして血の気が引いていった。

「す、すみません！　すぐに……痛《いた》っ！」

慌てて離れようとするものの、頭皮に痛みが走って止まる。先ほど愛菜に乱された髪が、男性の衿《えり》に留められた記章に絡まっていた。とんでもない失態続きに、羞恥《しゅうち》で美月の頬がカーッと上気していく。

「嘘、どうしよう……」

焦れば焦るほど髪の毛は絡まり、時間だけが過ぎていく。同時に男性のスーツの染みも広がっていった。申し訳なさと自分への苛立ちがまざり合い、美月の感情はもうぐちゃぐちゃだ。

「すみません、本当にすみません」

「大丈夫だよ。落ち着いて」

謝ることしかできない美月の腰に、男性が腕を回してきた。

突然の出来事に、美月は大きく息を呑む。こんな風に男性と接触した経験がないせいで、どう対応すればいいのかわからない。

パニックになった美月に、男性は気付かない。慣れた仕草で彼女のグラスを取り上げた。

「あっ！」

驚きのあまり声を上げると、男性が美月を安心させるように微笑んだ。

「こういう時は、一つずつ解決していけばいいんだよ。俺に触れられて気まずいかもしれないけど、君の髪を引きちぎってしまわないためにも、少し協力してくれるかな?」

「あ、はい……」

「ここだと皆の注目を浴びてしまう、壁際に寄ろう。さあ、体重をかけていいから俺に合わせて歩いて」

互いの距離が離れないよう、男性は美月の腰をしっかり抱いたまま歩き出す。その近さに緊張感が極限まで高まったが、なんとか無事に壁際までたどり着けた。

ホッとしたのも束の間、今度は男性が美月の頭を掻き抱き自分の胸元へ引き寄せる。先ほどよりも一段と濃厚な密着に、美月の心臓が早鐘を打ち始めた。

「このままでいて。髪の毛が緩んでいる方が、記章を外しやすいから……と、よし、取れた!」

取れたと聞いて、美月は男性の胸を押して距離を取ろうとしたが、途中でぴたりと止める。手のひらに伝わる濡《ぬ》れたシャツの感触で、現実に引き戻されたからだ。

このようなパーティで粗相をしてしまった場合、どういう振る舞いをするのが正しいのか、見当もつかない。しかし美月は、考えるよりも先に動き出していた。クラッチバッグからハンカチを取り出して、スーツに染《し》みたシャンパンを拭《ぬぐ》う。

「わたし……本当にすみませんでした」

「君はずっと謝っているね。俺は気にしてないよ。それに俺もぼんやりしてて悪かったし。だけど、そうやって心配してもらえるのは嬉しいな。とはいえ、君に恐縮させてばかりでは申し訳ないから、これ以上謝らないでほしい。いいね。君の謝罪はもう受け入れたんだ」

「……はい」

美月が素直に返事をすると、男性はふっと笑い、ハンカチを持つ彼女の手に触れた。

「借りるね」

かすかに震える美月の手からハンカチを取った男性は、自分でシャツの染《し》みを軽く拭き始める。

「ところで、君はどういう事情でこのパーティに？　社会人には……見えないけど」

マナーがなっていないと暗に咎《とが》められた気がして、美月は口籠《くちご》もってしまう。でも、これ以上失礼な真似をしたくない。勇気を出して、背の高い男性を仰ぎ見た。

「おっしゃるとおり、わたしはまだ大学生です。でも、今春には卒業して社会人になります」

「大学四年か……。じゃ、今が一番楽しい時だね。いや、卒論の時期と重なって忙しいのかな」

男性は目を細めて、まるで美月が後輩であるかのように優しく接してきた。

この時、美月は初めて男性の顔をまじまじと眺めた。

　宗介と同じく背が高く、顔立ちも整っている。ただ義兄と違い、彼は男性としての支配力を前面に出すタイプではなく、恋愛映画などで主役を務める俳優に似た爽《さわ》やかさがあった。

　綺麗な目元、真っすぐな鼻梁《びりょう》、そして相手に柔らかな印象を与える唇。どれをとっても、本当に素敵な男性だ。

　パーティという場所柄か、整髪料で後ろに撫で付けている髪形はやや威圧的に見えなくもない。だが、有り余る色気がそれを打ち消していた。

　次の瞬間、男性と視線が絡まった。ぶしつけに彼を観察してしまった自分が恥ずかしくなり、美月はそっと俯《うつむ》く。

「えっと……はい。でも今は、卒業が待ち遠しいです。早く実家から独り立ちしたいので」

「しっかりしてるんだね。学生の君がこのパーティに出席してるのは、磯山グループに就職が決まっている……ということ？」

「いいえ。わたしが招待されたのは、磯山グループで働く父が――」

　と、そこまで答えた時、誰かに呼ばれたのか、目の前の男性が急に後ろを振り返った。

　美月がつられるように意識を向けると、彼の肩越しにこちらを不機嫌そうに注視する義兄と目が合う。かなり距離があるにもかかわらず、未《いま》だに会場に残っている美月をよく思っていないのがひしひしと伝わってきた。

「今、行く！　あっ、君は——」

知り合いに返事をした男性が、すぐに美月に意識を戻して何かを言いかける。だが、美月はそれを遮《さえぎ》るように一歩下がり、彼と距離を取った。

「どうぞ行ってください。あの、お話ができて楽しかったです。……失礼します」

会釈《えしゃく》すると、美月は小走りで男性の横を通り過ぎる。

「待って、君！」

男性の呼びかけにも振り返らず、美月はパーティ会場を出て化粧室に飛び込んだ。そこで鏡に映る無様《ぶざま》な自分の姿を見るなり、思わず手で顔を覆《おお》う。

義妹に乱された髪が酷い有様になっている。こんな姿であの素敵な男性の前に立っていたかと思うと、恥ずかしくて堪《たま》らなかった。

美月は、愛菜のようにその場に佇《たたず》んでいるだけで男性を魅了できるほど美しい容姿ではない。義兄妹となった二人とは比べものにならないほど平凡な外見は、誰の目にも留まらない。特に今日のパーティでは、それが如実に顕《あらわ》れていた。なのに、あの男性はそんな美月に最後まで親切にしてくれたのだ。

「あんなに素敵な人とは、もう二度と出会えないよね……」

少し寂しさは覚えるが、それが美月の人生。今の自分を受け入れて前に進まなければ……

美月は落ち込みかけた気持ちを奮《ふる》い立たせ、ピンを使って乱れた髪を整えた。

再びパーティ会場へ戻ると、早速宗介に見つかり説教が始まる。解放されたそのあとも、美月はずっと一人で過ごした。予想したとおり、あの男性と再び会うことはなかった。

＊＊＊

――数週間後。

「あっ、雪……」

宮本誠一《みやもとせいいち》建築事務所でアルバイト中の美月の視界に、ちらちらと舞う小雪が映る。

今日は冷え込みが強い。午後には雨が雪に変わるかもしれないという天気予報は見事的中したようだ。しかも近々大寒波が日本列島を覆《おお》うとかで、全国各地で大雪になる恐れがあるらしい。

先日も大雪で交通網が麻痺《まひ》したのに、来週もまた雪で大変なことになるのだろうか。

美月は作業の手を止め、立ち上がって窓際に近寄った。

「良かった、積もる雪じゃなさそう」

地面に落ちた雪が間を置かずに溶けていく。その光景に安心した美月は、再びデスクに戻って作業を始めた。

美月は、大学入学時から、ここでアルバイトをしている。

最初は主に事務作業の補助を行《おこな》っていたが、しばらくして所長の宮本から建築模型の製作に携《たずさ》わってみないかと誘われた。挑戦してみると、たちまちその魅力に取り憑《つ》かれ、建築模型士の資格を取得。卒業後は、正式に入所することが決まっている。

工房に籠もっての作業がほとんどのため、多少は孤独を感じなくもないが、美月に不満はなかった。クライアントの喜ぶ姿を見られるように、全力を尽くすだけだ。

「さあ、午後も頑張らないとね！　岩城《いわしろ》さんもそろそろ出先から戻ってくるし」

建築模型士の岩城に指示された作業に戻った時、ドアをノックする音が聞こえた。

「芦名さん、ちょっといいかな？」

ドアの傍には、所長の宮本が立っていた。外を指でさす彼に、美月は即座に「はい」と返事をして、工房を出る。そして彼のあとに続き、所長室へ入った。

「今の進捗《しんちょく》はどうなってる？」

「岩城さんが作成されたスケジュールどおりに進んでいます」

美月は普段と変わらない態度を装《よそお》いつつも、実際は宮本の動きに戸惑っていた。彼が美月を見もせずにキャビネットから分厚いファイルを取り出し、それを旅行バッグに詰めていくからだ。

「そうか。それなら芦名さんに頼んでも大丈夫かな。バイトとはいえ働いて四年だし、君はもううちの即戦力になれる」

「あの、おっしゃってる意味が――」

「ああ、悪かった」

くるっと振り返り、ようやく美月を見た宮本が決まり悪そうに苦笑した。

「小野塚《おのづか》氏の家に行って、私が指定する資料をまとめてきてくれないかな?」

「えっ?　小野塚氏って……あの、世界で活躍されている有名建築家の?」

「そうだよ、私が尊敬する建築家の一人だ」

建築事務所に勤める者なら誰でも知っている名前に、言葉を失う。すると、そうなるのもわかると言いたげに、宮本は何度も頷いた。

「小野塚氏は、自宅に貴重な書物を所蔵している。今度のコンペで参考にしたいと思って、それを見せてもらえないかと打診していたんだ。それで無理を言って七日間予定を空《あ》けてもらったのに、私にどうしても外せない出張が入ってしまった」

これから出発するのか、先ほどファイルを詰めた旅行バッグとスーツケースを宮本は身振りで示す。

確かに出張では仕方がない。だが、資料作成も大事な仕事だ。日程をずらしてでも、宮本が自分で取り組むのがいいのではないだろうか。

「所長が出張から戻ってきてから伺うのでは、ダメなんですか？」

「それも考えたよ。だけど私が戻る頃には、小野塚氏は海外出張で日本を離れている。都合がつくのは今しかないんだ。それで芦名さんに声をかけさせてもらった」

宮本はデスクの上にある封筒を取り、美月に差し出す。

「調べてほしい内容はリストにまとめてある。自分用に書き記したものだが、芦名さんにもわかると思う。どう？　引き受けてくれるかな？」

美月は封筒を受け取りつつも、やはり正式な所員でもない自分が行っていいものなのかと不安に襲われた。そんな迷いを感じ取ったのか、宮本が美月を安心させるように頬を緩める。

「今回の仕事は大変かもしれない。でも、きっとそれだけではないから安心して」

「どういう意味ですか？」

「小野塚氏が今まで手がけた建築物の模型が、彼の家にいくつか置いてある」

「えっ？　模型が置いてあるんですか!?」

目を輝かせる美月に、宮本がぷっと噴き出した。あまりにも美月の食いつきが良かったからだろう。

肩を揺らして笑う宮本は、恥ずかしさで縮《ちぢ》こまる美月を見て、少しずつ笑い声を収めた。

「小野塚氏には私から、うちの建築模型士が代わりに伺う旨《むね》を知らせておく。休憩時間を利用して模型を見せてもらうといい。きっと芦名さんのためにもなる」

「ありがとうございます！　では、所長のお役に立てるよう頑張ってきます！」

美月が応じると、宮本は詳細なスケジュールを話してくれた。

明日から土日を除いた七日間、美月は小野塚邸へ通う。時間は十三時から十八時まで。小野塚が不在にしていても、夫人か家政婦は必ずいるので気にせず訪れていいとのことだった。

「芦名さんは、現在週四でバイトに入ってくれてるけど、その日以外も出てこられそう？　単位や卒論は大丈夫？」

「はい、大丈夫です。何かあっても、午後には小野塚邸に向かいます」

「よし、それならしっかり調べてきてくれ。よろしく頼む」

宮本はそう言うと、用意したバッグを手にした。美月は先回りしてドアを開け、彼と一緒に事務所の外へ出る。

「じゃ、行ってくる。芦名さんも頑張ってきて」

美月が頷くのを見てから、宮本は待たせていたタクシーに乗り込んだ。

その後、美月は工房に戻り、宮本から受け取った封筒を開ける。中に入っていた書類に目を通すと、どの資料を探せばいいのか箇条書きされており、何をまとめたいのかという目的も細分化してあった。

　この業界にまだそこまで詳しくない美月でも、宮本の求める内容が手に取るようにわかる。

　自分なりに頑張ってみようと覚悟を決め、美月は再び岩城に任された仕事に戻った。


　──翌日。

　午前中は大学に顔を出したが、午後は小野塚邸へ赴《おもむ》くため早々に出た。電車とバスを乗り継ぎ、高台の新興住宅地にある停留所で降りる。

　肌を刺す冷たい風に、美月は身震いした。マフラーをきつく巻いても、寒さからは逃れられない。手袋をしていない手を擦《こす》り合わせたり吐息で温めたりしながら、周囲を見回した。

　先日の大雪の名残《なごり》が、道路の隅や街路樹の根元に見える。日陰だからなのかもしれないが、都心はここまで雪が残っていない。溶けずに硬い氷となっているのは、ここの気温が都心よりも低いせいだろう。

「これからは、もう少し着込まないと」

　風邪を引いて寝込みでもしたら、義兄や義妹に何を言われるか……

義兄妹間で波風を立てずに過ごすには、美月が彼らから叱責されないようにすることが大事だ。

それを再び自分に言い聞かせ、美月は携帯の地図で確認しながら坂を上がり、立派な門構えの前で止まった。

「……ここなの!?」

明治時代の洋館を彷彿《ほうふつ》とさせる大きな邸宅に、美月は圧倒されてしまう。

美月が現在家族と住んでいる、磯山グループの社長が用意してくれた家も充分大きいが、目の前の邸宅はそれ以上だ。

気圧《けお》されそうになりつつも、美月は勇気を出してインターホンを押した。

『はい』

「宮本誠一建築事務所から来ました、芦名と申します。小野塚さまとお約束をさせていただいておりますが、ご在宅でしょうか」

『伺っております。どうぞ中へお進みください』

自動で門が開いたので、美月は敷地に入り階段を上がった。目の前に広がる手入れの行き届いた庭園も素敵だが、それよりも両翼を広げたような形の豪壮な邸宅に目が吸い寄せられる。

その時、玄関のドアが開いた。

我に返った美月は背筋を伸ばし、小走りでそちらへ向かう。五十代ぐらいの恰幅《かっぷく》のよい女性が、美月を見るなり穏やかな笑みを浮かべた。

「私は家政婦の岡島《おかじま》と申します。旦那さまは書斎にいらっしゃいますので、ご案内いたしますね」

「芦名です。どうぞよろしくお願いいたします」

岡島に続いて屋敷に足を踏み入れる。外観に似合う洋風の内装に、美月はまたも目が釘付けになる。

床には幾何学《きかがく》模様の色鮮やかな絨毯《じゅうたん》が敷かれ、玄関には細かな彫り細工が施《ほどこ》された花瓶に大輪の薔薇《ばら》が生けられている。ゴブラン織りの生地で作られた豪奢《ごうしゃ》な椅子も置いてあった。

物の価値がわからない美月にも、そこにある全ての品が高価だろうことは理解できる。絨毯《じゅうたん》に足を引っ掛けて転ばないようにしなければ……。

美月は緊張の面持ちでブーツを脱ぎ、自由に使っていいと言われたワードローブにコートとマフラーを掛けた。

「書斎はこちら側の棟《むね》でございます」

岡島がとあるドアの前で足を止めると、美月もそれにならった。

「旦那さま、宮本誠一建築事務所より芦名さまがいらっしゃいました」

「お通しして」

岡島がドアを開け、どうぞと手振りで室内を示す。美月は彼女に会釈《えしゃく》して、書斎に足を踏み入れた。

「はじめまして、芦名と申します。宮本の代わりに、こちらに通わせていただきます」

「ああ、聞いているよ」

書斎のデスクの横に立ち、何かの本を手にしている人物こそ、世界で活躍する有名建築家の小野塚だ。年齢は六十代に入ったばかりだと聞いているが、スラックスにセーターというラフな格好で、五十代の宮本より年下に見える。彼と違って髪の毛が黒々としており、肌艶《はだつや》もいい。精力的に海外へ赴《おもむ》いて仕事をしているのが若さの秘訣なのだろうか。

そんなことを考えながら小野塚を見つめる美月に、彼はおかしそうにクスッと笑った。

あれ？　この笑い方、どこかで見た気が……

記憶を探るようにほんの少し小首を傾げている間に、小野塚が手の中の本を閉じてデスクに置いた。

「宮本くんは、面白そうな子を雇っているんだね」

「えっ？」

「この業界では、何事にも物怖じせず、鋭い観察眼を持った子が役に立つ。ほんの些細《ささい》なミスも許されないからね。だが――」

小野塚は数歩美月に近づくと、彼女の頭のてっぺんから爪先《つまさき》までをまじまじと眺めた。そして残念そうに顔をしかめる。

「芦名さんは、もっと本当の自分を前面に出した方がいいね。どこか抑圧された雰囲気を身に纏《まと》っている。周囲に迷惑をかけるぐらいなら、自分が我慢すればいい……とか思ってない？」

小野塚の言葉に、美月はドキッとした。心当たりは特にないのに、核心を突かれた気がしたためだ。

思わず身構えた時、小野塚がふっと頬を緩めた。

「悪いね。仕事柄、相手の性格や感情を見極めようとする癖がついてしまって。でもそのお陰で、誰とでも実のある議論ができるんだと思う。私はね、自分と関わる人にもそうあってほしいんだ。だから芦名さんも、私と話す時は遠慮なく感情をぶつけてくれていいんだからね」

小野塚がどこに話を持っていこうとしているのか、よくわからない。けれど彼の柔らかい物腰に、美月の躯《からだ》からも自然と力が抜けていった。

美月は改めて小野塚に頭を下げる。

「これからどうぞよろしくお願いいたします」

「うん、楽しくやっていこうね。さてと、宮本くんから受け取った書類を見せてくれる?」

美月はバッグからファイルを取り出し、調べる資料が箇条書きにされた用紙を手渡す。小野塚はそれに目を走らせると「なるほどね」と呟き、用紙を美月に返した。

「見たところ、必要なものは隣室の書庫と書斎のキャビネットにある。おいで、案内しよう」

小野塚は、隣室に続くドアの前でセキュリティパネルを操作する。

「ここを開けられるのは家族だけなんだ。私がいない時は、妻に解除を頼んでほしい。でも妻も仕事をしているから、いない日もあると思う。だから書庫には、なるべく私がいる時に入ってほしい」

「わかりました」

書庫では、目当ての蔵書がどのあたりにあるのか、だいたいの位置を教えてもらった。まず一冊見つけ、それを手にして書斎に戻る。

するとそこには、岡島の他に、四十代ぐらいのとても素敵な女性がいた。彼女は小野塚を見るなり艶然《えんぜん》とした面持ちで彼に近寄る。彼もまた笑顔で両腕を広げて、女性を迎え入れた。

「ああ、帰っていたんだね。芦名さん、彼女は私の妻だ。都内でネイルサロンを経営している」

こんなに若い人が奥さま？　しかも会社の経営者!?

目の前に立つすらりとした女性は、ロング丈のニットワンピースに真珠《しんじゅ》のネックレスを身に着け、髪を緩やかにアップにしていた。

洗練された仕草の女性を眺める美月に、小野塚夫人が優しげに微笑んだ。

「はじめまして。あなたが芦名さんなのね。女性が来ると聞いて、楽しみにしていたの！」

「おいおい、芦名さんは遊びに来たんじゃないんだよ。仕事で来たんだ」

「わかってるわ。でも、この家に若い子が来てくれて嬉しいの。息子たちは全員独り立ちしちゃって、まったく家に寄りつかないし」

「私は妻と二人だけの生活に満足しているのに、君は違うのかい？」

目の前で繰り広げられる仲睦《なかむつ》まじいやり取りに面食らっていると、岡島が美月に顔を寄せ、そっと「お二人は海外で過ごされることが多いので、あまり人目を気にされません。慣れてくださいね」と耳打ちしてきた。

美月が素敵な夫婦の姿を見つめながら頷いた時、小野塚が岡島の名を呼んだ。

「芦名さんが集中して作業できるように、理人《りひと》が使っていた書斎に案内してあげてくれないかな。芦名さん、そこで自由に仕事してくれ。何かあったら岡島さんに言ってくれればいい。彼女は君の望みどおりに動いてくれるだろう。あと……私の書斎にはいつでも入ってきていいからね」

「ありがとうございます」

「では、ご案内いたしますね」

美月に声をかけた岡島は笑いを堪《こら》えきれない様子で、手で口元を隠している。

その後、書斎から少し離れたところで、ようやく岡島が口を開いた。

「お二人は本当に仲がよろしいんです。もうこちらが赤面してしまうぐらいの仲の良さで……。ああいう風にわたしたちを追い出されたのは、まあ、いろいろとね」

岡島が濁《にご》した言葉で、これから室内で何が起こるのかを想像した美月は真っ赤になったが、それを上回る勢いで羨望《せんぼう》が生まれる。

「年齢を重ねた今でも愛し愛される関係って、とても素晴らしいですね。わたしにはそういう特別な人がいないので」

「芦名さんはまだ大学生でしょう？　大丈夫、これから素敵な人と出会えますよ。あっ、こちらです」

ドアを開ける岡島に続いて室内に入った。

小野塚の書斎と同じく大きなデスクと座り心地の良さそうな椅子、そして製図用に特化されたドラフターがあった。

「こちらは、長男の理人さまの書斎です。既に家を出られていますので、今はどなたも使っておりません。ご自由にお過ごしください。では、のちほどまた伺います」

岡島が出ていくと、美月はホッと息をついて部屋を見回す。

誰も使っていないという割に、室内はとても綺麗だ。建築関係の本が詰まったキャビネットとデスクに指を滑《すべ》らせるが、埃《ほこり》はない。

「息子さんがいつ帰ってきてもいいように、きちんと掃除されているのね」

家族を大事にしていることが伝わってくる。

「本当に羨《うらや》ましいな……」

美月は自分の家族と比較してしまい、物悲しい気分になった。しかし、頭を振ってそれを吹き飛ばし、椅子に腰を下ろす。

資料をまとめられるのは七日間しかない。集中して取り組まなければ、宮本の期待を裏切る結果になる。それだけは絶対にしたくない。

気持ちを切り換えた美月は、リストにある書物を探したり、建物の図面をカメラで撮《と》ったりしていく。

勝手が違うので、小野塚邸での仕事は大変だった。そんな美月をリラックスさせようと思ったのか、休憩時間には小野塚が顔を出し、世界各地の建築物の話をしてくれる。

それはとても興味深く、美月は熱心に聞き入った。

別の日には、小野塚夫人や岡島と女子トークを繰り広げ、盛り上がりもした。

そうして小野塚邸に通うのも四日目になると、美月の足取りは自然と軽くなっていた。

「今日もよろしくお願いします」

美月は朗《ほが》らかに挨拶《あいさつ》するが、この日に限って岡島が申し訳なさそうな表情を浮かべる。

「芦名さま、実は旦那さまは急用で外出しておりまして。ですが、奥さまはいらっしゃいますので、いつもどおり書斎を使ってほしいとのことでした」

「ありがとうございます」

美月は笑顔で返事をして、書斎へ向かおうとする。その時、ちょうど小野塚夫人が階段を駆け下りてきたので足を止める。

「芦名さん、いらっしゃい！　あのね、私これから会社に行かなければならないの。悪いんだけど、書庫にある本が必要なら、今出してもらえるかな？」

「あっ、はい。わかりました！」

美月は小野塚夫人と一緒に書庫へ行き、今日取り組もうと考えていた本を手にする。

「芦名さんが帰宅するまでには戻るつもりよ。でも、もし間に合わなかったら、それは岡島さんに渡してくれる？」

「わかりました」

そうして小野塚夫人は「じゃ、行ってくるわ！」と元気よく手を振り、急いで出ていった。

美月は書斎へ行き、作業に取りかかる。しかし、明治時代の建物についてまとめられた本を目にした途端、仕事そっちのけで読み耽《ふけ》ってしまった。

次のコンペでは、この路線でいきたいという宮本の胸の内がとてもわかる。

いつの日か、わたしも西洋の建物の模型に取り組んでみたいな――そんなことを思っていると、不意に宮本から聞いた話が美月の頭を過《よぎ》った。

小野塚邸には、小野塚が設計した建築物の模型があるということを……

「この仕事が終わったら見せてください、って頼まないと。うん！」

美月は気合を入れ直して、仕事に戻る。

途中、岡島から小野塚夫人の忘れ物を届けに行くと声をかけられた。美月だけになった洋館内は静まり返り、空調の音とキーボードを打つ音のみが響く。

「うーん！」

一時間ほど経った頃、一息入れようと岡島が用意してくれたコーヒーに手を伸ばした。しかし、気付かない間に飲み干していたようだ。カップだけでなく小さなポットも空《から》っぽになっている。

岡島は不在だが、キッチンにはいつでも入っていいと言われていたため、美月はポットを掴んで廊下に出た。

その時、窓の向こう側で何か黒いものが動いたのが目の端に映る。何気なく顔を向けると、そこにはアプローチを歩く黒ずくめの男性がいた。

男性はダウンジャケットにジーンズというラフな格好で、どう見てもセールスマンには見えない。

もしかして、泥棒⁉

そう思った瞬間、恐怖で美月の躯《からだ》が凍り付く。

今、小野塚邸にいるのは美月だけ。即座に書斎に取って返し、携帯から警察に連絡するべきだと思ったが、恐ろしさのせいで足がまったく動かない。

そうしている間に、玄関のドアが開く。

「……っ！」

美月は声にならない悲鳴を呑み込み、身を隠すようにしゃがみ込んだ。耳を澄ますと、足音が近づいてくるのがわかる。

ひょっとして小野塚が所蔵している貴重な本が目当てなのだろうか。

「ま、守らないと……！」

美月は武器にならなそうな小さなポットを置いて立ち上がり、数歩離れたコンソールテーブルにある重たそうな花瓶を両手で持った。

徐々に大きくなる足音に合わせて、心音が耳元で鳴り響く。恐怖に我を忘れそうになるが、それを必死に耐えて廊下の曲がり角に身を隠した。

緊迫した状況に、美月の息遣いが浅くなってしまう。その呼吸音が泥棒に聞こえやしないかと不安に駆られて、今度は息が詰まりそうになる。

ああ、こんなの耐えらない！

下肢がわなわなと震え、花瓶の水がぴちゃぴちゃと揺れ始めた頃、衣服の擦《す》れる音が響いてきた。泥棒が近くまできたのだ。

呼吸が止まりそうになるのを感じたが、美月はそれを無視して花瓶を頭上へ持ち上げる。そしてダウンジャケットが目に入った刹那《せつな》、一気に振り下ろした。

「うわあぁぁっ!!」

泥棒の悲鳴に、美月の躯《からだ》に余計な力が入る。それがいけなかった。

花瓶を泥棒の頭に落として相手を気絶させるつもりだったのに、手が離れず、花と水をぶっかける形になってしまったのだ。

「あっ……」

作戦が見事に失敗し、愕然《がくぜん》となる。ずぶ濡《ぬ》れの泥棒を見つめる美月の手から力が抜け、花瓶が絨毯《じゅうたん》の上に転がった。

美月は唇を震わせて、花や水を乱暴に拭《ぬぐ》う相手を凝視する。しかしすぐに我に返り、身を翻《ひるがえ》して走り出した。

「おい、待て！」

泥棒に呼びかけられるが、美月はそれを無視し、何度も転びそうになりながら書斎に飛び込む。素早く鍵をかけようとしたところで、ドアを強く押された。

「きゃあぁ！」

後ろに倒れて尻餅をついた美月は、泥棒から身を守るものがないかと周囲を見回す。でも、何もない。

どうしよう、どうしよう！

焦りで歯がガチガチとぶつかる。舌に広がる血の味で唇を切ったのがわかったが、構っている余裕はない。美月はとにかく逃げなければと思った。なのに恐怖で躯《からだ》を動かせない。自分の弱さが悔しくて、瞼《まぶた》の裏が熱くなる。

堪《たま》らず手を握り締めた時、突然泥棒が目の前に片膝をついた。

何かされると想像した美月は、ぎゅっと固く目を瞑《つぶ》ってしまう。

「君……、もしかしてあのパーティにいた子？」

えっ？　今の声って……。

聞き覚えのある声音に、美月の心臓が痛いほど打った。同時に胸に火が灯り、温かいものが広がっていく。先ほどとはまた違う胸の高鳴りを覚えながら、美月はゆっくり顔を上げた。

そこにいたのは、磯山グループのパーティで出会ったあの男性だった。

「ど、どうして……あなたが？」

「それはこっちの台詞《せりふ》だよ。どうして君が俺の実家に？」

「実家？　……あの、泥棒じゃ？」

美月がそう言った途端、男性がぷっと噴き出した。こんなに楽しい間違いは初めてだと言わんばかりに笑い、濡《ぬ》れた髪を手で掻き上げる。

「自分の家に帰ってきて、泥棒に間違われるとは思ってもみなかった。そうか、俺たちは自己紹介がまだだったね。あの日、きちんと名乗り合っていたらこんな再会にならずに済んだのに」

男性はジーンズの後ろポケットから財布を取り出すと、美月の目の前に免許証を差し出した。

「俺は小野塚理人、二十九歳。父の事務所で一級建築士として働いている。あのパーティは、父の代理で出席していたんだ」

「小野塚さんの息子さん？」

免許証に〝小野塚理人〟と書いてあるのを見て、ようやく納得がいった。彼は泥棒ではなく小野塚の息子だから、簡単に家に入ってこられたのだ。

「……君は？　大学生なのは知っているけど」

数週間前にほんの少し会話を交わしただけなのに、自分を覚えてくれていたなんて……

泣きたくなるほどの嬉しさが胸に広がっていく。それを必死に堪《こら》えて、美月は免許証から顔を上げた。

「あの……わたしは、芦名美月と申します。宮本誠一建築事務所でバイトをしているんですが、今は宮本の代わりにこちらに毎日通って、必要なデータを取らせていただいてます」

「なるほど。それで俺の実家にいるんだね。でも、毎日？　そんなにバイトをしていたら、彼氏が怒らない？」

美月は頭を振って否定し、自嘲《じちょう》するように笑った。

「そういう人はいません。今まで男性に、特別な感情を抱いたことがなくて。それに——」

父と二人暮らしをしていた時は、美月が家事全般を担《にな》っていたため忙しかった。今は義兄妹の不興を買わないよう過ごすのに必死だ。

そんな状況下で、男性に対して特別な気持ちを抱く余裕などない。

そう思っていたのに、理人は違う。たった一回しか会っていないのに、彼を見ただけでこれまで感じたことのない想いが湧き起こってくる。胸の奥がむずむずするほどだ。

それは疼《うず》きになり、下腹部の深奥《しんおう》へと伝染していった。そこに熱が集中して妙な気怠《けだる》さすら覚える。なのに、何故かもっと感じていたいという衝動に駆られた。

これはいったいどういう感情なのだろうか。

美月は呼吸のリズムが少し速くなっていることに気付かないまま、柔らかな表情でこちらを窺《うかが》う理人を見つめた。

「そうなの？　俺は芦名さんが気になっていたのに。もちろん、今日の出会いにも心を惹かれてるけどね。俺たち、深い縁があるのかな。一度目はシャンパンをかけられ、二度目は花瓶の花と水をぶっかけられた」

「あっ！」

どうして忘れていたのだろう。理人はびしょ濡《ぬ》れになっているというのに……

「すみません！　本当に！」

バッグに入っているタオルを取ろうと腰を浮かしたところで、理人が美月の腕を掴んだ。

「あの日は髪の毛をアップにしていたからわからなかったけど、こんなにも長かったんだね。巻いた髪が女性らしくて、芦名さんに似合っている」

美月の長い髪を見て、理人が頬を緩める。かと思えば、今度は彼の目線が美月の唇に移動する。そして顎《あご》を指で掴んだ。

「小野塚さん？　あ、あの――」

「俺が怖がらせてしまったせいだ」

　そう言った次の瞬間、唇に理人の指が触れた。突然のことに美月は目を見張るが、彼は気にせず指を動かし始める。

「唇が傷ついている。俺が原因で……」

　思わず美月は唇を舐めた。もう血の味はしない。

「大丈夫です。血は止まっているので……あの、小野塚さん？」

　美月の呼びかけに、理人が息を長く吐き出した。そして上目遣いで美月と視線を合わせる。

「芦名さんが心配だよ。今のは無意識なものだとわかっているのに、君から目が離せない。庇護欲をくすぐられる」

「あ、あの……？」

　肌にまとわりつくようなしっとりとした口調に、美月の呼吸はどんどん浅くなる。血がゆっくりと沸き立ち、胸の奥が熱くなっていくのを止められない。

「どうしてかな。芦名さんと初めて会った時も感じたけど、今はあの日以上に、君に――」

　理人が何かを告げようとした瞬間、彼の背後で大きな物音がした。そちらへ目を向けると、口を手で覆《おお》った岡島が、目を丸くして美月たちを見つめている。

「理人さま、何をされているんです⁉　その方は、ど、泥棒ではありませんよ！　彼女はお仕事で旦那さまのもとに通われている、芦名さんです！」

岡島の悲鳴に似たかすれ声が書斎に響き渡る。すると、理人が笑いながら美月の手を取って立ち上がった。

「わかってるよ。どちらかというと、俺が泥棒と間違われてこのザマなんだけどね」

理人の濡《ぬ》れた髪とダウンジャケットに気付いた岡島が、口をあんぐりと開ける。

「俺は上で着替えてくる。岡島さんは、芦名さんと俺のお茶をここに持ってきてくれるかな？」

「承《うけたまわ》りました」

そうして書斎を出ていく理人と入れ替わりに、岡島が駆け寄ってくる。

「あの本当に大丈夫でしたか？　理人さまがご迷惑をおかけしませんでしたか？」

「はい。むしろわたしが彼を泥棒と間違えて、失礼な態度を取ってしまって……。実は、花瓶の中身をかけてしまったんです。……あっ、廊下が汚れたままに！」

「気になさらないでください。あとで私が片付けておきます。では、お茶を淹《い》れてきますね」

岡島は慌てふためく美月を安心させるように表情を和《やわ》らげたあと、退出した。

書斎に一人になるなり、美月は化粧ポーチから鏡を取り出して唇を確認した。

血は止まっているが、まるで虫に噛まれたみたいにぷっくりと膨らんでいる。

腫《は》れた唇にそっと触れると、理人にそこを優しく撫でられた感触が甦《よみがえ》った。彼の指を思い出すだけで、躯《からだ》の芯が熱くなり、焦《こ》げるような疼《うず》きが生まれる。

堪《たま》らず視線を上げた美月は、鏡に映った自分の顔を見て唖然とした。

「何、この表情……」

そこには、これまでに見たことのない自分がいた。瞳は潤《うる》んで輝き、頬は薔薇《ばら》色に染まっている。

美月は手の甲で口元を覆《おお》い、自《みずか》らの変化を感じながら瞼《まぶた》を閉じた。

それからしばらくして、岡島がコーヒーと軽食を手にして書斎に戻ってくる。そのタイミングを見計らったかのように、理人もドアを軽くノックして入ってきた。

新しい服に着替えて髪をワックスで整えた理人が、美月に微笑みかける。

これが普段の姿に違いない。パーティの際にしていた髪形も、大人の色気があって素敵だったけれど、今はその時とは違って親しみやすい雰囲気が漂《ただよ》っている。

春の陽だまりみたいに温かい……

「岡島さん、ありがとう」

「いいえ。ところで理人さま。芦名さんはお仕事で来られているんです。それをお忘れにならないでください」

「わかってるよ。さあ、出ていって」

岡島はドアを開けたまま書斎をあとにした。

二人きりになると、美月は理人に促《うなが》されてソファに座った。

「岡島さん、芦名さんのことが好きなんだね。君を俺から守ろうとして、仕事だって念を押してくるんだから」

岡島の気遣いを思い出して、自然と美月の頬が緩んだ。それを隠すように、コーヒーカップを口元へ持ち上げる。

「そうでしょうか。わたしを守るというより、むしろわたしが小野塚さんの優しさを勘違いしないか心配しているんだと思います。わたしが男性に慣れていないのを、岡島さんは知っていますから。あっ、安心してくださいね。間違っても自分のいいように解釈はしません」

「そんな風に、最初から決めつけないでほしいな」

「はい?」

訊《き》き返す美月に、理人はなんでもないと肩をすくめた。

「毎日通っていると言っていたけど、いつまで?」

「今日を除くとあと三日伺います。土日は休みなので、来週までですね」

理人は意味深に「三日……」と呟いたあと、急に実家に寄った理由を話し始めた。

実家暮らしをしていた頃、理人は美月が使っている書斎でいろいろなアイデアをしたためていたという。その時にまとめたデータを取りに来たかったが、父親が家にいる時は避けていたらしい。なんでも、一旦足を踏み入れると、必ず泊まるように言われて帰してもらえないそうだ。それだけならまだいいが、いつ身を固めるのか、いつ恋人を紹介してくれるのかと、根掘り葉掘り訊《き》いてくるという。

「父の望みはわかっている。早く結婚して、一緒に海外に出てほしいんだよ。建築家として仕事に集中してほしいと思ってるんだ。でも俺はまだやるべきことがある。そうそう、海外と言えば――」

続いて、父親の海外出張に付いていった話を始めた。

興味深い海外の建築事情を聞きながら、楽しい時間を過ごす。それはほんの一時《いっとき》だったが、理人の人となりを知るにつれて急速に彼に惹かれていった。

帰る際に美月を最寄り駅まで送ってくれた所作も、とてもスマートだ。終始、美月を大人の女性として扱ってくれたことも嬉しい。

自分は男性の目を引く美女でもないのに……

そんな風に真正面から美月と向き合ってくれた理人。でも、もう二度と会えないだろう。今日で二人の接点はなくなり、これでお別れになる。

そう意識した途端、美月の胸に再び悩ましい気持ちが湧き起こった。それは週末になっても心に留まり、週明け小野塚邸へ向かう間もずっと渦《うず》巻いていた。

――月曜日。

「やあ、こんにちは」

突如聞こえた深い声音に、美月は読んでいた本からさっと顔を上げる。そして、来るはずのない理人がそこにいるのを見て、目を丸くした。

「小野塚さん？　ど、どうして？」

「父が海外出張へ行くだろう？　その事前調整で、父に会いに来たんだ。じゃ、またあとで」

そう言った理人はにこやかに手を振って、廊下の先にある小野塚の書斎へ向かった。

理人が姿を消すのと同時に美月の心臓が早鐘を打ち始め、一瞬にして躯《からだ》が発火するのではないかと思うほど熱くなる。

「何、これ……。いったい何!?」

美月は高鳴る胸に手を置きながら、理人の姿を追うようにドアを見つめていた。

そのあと、落ち着かない気持ちのまま仕事を進めていると、理人が美月のもとへ戻ってきた。そして、ソファに座り印刷した製図のチェックを始める。

忙しいはずなのに、理人は美月が手を休めると話しかけてきたり、気分を変えるために家の中を案内してくれたりした。

親切にしてくれるのは、小野塚のもとで慣れない仕事をする美月を気遣ってくれているからだろう。しかし、こうも真綿で包《くる》むように接せられては、勘違いをしそうになる。

……えっ？　勘違い？

美月は自分の発想に目をぱちくりさせて、仕事に集中する理人を見つめた。それに気付いた彼が、手元から目を上げる。

「芦名さん？　……休憩する？」

「あっ、いえ……」

こっそり見ていたのを知られたためか、それとも理人の目が朗《ほが》らかに細められたためか、美月の頰が火照《ほて》っていく。

美月はそれを隠すように立ち上がり、デスクの上に置いてある本を腕に抱えた。

「本を戻してきます」

理人に断りを入れて書斎を出ると、小野塚の書斎へ向かう。

美月は出張準備で忙しく動き回る小野塚に会釈《えしゃく》し、借りた本をキャビネットに返す。

すると、不意に彼が話しかけてきた。

「理人はどういう理由で実家に来たんだろうね」

「小野塚さんが海外出張へ行かれるので、事前調整を行《おこな》うためと伺いました」

美月の答えに、小野塚は楽しそうに笑った。

「うん、そう言ってたね。口実が必要なほど必死になる息子を見られるなんて、芦名さんに感謝しなければ。まるで昔の自分を見ているようだ」

「あの、わたしは何もしていませんが……」

「それでいいんだよ」

そう言って小野塚は急に立ち上がり、美月に「ついておいで」と手招きする。そして奥へ通じる廊下を進み、突き当たりのドアのセキュリティを解除した。

「さあ、入りなさい」

小野塚に促《うなが》されて室内に入った瞬間、目を見開いた。二十畳以上あるだろう広い室内に建築模型がずらりと飾られている。あまりの壮観さに、二の句が継げない。

精巧に作られた模型を間近で観察していると、小野塚がライトを点けた。光の射し込み具合から、細部まで計算された設計なのがよくわかる。

「このデザインはね――」

設計の意図を小野塚が一つずつ丁寧に説明してくれた。

「宮本くんに、ここにある模型を芦名さんに見せてあげてほしいと頼まれていたのに、遅くなってすまなかったね」

「とんでもないです！　大切な模型を拝見させてもらえるだけで、本当に嬉しいです！」

「そう言ってもらえて、私も嬉しいよ」

小野塚に微笑み返したあと、美月は目の前の模型へ再び意識を集中した。

そうして時間をかけて見て回り、細かな手作業に何度も感嘆の声を漏《も》らす。そんな美月の隣にいた小野塚が、不意に「芦名さん」と声をかけてきた。

美月は模型から目を離し、上体を起こして彼を見上げる。

「こんな時に悪いんだが……実は、一日早く出張先に向かうことにしたよ。知ってのとおり、明日の夕方から雪が本降りになるとの予報だ。そうなれば交通網が麻痺《まひ》するかもしれない。なので申し訳ないが、芦名さんが書庫に入れるのは今日までになる。妻も私に同行するんでね」

美月は少し考え、そして問題ないと頷いた。

「書庫の本をお借りするのは、今日で終わると思います。ただ書斎のキャビネットにある本を、あと数冊確認させていただきたいんですが……」

「それなら大丈夫だよ。とはいえ、こういう状況だし、明日は早めに帰りなさい。もし終わらなければ、他の日に改めて来ていいんだから。いいね？」

「お気遣いありがとうございます」

美月がそう言った時、ドアをノックする音がした。開け放たれたドアの横に、理人が立っている。

「いつまで経っても戻って来ないから、どこに行ったのかと思った。ここにいたんだね」

「なんだ？　芦名さんを私に取られて悔しくなったのか？」

「どう答えてほしいんですか？　そうだ、と？　それとも、違う……と？」

理人の答えに小野塚が肩を揺らして笑う。そして悪巧みをするような顔つきで、そっと美月との距離を縮めた。

「息子はどう言いたいのかな。私にそれを決めてほしがるなんて、男としてまだまだだね」

「えっと、あの……」

美月は困惑しながら言葉を探すが、小野塚は答えなど求めていないのか、目を細めるばかりだった。

全員で部屋を出ると、小野塚は理人と並んで書斎へ歩き出す。美月はそんな父子のあとに続いた。

「芦名さんの邪魔は、もうしないよ。理人がここに寄るのも今日で終わると思うし、私も明日の準備で忙しいからね」

「明日発《た》つことにしたんですね？　ああ、良かった！　その方が所員たちも安心します。

気を付けて行ってきてください」

「ああ、あとをよろしく頼む」

小野塚と別れ、理人と一緒に彼の書斎へ戻る。

それ以降、理人は美月に話しかけなかった。代わりに、仕事をする美月を食い入るように見つめる。ソファに凭《もた》れて分厚いファイルを開いてはいるものの、彼の目線がそちらに向くことはなかった。

数時間後、ようやく今日の仕事が終わった。

理人の目が気になって仕方なかったせいか、かなり神経を使ったのが自分でもわかる。

疲労を感じながらデスクの上を片付けていると、そこに小野塚夫人がやってきた。

「芦名さん、このあと時間は空《あ》いているかしら？」

「はい、大丈夫ですが」

「良かった！　あのね、芦名さんと会うのは今日で終わりでしょ？　このまま別れるのは寂しいから、夕食を一緒にどうかなと思って。あっ……理人も暇なら一緒に食べる？」

「俺は、芦名さんを誘うついで？」

小野塚夫人は楽しげに笑い、美月に視線を戻す。

「どうかしら？　最後の夜を、わたしたちと一緒に過ごせる？」

美月は迷惑ではないだろうかと悩みながら小野塚夫人を窺《うかが》うものの、彼女は目を輝かせて返事を待っている。理人は母親の物言いに呆れてはいるが、美月の背を押すように頷き、声を出さずに〝食べよう〟と口を動かす。

わたし甘えてもいいのかな？　図々《ずうずう》しいと思われないかな——と迷ったが、美月は二人からの厚意を有り難く受けることにした。

「ありがとうございます。是非ご一緒させてください」

「本当⁉　ありがとう！　今夜は岡島さんも一緒だから、皆で騒ぎましょうね。理人、芦名さんと一緒にダイニングルームに来て。じゃ、あとでね」

小野塚夫人は、まるで少女のようにはしゃいで書斎を出ていった。

「誘いに乗ってくれてありがとう。母は本当に芦名さんを気に入ったみたいだ。さあ、ここを片付けたら行こう」

「はい」

美月は理人に返事をしたあと、デスクの書類をまとめてバッグに入れる。そして、父と義母に〝仕事先で夕食に誘われたので、今夜は一緒に食事をとれません〟と謝りのメールを打った。

「用意はできた？」

「はい」

美月は理人と一緒に、別の棟《むね》にあるダイニングルームへ向かった。

ドアを開けた瞬間、目に飛び込んできた光景に驚く。小野塚夫人は、出張シェフを呼んでいたのだ。

「さあ、座って」

勧められて、重厚感のあるダイニングチェアに腰掛ける。それを合図に奥のキッチンから次々と料理が出てきた。握り寿司に、天ぷらや煮物といった和食が並べられていく。

小野塚夫妻の心配りに感激しながら、美月は笑いの絶《た》えない食事を楽しみ、素敵な夜を過ごした。

こんな風に賑《にぎ》やかな夕食をとったのはいつ以来だろうか。

この場がもっと続いてほしいと願わずにはいられなかったが、楽しい時間はあっという間に終わるもの。二十一時を回ったところで、夕食会はお開きになった。

小野塚夫妻と最後の挨拶《あいさつ》を交わした美月は、この日も理人の車で最寄り駅まで送ってもらった。

「どうもありがとうございました」

「うん……。父が出発するってことは、仕事でうちに来るのは今日で終わりだね」

「今日で？　いえ明日も――」

そう言いかけたものの、美月は言葉を呑み込んだ。

小野塚夫妻はいないが、明日も寄らせてもらう予定だ。でも、その件をわざわざ理人に告げる必要はない。

今度こそ、これで会うのは終わり……

それを実感して、胸に痛みが押し寄せてくる。唇を強く引き結んで気持ちを切り換えると、美月はシートベルトを外して理人に向き直った。

「ほんの数日でしたが、いろいろなお話を聞けてとても楽しかったです。たぶん、お目にかかることはもうない――」

そう話していたのに、急に理人が美月の手を取り、安堵したような笑みを浮かべた。

思わず目を見張るが、彼は意に介さない。

「芦名さんの仕事はこれで終わった。つまりこの先……表面上の付き合いをしなくてもいいということだ」

「あの、何を言って……？」

理人の意図するところがわからず眉をひそめる美月を、彼は真摯《しんし》な目で見つめてくる。

その眼差しを見返すだけで胸の奥がざわつき、呼吸が浅くなっていった。

それが普通ではないと気付いた美月は、慌てて顔を背ける。しかしこちらを向けと言わんばかりに、彼に手を強く握り締められた。

「君はもう俺と顔を合わせる機会はないと思ってるみたいだけど、それは真実ではないと証明してみせるよ」

力強い語気に、美月は理人の真意を探るように窺《うかが》う。互いの目が合うと、彼はふっと表情を緩めて手を引いた。

「君の家まで送りたいけれど、今日は我慢する。気を付けて帰って」

「……はい」

車外に出た美月は、冷気に肩を窄《すぼ》ませながらドアを閉める。直後に理人が窓を開け「じゃ、また」と言って、車を発進させた。

美月は車のテールランプが見えなくなるまで見送ってから、コートのポケットに手を突っ込み駅に向かった。

今日の理人はどこかおかしかった。とはいえ、いつもどおり優しかったけれど。いや、優しいからこそ、彼の言葉を都合よく解釈したくなる。特に最後の言葉は、また次があるかのような口振りだった。

「バカ……、何を期待してるの？　勘違いしてはダメよ」

そう言い聞かせるものの、美月の頭の中を占めるのは理人の吸い込まれそうな双眸《そうぼう》と言葉。

そのせいか、いつもなら自宅に向かう足取りは重いのに、この日は弾み、閑静《かんせい》な住宅街に響く足音も軽快になる。

美月の口元はほころび、躯《からだ》は寒さを感じないほど火照《ほて》っていく。自宅の門扉《もんぴ》を開け、タイル張りのアプローチを進み、家のドアを開けた際もまだ笑みが浮かんでいた。

しかし、階段を下りてきた宗介の姿が視界に入ると、その表情が一瞬で凍りつく。

「こんなにも上機嫌な美月を見たのは、初めてだ」

仕事から戻って来たばかりなのだろう。宗介はスリーピーススーツを着ていた。

「母を困らせないでほしいね。美月が今夜の夕食を蹴ったと知って、何かあったのではないかと外に飛び出す勢いだったんだ。いいか、こういう勝手な行動は二度とするな。わかったね」

宗介の目に宿る冷酷な光に、美月はぶるっと震え上がる。それを隠すように躯《からだ》の脇で握り拳を作り、従順に頷いた。

宗介に逆らえば、家族の和を乱したくないという父の願いを壊すことになる。それだけは絶対にダメだ。美月が我が儘《わがまま》さえ言わなければ、穏便に済ませられるのだから。

「……これからは気を付けます」

「バイトの件は聞いてる。今、どこの家に通っているのかもだ。仕事だから仕方ないと思っていたが……。いいか、あの家と親しくすることは俺が許さない」

「えっ？」

宗介なら、美月の動向を簡単に調べられる。だから、アルバイトの件で忠告されても不思議ではない。でもまさか、小野塚夫妻と親しくするのを咎《とが》められるとは思ってもみなかった。

「もう一度言う。君は、あの家の者と関わり合いを持つな。いいね？」

どうして関わってはいけないのだろうか。

美月は訊《たず》ね返そうとするが、宗介の冷酷な眼差しに射貫《いぬ》かれて口を閉じる。すると彼は苛立たしげに息を吐き出して、さっさと奥へ続く廊下を歩いていった。

「母さん、美月が戻ってきたよ！」

宗介が大声で叫ぶと、リビングルームのドアが勢いよく開いた。とても五十代には見えない綺麗な義母が、美月を見るなり息せき切って玄関ホールに走ってくる
「美月ちゃん！　ああ、良かったわ。帰りが遅かったから心配したのよ！」

「心配かけてすみません」

「さあ、早くお風呂に入って躯《からだ》を温めていらっしゃい。このままだと風邪をひくわ」

美月の冷たい手を握って心配する義母に、頷き返す。

「ありがとうございます。じゃ、二階へ行きますね」

そう言って階段を上がっていく途中、急に肌が粟立つのを感じて恐る恐る振り返る。

そこには美月を冷たい目で睨《にら》む宗介がいた。しかし、目が合うなり彼は歩き出し、美月の視界から姿を消す。

美月は顔を強張らせたまま二階へ上がり、自室に入る。

自分だけの空間に安らぎを感じてもいいはずなのに、緊張が解けることはなかった。

第二章

――翌日。

どんよりとした鉛雲《なまりぐも》から細雪《ささめゆき》が降ってくる。まるで美月の気持ちを表したかのような曇天《どんてん》に、気分が落ち込んでいく。昨日の宗介とのやり取りがしこりとなって、心の奥に残っているせいかもしれない。

「どうして小野塚家の人たちと親しくしてはいけないの？」

いくら考えても腑《ふ》に落ちない。

この先、小野塚夫妻と頻繁に会うことはないが、美月の就職先を考えれば、またどこかで必ず顔を合わせるとわかっているはずだ。

それなのに、何故警告を？

「とにかく今は、宗介さんの言葉を忘れよう」

美月は再び空を見上げる。予報どおり、このままだといずれ本降りになって積もるだろう。

その前に早く仕事を終わらせなければ……

美月は心なしか早歩きで進み、小野塚邸のインターホンを押した。

『はい。……えっ、芦名さん？　来られたんですか⁉』

「こんにちは。まだ雪が積もっていないので、仕事をしようと思って来ました」

『とりあえず、入ってください！』

岡島の声が切れ、セキュリティが解除される。中に入ると、彼女が玄関ドアを開けて美月を待っていてくれた。

「どうして来たんですか。天気予報をご覧になっていないんですか⁉」

美月を家の中に引っ張り入れた岡島が、コートについた雪を手で払い落とす。

「この天気なら二、三時間は大丈夫かなと思って。あっ、小野塚さんはご存知です」

岡島は納得できないと言いたいのか顔をしかめている。しかし、美月がブーツを脱ぐのを見て、諦めに似たため息を吐いた。

「芦名さんも、お仕事に忠実なんですね。わたしも旦那さまに今日は早めに帰宅するようにと言われたんですけれど、まだ残っているんですから」

「わたしたち、仕事熱心ですね」

美月は岡島と微笑み合って、一緒に小野塚の書斎へ向かう。必要な本を三冊取ると、いつもの部屋に入った。

「芦名さんは、このあたりで雪が降ったらどうなるかご存知ないでしょうからお伝えしておきますが、都心とは違って大変なことになるんです。数年前の大雪では一晩中停電していたんですよ。なので、楽観視しないでください。雪が積もる前に、必ずお帰りくださいね」

「わかりました。気を付けます」

素直に返事して岡島を安心させる。とはいえ、早めに上がれば、それほど酷くはならないだろう。

「では、仕事に戻りますね」

岡島が書斎を出ていこうとした時、彼女の携帯が鳴り響いた。美月は彼女のプライバシーを守ろうと傍を離れ、デスクに本とノートパソコンを置く。

「ええっ!?　大丈夫なの！」

叫び声に、美月はそちらに目を向けた。岡島が携帯を握り締めて、あたふたしている。そして「これからすぐに戻るから待ってなさい」と言い、通話を終わらせた。

「芦名さん、すみません。急用で自宅に戻らなければならなくなりました。お一人にさせてしまいますが、大丈夫ですか？」

青ざめた表情とそわそわした様子から、問題が生じたのがわかった。

「はい。でも、わたしがこちらに残っててもいいんですか？」

「大丈夫です。旦那さまの留守中に芦名さんが来られるかもしれないと伺ってましたので、そのあたりのご指示はいただいておりますから。私はあとで戻りますが、この天候でどうなることか。ですから、私の帰りを待たずに早めに帰ってください。セキュリティは自動でセットされますので、心配無用です」

小野塚邸は明治時代に建てられた洋館だが、設備は最新システムを導入している。なので、美月が勝手に帰っても、自動的にセキュリティが作動するという。

「わかりました。わたしは大丈夫ですから、岡島さんもどうぞ気を付けてくださいね」

「ありがとうございます。もし何かありましたら、私に連絡を……」

そう言ってデスクの上にある電話機を指したあと、岡島はいそいそと書斎を出ていった。

「大事《おおごと》でなければいいけれど……」

美月は岡島を見送って仕事を始める。

それからどれぐらい経っただろうか。空調が効いているはずの部屋の温度が、急激に下がってきた。

室温を上げようと壁に備えられたタッチパネルの方へ歩き出すものの、ふと背後の窓に意識が逸れる。何気なくそちらに目を向けた瞬間、外の光景に絶句した。

しばらく呆然としてしまったが、美月は我に返ると即座に窓際に駆け寄る。

「な、何これ……」

そこに広がっていたのは、一面の雪景色だった。視界は靄《もや》がかったように白くなり、数メートル先も見えないぐらい降りしきっている。

美月は慌てて腕時計に視線を落とした。感覚的に一時間ぐらいしか経っていないと思っていたが、既に十七時を過ぎていた。仕事に集中していたせいで、時間の感覚がなくなっていたのだ。

「どうしよう。……岡島さん！」

美月は書斎を飛び出して岡島の名前を呼ぶ。でも返事はなかった。

当然ながらこの大雪では、彼女が小野塚邸に戻ってこられるはずがない。

とりあえず帰れるかどうか外の状況を調べようと玄関へ向かい、そこにある草履《ぞうり》を借りてドアを開けた。

「……っ！」

途端に肌を刺す冷たい強風が、美月に襲いかかる。咄嗟《とっさ》に瞼《まぶた》を閉じて顔を背けてしまう。少ししてから躍《おど》る髪を手で押さえ、ゆっくり目を開けた。

「書斎から見えた景色と全然違う……」

玄関は書斎と反対の方角にあるので比較はできないが、景色が一変していた。視界を遮《さえぎ》るほどの猛吹雪《ふぶき》で、ほんの数メートル先すらはっきり見えない。

想像を絶する光景に、見入られたみたいにおずおずと前に進み出てしまう。愕然《がくぜん》とした瞬間、ドアを掴む手の力が抜けていった。

「あっ、待って！」

慌てて手を伸ばすが一足遅く、ドアがぴしゃりと閉まってロック音が響いた。ドアノブを掴んで引っ張ってもビクともしない。

「嘘……！」

完全に閉め出されてしまい、呆然とする。

少しでも寒さを凌《しの》ごうと両腕で我が身を抱くが、コートを着ていない躯《からだ》はどんどん冷えていく。寒さから歯がぶつかり、がちがちと音が鳴った。

お金もない、携帯もない、上着もない、そして靴も……

このままでは凍死するのではと不安が過《よぎ》るも、打つ手がない。この家のセキュリティは万全なので、どこかの窓から侵入するのは無理なのだ。

「いったいどうすればいいの？　わからない。いい案が浮かばない……」

徐々に手足の感覚が鈍くなってきた。ポニーテールにしていた髪をほどいて首回りを守り、手のひらを擦《こす》り合わせては息を何度も吹きかける。でもそれは焼け石に水で、躯《からだ》が温まるどころかどんどん冷えていった。

一番いいのは隣人に助けを求めること。でも、この格好で雪の中を移動するのは危険だ。

視界が悪い中、もし隣家とは違う方向へ進んでしまったら？　途中で立ち往生してしまったら？

最悪な状況が頭を過《よぎ》り、美月は寒さとは違う震えを感じて我が身を両腕で抱きしめた。

絶対に玄関先から動かない方がいい。とはいえ、ここにいると、冷たい風にまともに晒《さら》される。

せめて風を凌《しの》げる場所に移動しなければと思い、美月は玄関の脇にある物陰にしゃがみ込んだ。雪が足元に吹き込んできても、今はこうして体力を温存するしかない。

「でも、こんなの……無理。絶対に明日の朝までもたない」

ガタガタと震える躯《からだ》をさらに縮こまらせて暖を取るが、体温は奪われるばかり。頬は針でつつかれているような刺激に襲われ、足の先にはじんじんとした痛みが生じていた。

周囲は闇に包まれ、ほんの僅《わず》かな灯りが窓から漏《も》れるのは小野塚邸だけ。頼るべき灯りがそこにしかないという不安が、足元から忍び寄ってきた。

もうダメかもしれない。誰にも見つからず、愛しい人と過ごす幸せや、女性として愛される悦《よろこ》びすら知らずに、このまま……

そう思った途端、美月の脳裏に理人の姿が鮮明に浮かんだ。自分に優しく接し、微笑んでくれた彼を思い出すだけで、涙が込み上げてくる。

「もう一度、小野塚さんに会いたい……」

呟いた美月は、そこでハッと息を呑んだ。小刻みに震える手を口元に持っていき、たった今気付いた事実に驚愕《きょうがく》する。それと同時に胸の奥で燻《くすぶ》っていた火が一気に燃え上がるのを感じた。

どうして理人を目で追ってしまうか、どうして彼といると胸が高鳴るのか、あの時はわからなかった。でも今ならわかる。

理人と出会った瞬間に恋に落ちていたのだ。再会したあとは、彼を知るにつれて一層愛する想いが美月の心に満ちていった。

ああ、こんな時に理人を愛していると気付くなんて……

美月は膝に額《ひたい》を押し付けて丸くなり、外壁に躯《からだ》を寄せてそっと目を閉じた。

「この気持ちを伝えないまま死にたくない……」

もし理人ともう一度会えるなら、秘めた想いを正直に伝えたい！

そう強く願った瞬間、門扉《もんぴ》を開ける音が聞こえた。しばらくして、雪を踏みしめる音も美月の耳に届く。

誰かが来たのかと思ったが、すぐにそんなはずはないと否定する。セキュリティを解除できるのは岡島だけ。でもこんな大雪の中、彼女が戻る理由などない。

絶望に苛《さいな》まれた美月は、ゆっくりと意識が遠のくのに身を任せたのだった。

「芦名さん……、芦名さん!?　……美月！」

遠くから聞こえる声に、美月は重たい瞼《まぶた》をゆっくりと開いた。最初こそ焦点が合わなかったが、次第にそこにいる人が理人であるとわかる。彼は髪の毛や肩に雪を積もらせて、美月の両肩を掴んで上半身を揺すっていた。

「俺がわかる!?　……返事をして！」

「おの、づ……か、さん？」

「良かった！　とにかく、家の中に入らないと」

理人が美月を横抱きにして立ち上がる。

ここにいる理人さんは、本物……？　――そんな疑問を抱くが、冷えた躯《からだ》に伝わる熱や肌をかすめる吐息が、彼が本物だと教えてくれる。

会いたいと願った理人に抱かれていると思っただけで、美月は喜びに包まれる。本当は彼に縋《すが》り付きたい。でも、手が重たくて上がらない。躯《からだ》から力が抜けていく。

「お願いだから、眠らないでくれ」

玄関の鍵を開け、中に入った理人は、書斎とは反対の廊下を進む。やがてある部屋に入り、暖炉《だんろ》から少し離れた場所に美月を下ろした。

「すぐに戻ってくるから、しっかり意識を保ってて。俺を待ってて。いいね！」

瞼《まぶた》が重く、返事をするのも億劫《おっくう》で、美月は答えられなかった。このまま眠りたいという欲求に屈しそうになる。

「美月！」

切実な声音で呼びかけられ、頬を包まれて顔を上げさせられる。直後、温かくて柔らかなものが唇に落ちた。続いて、しっとりした生温かいものが口腔《こうこう》に滑《すべ》り込み、美月の舌を絡め取る。

「……っんぅ」

息苦しさから目を開くと、なんと理人が美月に口づけていた。その事実が頭に浸透《しんとう》するにつれて、美月の冷えた躯《からだ》に熱が広がっていく。

それを察した理人がようやく顔を離し、美月の頬を撫でた。

「俺が芦名さんに何をしたのか、ずっと考えてて」

そう言うと、理人は急いで部屋を飛び出した。

美月は震える手で唇に触れ、理人の温もりが残るそこに指を這《は》わせる。まだ上手く頭が回らないが、彼が美月にキスし、舌を挿入させてきたことだけはわかった。

「わたしの、ファーストキス……」

口づけを思い出すと、心臓が早鐘を打ち始める。勢いよく送り出される血が躯《からだ》の隅々にまで行き渡り、次第に手足の感覚が戻ってきた。

生きているんだと、実感できるほどに……

「芦名さん！　……よし、きちんと起きてるね」

部屋に戻ってきた理人は、いろいろなものを抱えていた。暖炉《だんろ》の近くに大きな籠《かご》を、美月の傍《かたわ》らには毛布やタオルといったものを置く。そして、ランタンのスイッチを点けた。

眩《まばゆ》い光に目を眇《すが》めたことで、美月はようやく部屋の暗さに気付いた。

「お風呂に入れてあげたいけど、低体温症になっている可能性がある。急にお湯に浸《つ》かるのは危険だから、少しずつ温めて状態を確認したい。いい？　俺が何をしても信じて」

理人は美月に手を伸ばし、慣れた手つきで彼女のセーターと下のシャツを脱がす。

「濡《ぬ》れた服は体温を奪うから」

「あ、あの！」

下着姿を晒《さら》すことにあたふたする美月を気にもせず、理人はスカートも剥《は》ぐ。続いて、美月の躯《からだ》を柔らかなバスローブで覆《おお》い、さらに肩へ毛布をかけた。

「さあ、手をこっちに」

理人は美月の手をとり自分の首に持っていき、そこに押し付けた。

「まずは俺で暖を取って」

目で訴える理人に美月が頷き返すと、彼はバスローブの裾を少し捲《まく》って美月の足を掴み、手のひらで優しく擦《さす》り始める。しばらくしたあと、水差しの水を桶に注ぎ、そこに美月の足を浸《ひた》した。

「冷たい？　それとも温かいと感じる？」

「つ、冷たく感じます」

「疼《うず》きや痛み、痒《かゆ》みは？」

理人に言われた症状は感じないので、美月は首を横に振る。ただ、雪の日に外で遊んだ時のように、手足の先の感覚が少しだけ鈍くなっている。それと耳殻《じかく》が冷たくて痛いぐらいだ。

それを告げたところ、理人はホッとしたように息をついた。

「良かった、どうやら凍傷にはなっていないみたいだ。でも、軽度の低体温症の症状が出てる。やっぱり段階的に躯《からだ》を温めていこう。しっかりくるまってて」

立ち上がった理人は、美月から離れた場所にある暖炉《だんろ》に薪《まき》をくべる。薪《まき》の爆《は》ぜる音と共に火が燃え上がると、籠《かご》から取り出したポットを暖炉《だんろ》にセットした。

美月は動き回る理人を眺めていたが、ふとあることが気になって声をかける。

「小野塚さん、どうして電気を点けないんですか？」

「もしかして、気付いてなかった？　今、このあたり一帯で大停電が起こってるんだ」

「停電!?」

「うちは自家発電機があるけど、その電力はセキュリティに回されてて、こっちは点かないんだ。でも心配しないで。数年前の大雪で停電を体験してるから、対処方法はわかってる」

美月を安心させるように笑みを浮かべたあと、理人は部屋を出ていった。

数分後、スーツからズボンとVネックセーターに着替えてきた理人は、ポットの中身をマグカップに注ぎ、それを持って美月の傍に腰を下ろした。

「さあ、飲んで。躯《からだ》の内側から温めてくれる」

マグカップを受け取り、そこに入ったホットミルクを啜《すす》る。ほのかに上品な甘みが口《こう》腔《こう》に広がった。

「この甘みは?」

「蜂蜜だよ。甘いものは疲れた躯《からだ》を癒《い》やしてくれるからね」

美月がホットミルクを飲む間に、理人は暖炉《だんろ》で温められた湯を少しずつ桶に足して水温を上げる。そこに美月の足を浸《ひた》し、肌の状態を確認しつつ体温が上昇するのを待つ。

「うん、赤い発疹《ほっしん》が出る気配はない。良かった……。もしそういう症状が出たら、痒《かゆ》みが出てくるんだ。そうなると病院に行くしかなくなる」

問題がないとわかると、理人は美月の足をタオルで拭《ぬぐ》った。そして、粘《ねば》り気のあるローションを足に塗っていく。彼の手がぬちゅぬちゅっと音を立てながら、足首、ふくらはぎへと進んでいった。

「……ンッ」

あまりにも心地いい感触に、美月は喘《あえ》ぎに似た声を漏《も》らしてしまう。

理人の触り方にいやらしさはないのに、彼の手が肌を滑《すべ》るだけで躯《からだ》がビクンと反応した。

「冷たい？　でも、保湿をしておかないと、後々大変な目に遭《あ》うかもしれないから我慢して。実は留学中に友人たちとスキーへ行った時、一人が低体温症になってね。その時にきちんと対処しなければならないと学んだんだ。芦名さんに、友人のあの苦しみを体験させたくない」

そう語ってから、理人はもう片方の足にもローションを塗り始める。

理人は何故ここまで美月に親切にしてくれるのだろうか。それに、どうして今日もここへ？

美月は黙っていられなくなり、「あの、小野塚さん」と呼びかけた。

「うん？　どうかした？」

「大雪なのに、どうして実家に来られたんですか？」

美月の足にローションを塗り込む理人の手がぴたりと止まる。そして彼はゆっくりと目線を上げ、美月を見返した。

「芦名さんの仕事は昨日で終わったと思ってたから、君のバイト先に電話をかけたんだ。これからは、仕事とは関係のないところで会いたいと言いたくてね」

「わたしと会いたい？　小野塚さんが？」

信じられない言葉に声を震わせて訊《たず》ねると、理人が力強く頷く。

「君は俺の実家に行っていると言われた。雪の中を芦名さんが来るはずがない、仮に来ていたとしてももう帰ってると考えた。だけど万が一、と思って来てみたら――」

家に着いた時のことを思い出したのか、理人が美月の膝に額《ひたい》を押し付けてきた。

瞬間、美月の心臓がドキンと激しく高鳴り、息をするのも忘れそうになる。

美月がどこかへ消えてしまうのを防ぐように触れるその姿から、目を逸らせなくなった。

理人がとても愛《いと》おしくて、自分の気持ちを制御できない。涙があふれそうになるほど、理人への想いが膨らんでいく。

「おの、づか……さん」

「本当に良かった！　うずくまる芦名さんを目にした時、俺はパニックになった。もし何かあったらと、ずっと、ずっと――」

美月を見上げた理人の双眸《そうぼう》には、不安げな色が浮かんでいた。

「気が気でなかった。もし俺の到着があと少し遅かったら、君は大変なことになっていたんじゃないかって」

「でも、それは……わたしのせいであって、小野塚さんの責任ではありません」

そう返した美月に、理人が寂しげな目で小さく頭を振る。

「責任とかそういう話をしているんじゃないんだ。俺の心の問題だよ。誰だって、好意を寄せる女性に辛い目に遭《あ》ってほしくない。俺はね……君が苦しむのを見たくないんだ」

理人は手のひらにローションを垂らすと、美月の目を覗き込んだ。

「手を……」

美月は毛布の中からおずおずと手を出して、理人に預ける。すると彼は、美月の指から肘の下までローションを塗り始めた。理人はとても優しい手つきで、雪の中で露出していた部分を丹念に擦《さす》っていく。

されるがまま受け入れているうちに、美月の鼓動が速くなり、息遣いも浅くなっていった。意識は目の前にいる理人だけに向かう。薪《まき》の爆《は》ぜる音と燃えては躍《おど》る炎は、まるで美月の心を映し出しているかのようだ。

心の奥深い部分にある願望を、まるで美月自身に見せつけるかの如く……

「こんな風に従順になるのは、俺だけであってほしい」

息を呑む美月を、理人が燃えるような瞳で捉える。彼は軽く腰を上げて手を伸ばし、美月の長い髪を耳にかけて耳殻《じかく》に触れた。

「これまで独占欲を誰かに告げたことはない。君だけだ。……今振り返れば、パーティで君の髪が俺の記章に絡まった時には、もう心を掴まれていたんだと思う。芦名さんと再会した途端、俺の心は躍《おど》っていたんだから。……わかってる？　俺は君が好きだと言っているんだよ」

「わ、わたしを？」

美月は目を見開き、理人を凝視した。

理人に好かれる理由が、まったくわからない。何故なら美月は、彼に見合う大人の女性でもなければ、男性の目を惹き付ける美女でもないからだ。

そんな美月に告白する理人の気持ちなど理解できない。だが、自分の気持ちならわかる。

雪の中でもうダメだと絶望した時、脳裏に浮かんだ相手は理人ただ一人。彼への愛に気付いた美月は、もし再び会えるのなら、この想いを正直に伝えたいと思った。

その気持ちを今伝えなくて、いつぶつけるというのだろうか。

「君が嫌がることはしたくない。君の心を手に入れたいと思っているからね。もし俺を受け入れられないのなら――」

「小野塚さんがほしいのは心だけですか？　わたしは心だけなんて嫌です。好きな人の全部がほしい……」

「えっ？」

美月は驚く理人の手首を掴み、その大きな手のひらに自分の頬を押し付けた。愛しい人の体温を感じる幸せに、瞳が潤《うる》んでいく。それを隠すようにそっと瞼《まぶた》を閉じ、自分を強く感じてとばかりに彼の手を握り締めた。

「わたしは、魅力的な女性ではありません。小野塚さんに相応《ふさわ》しくないのはわかっています。だけどこの想いをきちんと伝えたい……。あなたが好きです」

「……本当に？」

「嘘を言ってどうするんですか」

ほんのちょっと拗《す》ねたように言うが、目に愛を込めて彼を見つめる。

「心だけでなく、小野塚さんの全てをくれますか？　わたしの全てを受け入れてくれますか？」

理人が美月の頬に触れている手に力を込め、少しずつ顔を寄せてきた。

「もちろんだよ。俺は芦名さんのものだ……この先も、ずっと永遠に」

理人の感情の籠もった声音を聞いて、美月の心が喜びで震えた。込み上げた涙が頬を伝い落ちる。すかさず彼が美月の目元に口づけし、あふれた雫《しずく》を唇ですくう。

「泣かないで。泣かれると……胸が苦しくなる。それが嬉し涙だとしても」

美月は歓喜に包まれながら小刻みに頷く。そして、もっと自分の想いを伝えたくて彼に抱きついた。

「芦名さん!?」

「好き、本当に好きです」

美月が理人への愛を告げると、彼はそれに応《こた》えるように腕に力を込める。

肩にかけていた毛布が滑《すべ》り落ちる。そのことに気付いたのは、理人から発せられる熱が強く伝わってきた時だった。

ああ、その温もりを素肌で感じたい！

「お願い、抱いてください。わたしを小野塚さんの本当の恋人にして」

この瞬間を大切にしたい、逃したくないという思いを隠せなくなり、美月は理人に懇《こん》願《がん》した。

すると理人がはっと息を呑み、躯《からだ》を棒のように硬くさせる。そのまま時間が止まってしまったのではないかと思えるほど沈黙が続いた。やがて彼が口を開く。

「芦名さんは、俺が……その、初めてなんだろう？　少しずつ進めてもいいんだよ？」

「さっきの言葉は嘘なんですか？　わたしの全てを受け入れてくれるって――」

背中に回された理人の手が、ほんの僅《わず》か上へ滑《すべ》る。二人の隙間がなくなるぐらい、強く抱きしめられた。

「俺は嘘は言わないよ。君が好きだ。こうして触れるだけで、芦名さんがほしくて堪《たま》らなくなる」

「だったら躊躇《ためら》わないでください。好きな人に愛される幸せを、わたしに教えてください。小野塚さんと一緒に悦《よろこ》びを感じたい」

「芦名さん！」

理人は美月の髪に顔を寄せ、そこに何度もキスを落とす。耳元で聞こえる彼の息遣いに、美月の背に快《こころよ》い疼《うず》きが走った。それは下腹部の深奥《しんおう》に伝わり、じんわりとした熱に変わっていく。

美月の口から、自然と艶《つや》のある吐息が漏《も》れる。理人が腕の力を弱めて上体を離した。

「ああ、君が愛《いと》おしい……」

美月の頬を指で撫で、彼女のどんな表情も見逃さないとばかりに熱心に見つめてくる。

そしてその目に愛情をたたえながら顔をかすかに傾け、美月に口づけた。

衝撃的なファーストキスとは違い、理人はついばむような軽いキスを繰り返す。

唇の温もりが伝わる距離でまじり合う、二人の吐息。それはとても焦《じ》れったかったが、そうされればされるほど美月の心拍数は上がり、息も弾んで、浅い呼吸しかできなくなる。

「おの、づか……さん、わたし……っ」

息も絶《た》え絶《だ》えになりながら、美月はキスの合間に先を望む。すると、理人が美月のバスローブの紐を解き、少しずつ肩から滑《すべ》らせていった。

「……っぁ」

肌を擦《す》る布の刺激に、ブラジャーの下の乳首が硬くなって主張し始める。

美月は自分の反応に恥ずかしさを覚え、咄嗟《とっさ》にバスローブを掴んだ。

その瞬間、穏やかだった口づけが急に激しくなる。息を継ごうと口を開けると、理人のぬるっとした舌が唇を割って滑《すべ》り込んできた。

「っんく！」

理人の舌が口腔《こうこう》で蠢《うごめ》くにつれて、先ほど飲んだミルクと蜂蜜の香りが濃くなって立ち上っていくように感じた。張り詰めた神経が緩み、バスローブを掴んだ手から自然と力が抜けた時、理人の口づけが変わった。

淫《みだ》らに舌を動かして唇を舐め、美月の意識が彼だけに向くようにする。かと思えば、角度を変えては貪《むさぼ》り、深いキスで美月を翻弄《ほんろう》したりもした。

「ンっ……んふぁ」

これまで聞いたことのない甘い声が、美月の鼻を抜ける。

自分の反応に驚きはするものの、あまり気にならなかった。男性を知らない美月を、理人が導き、引き上げてくれるからだ。怖いものは何もない。美月を愛する者に身も心もゆだねてと……

自《みず》ら唇を開いて理人を求めた時、彼がちゅくっと音を立てて顔を離した。

「想像していた以上に綺麗だ。暖炉《だんろ》の炎を受けた芦名……いや、美月からもう目が離せないよ」

うっとりとこちらを見つめる理人の目線を追いかけて、美月は初めて自分が裸体を晒《さら》していることに気付いた。しかも彼を誘うように、乳首が硬くなってツンと上を向いている。

羞恥心《しゅうちしん》が込み上げ、再び緊張してしまいそうになる。そうさせまいとするかの如く、理人が美月の腰に片腕を回した。そして、そのままゆっくりと毛布の上に寝かせられる。

理人は美月の躯《からだ》を跨《また》いで膝立ちになり、彼女を見下ろしながら自分もセーターを脱ぐ。露《あらわ》になった男らしい体躯。腹筋はかすかに割れ、胸筋も適度についている。

モデルにも負けない肉体美に見惚《みと》れていると、理人が美月の手を取って自分の躯《からだ》に導いた。彼の鍛《きた》えられた肉体に触れて、指の先がむずむずとし始める。

こんな風になるなんて初めてだ。

「お、おのづ……か、さん！」

喉の奥が引き攣《つ》って、途切れ途切れにしか名前を呼べない。理人はそんな美月の手を動かし、自分の胸を撫でさせていく。

「美月、俺を理人と呼んで」

「り、ひと……っんぁ」

理人が美月の手を自分の首に誘導する。美月がそこをしっかりと掴むと、彼は彼女の腹部に触れた。その手を滑《すべ》らせて、柔らかな乳房を包み込む。大きさや弾力を確かめるように揉み、硬くなった乳首を摘まんだ。

執拗《しつよう》に弄《いじ》られたせいで、蓄積された熱がうねり、じわじわと膨張していく。

「……っんく、ぁ……んっ」

美月の息が弾み始めると、理人は彼女の耳朶《じだ》を舌でなぶる。次いで、その舌を耳孔《じこう》に突っ込んだ。

「あ……っ」

思いも寄らない刺激に、尾てい骨から背筋にかけて愉悦が走る。彼にそこを攻められるだけで、驚くほど甘い潮流に躯《からだ》を攫《さら》われそうになった。

な、に……これ！

初めての快《こころよ》い感覚に、美月はどうすればいいのかわからない。ぬちゃっと響く音に全神経を揺さぶられ、悩ましい喘《あえ》ぎを抑えられなくなった。

理人が美月の首筋に唇を寄せ、脈打つそこを舌で舐めたり吸ったりする。それが鎖骨へ移り、乳房にまで滑《すべ》り下りてくると、さらに美月の口から誘うような声が零《こぼ》れた。

「美月、もっと……もっと乱れて」

胸元で囁《ささや》いた理人は、彼の愛撫《あいぶ》でぷっくりとする乳首を口に含んだ。柔らかくした舌で舐め、硬くした先端でくすぐってくる。

「ああっ！　……やぁ……っ、んぁ……」

初めての快《こころよ》い蜜戯《みつぎ》に、頭の中が真っ白になる。

理人はそんな美月の大腿《だいたい》を撫で上げ、内股を指でかすめた。そしてパンティの上から秘所に触れ、襞《ひだ》に沿って強弱をつけてくる。

「っんん！」

何度も弄《いじ》られるたびに美月の躯《からだ》がビクンと跳ね、淫《みだ》らな声が大きくなる。それを抑えたくて手の甲で口元を覆《おお》うが、押し寄せる情欲の波には抗《あらが》えない。

下腹部の深奥《しんおう》に熱が集中し、蜜が滴《したた》り落ちた。パンティに浸潤したそれの助けを借りて、理人の指がいやらしく動く。そのたびに、くちゅくちゅと淫靡《いんび》な音が響いた。

「ン……っ、ぁ……！」

やがて、理人がパンティに指を引っ掛けて焦《じ》らすように下げた。粘《ねば》り気を帯びた双脚の付け根に空気が触れて、そこがひんやりとする。しかし羞恥《しゅうち》を感じる暇もなく、彼が美月の膝の裏に手を入れ、大きく押し開いた。秘められた襞《ひだ》がぱっくり割れて露《あらわ》になる。

美月が息を呑んだ時には、理人の指が黒い茂《しげ》みを掻き分け、濡《ぬ》れた襞《ひだ》に沿って優しく弄《もてあそ》び始めていた。

「あっ、あっ……っん」

あふれる蜜を指に絡めては、充血した媚肉《びにく》を擦《こす》る。隠れた花芯に指の腹で軽く触れたと思ったら、そこに小刻みな振動を送ってきた。

「それ……イヤッ、ダメ、んぅ……ぁ」

「大丈夫、怖くないから。ただ、俺を受け入れるための準備をしないと……。だから美月には、もっと気持ちよくなってほしいんだ」

理人は美月を安心させるように微笑むと、淫唇《いんしん》を左右に押し開き、花蕾《からい》にほんの少しだけ指を挿入した。

緩急をつけて弄《いじ》っては狭い蕾《つぼみ》を広げる。さらに指を曲げ、執拗《しつよう》に蜜壁を擦《こす》り上げていく。

「んぁ……、は……っ」

しばらくすると蜜孔を弄《いじ》る指を一本から二本に増やされ、敏感な皮膚をさらに引き伸ばされる。疼痛《とうつう》と圧迫感に、自然と美月の躯《からだ》に力が入るが、理人はそれをほぐすように刺激を送り続けた。

指がスムーズに挿入されるまでになっても、リズミカルに指の抽送《ちゅうそう》を繰り返す。

「っんぅ……ふ……ぁ、……っ！」

理人の指で奥を攻められるたびにぐちゅぐちゅと淫猥《いんわい》な音が響いた。それに合わせて小さなうねりが増幅されていき、躯《からだ》が痙攣《けいれん》したように戦慄《わなな》く。

直後、線香花火に似た火花が瞼《まぶた》の裏で弾けて、得《え》も言われぬ快感が潮流となって体内を駆け巡った。美月の躯《からだ》が一瞬硬直し、すぐにふわっと浮き上がってしまいそうな気持ちいい波に攫《さら》われる。

「は……ぁ」

美月は艶《つや》めいた喘《あえ》ぎを零《こぼ》し、瞼《まぶた》を震わせて目を開ける。理人が美月をうっとりと見つめていた。

「なんて綺麗なんだ。暖炉《だんろ》の火で照らされた躯《からだ》がとても艶《なま》めかしい」

最初こそ女神を見るように美月を眺めていたが、徐々にその瞳に欲望の色が見え隠れし始める。

やがて理人がズボンのボタンを外した。

美月の視線は、初めて目にする男性の大きく膨らんだ股間に吸い寄せられる。理人は見られているとわかってるのか、まるで見せつけるかのようにゆっくりとボクサーパンツを脱いだ。

生地の圧迫から解放され、黒い茂《しげ》みから頭をもたげる赤黒い男性自身。それは硬く滾《たぎ》っていた。

理人はそれを隠そうともせずに、手慣れた所作で財布から取り出したコンドームをつける。

これから真の意味で、理人と一つに結ばれる……

それを実感した途端、美月の鼓動が速いリズムを刻み始めた。心音が理人にも聞こえるのではないかと思うほど、心臓が激しく打つ。

美月を安心させるように、理人が頬を緩めた。上半身を倒して体重をかけ、顔を寄せてくる。

「好きだよ、美月」

彼は唇に触れるか触れないかの距離で愛を囁《ささや》き、美月の両脚を大きく開かせた。唇を舐めたり甘噛みしたりしながら、濡《ぬ》れそぼる媚孔に彼自身の先端をあてがう。そしていきり勃《た》つそれを挿入した。

「あ……っ、んぅ……あっ！」

柔らかくなった蜜口を押し広げて入ってくる硬い感触に、美月の躯《からだ》が強張っていく。

耐えかねて理人の肩を掴み助けを請おうとするが、彼は美月の唇を塞いで一気に昂《たかぶ》りで貫《つらぬ》いた。

「ン……っ、んんんぅ！」

破瓜《はか》の痛みに悲鳴を上げるが、それは全て理人の口腔《こうこう》に呑み込まれる。美月が涙を流す間、彼はしっかりと美月を抱きしめ、何度も口づけを繰り返した。

熱杭で貫《つらぬ》かれた蜜壷の深奥《しんおう》は、火傷《やけど》に似たヒリヒリ感に覆《おお》われた。でも、しばらくすると痛みは薄れていき、逆に腰が蕩《とろ》けそうなほど快《こころよ》い高揚感に満たされる。

必死に理人の肩を掴んでいた手から力を抜くと、彼は愛《いと》おしげに美月の涙を唇で拭《ぬぐ》った。

「大丈夫？　痛みはまだある？」

美月は潤《うる》む瞳で理人を見上げて、小さく頭を振った。

「異物感は拭《ぬぐ》えません。でも、それは理人さんのが、その……大きいから」

美月の素直な言葉に、理人が目を丸くする。けれどすぐに口元をほころばせた。

「気を取られるのは、最初だけだよ。これからは、不安を覚えないほど気持ちが良くなっていく。それを傍で見守り、美月を大人の女性へ導くのは、俺だけだ」

心から美月を想ってくれている理人の言葉が嬉しくて、彼の背に回した腕に力を込めた。

「わたしを最後まで愛してください……。この満ち足りた幸せを、理人さんと一緒に感じたい」

「ああ、一緒に」

理人の耳元で囁《ささや》いた美月に、彼が熱っぽい声を返す。上体を起こした彼は美月の上腿《じょうたい》を抱えて腰を動かし始めた。

最初こそ美月を気遣ってゆったりとした動きだったが、徐々にスピードを速めていく。

「ぁ……っ、んぅ……は……いやぁ」

「感じる？　……ここ？」

理人は絶妙な腰つきで美月のいいところはどこかと探ってくる。彼のものがずるりと抜けそうになった時、ある部分を擦られて腰が一気に甘怠《あまだる》くなった。

「ダメ……っぁ、そこ……ん……っ、ああ……っ」

美月は理人の背に爪を立てて、絶《た》え間なく流れ込んでくる快《こころよ》い潮流に耐えようとした。でも、激しさを増す渦《うず》に抗《あらが》えなくなる。

「美月、もっと俺に抱きついて」

「……ンっ」

言われるがまま理人を引き寄せると、彼は美月の両脚を抱えて結合を深めた。その動きに合わせて美月の乳房が艶《なま》めかしく揺れ、尖った乳首が彼の胸板に擦《こす》れてしまう。目が眩《くら》むような電流が走り、恍惚《こうこつ》感に包み込まれる。脳天へと突き抜ける快感に、美月は顎《あご》を上げ胸を反らした。

「どうしよう……っぁ、こんなの……、は……ぁ、んっ！」

「まだだよ。もう少し俺を感じてて」

理人は情熱的な声で囁《ささや》いてから、再び腰を滑《なめ》らかに動かした。抽送《ちゅうそう》のリズムが速まるにつれて、硬度を増した熱茎が何度も敏感な媚壁を擦り上げる。

「あっ……っんぅ、はぁ！」

理人に激しく揺すられ、美月は長い髪を振り乱す。体内で蠢《うごめ》く情欲に身を捩《よじ》らずにいられない。肌は汗でしっとりとし、漏《も》れる吐息は熱っぽくなっていく。

美月の限界が近いと理人にも伝わっているはずなのに、彼は腰の動きを緩めない。それどころか、さらに速度を上げて攻め立てる。回転を加えたり、角度を変えたりして、硬く漲《みなぎ》る楔《くさび》を突き入れた。

痛いほどの快感に、美月はすすり泣きに似た声を上げる。目尻から涙が零《こぼ》れ落ちていくのを止められない。

もうダメ……っ！

「ああ、美月……美月っ！」

理人が切羽詰《せっぱつ》まった口調で美月の名を呼び、二人が繋《つな》がる秘所に手を忍ばせる。そして、膨らんだ花芽を指の腹で捏《こ》ね上げた。

刹那《せつな》、暖炉《だんろ》の薪《まき》が爆《は》ぜるように、美月の体内で蓄積していた熱が弾けた。

「あぁぁっ……んっ!!」

美月は嬌声《きょうせい》を上げて、一気に天高く飛翔する。瞼《まぶた》の裏に眩《まばゆ》い閃光が放たれ、躯《からだ》は猛烈な炎に包まれる。その愉悦に、一瞬にして呑み込まれていった。

そんな美月を追って理人が躯《からだ》を硬直させる。数回痙攣《けいれん》して精を迸《ほとばし》らせたあと、脱力して美月に覆《おお》いかぶさった。

美月も荒々しい息を吐く理人を抱きしめる。ほんの数秒のち、彼が傍《かたわ》らに体重を移動させた。そして美月を自分の上に引き寄せ、冷めていく躯《からだ》に毛布を掛ける。

「素晴らしかったよ。……躯《からだ》は辛くない？」

「大丈夫です。痛みよりも理人さんと結ばれたことの方が幸せで……。喜びで胸がいっぱいです」

「俺の方がもっと幸せを感じてる。美月の愛を得ただけでも嬉しかったのに、好きな人の初めてをもらえるなんて。……それだけじゃないよ。とても純粋で、人情に厚くて、仕事にも熱心な女性と出会えて、本当に幸せなんだ」

理人の胸に手を置いて上体を起こした美月は、輝かんばかりの笑みを浮かべて彼を見下ろした。

「もっと幸せになりたいです。理人さんの傍で……」

「うん。これからも俺の傍でそうやって笑っていて」

理人は美月の頬を撫でると、自分の方へ引き寄せた。美月の長い髪を手に取り、何度も指で梳《す》く。

「この長い髪も好きだ。俺たちを出会わせ、結びつけてくれたから」

その言葉で、理人とぶつかって彼の記章に髪を引っ掛けてしまった日を思い出す。そう、二人はあの瞬間に赤い糸が絡まった。最初こそ気付かなかったが、再会し、勇気を出して想いを告げたことで、こうして結ばれたのだ。

愛を誓います。だから、どうかこの幸せが永遠に続きますように――そう想いを込めて、美月は理人に口づけた。

「さあ、眠って。今日はいろいろなことが重なって、心身共に疲れているはず。躯《からだ》を休めよう」

「大丈夫です……」

美月は反論するものの、理人にまるで赤ん坊を寝かしつけるように触れられると、少しずつ躯《からだ》の力が抜けていった。

理人の規則的な呼吸音や、バチバチと音を立てて躍《おど》る炎の揺らめきが、美月を眠りへ誘《いざな》う。

「おやすみ、美月……」

逞《たくま》しい腕に抱かれて、頬に柔らかな感触が落ちたところまでは覚えているが、それ以降は記憶にない。

翌朝の昼頃、降り積もった雪に反射した眩《まばゆ》い光が眠りを妨《さまた》げるまで、美月はずっと眠っていた。

＊＊＊

「本当に、もう戻って」

美月は、理人が用意してくれた泡たっぷりのバスタブに入りながら、再び懇願した。これまでも数回口にしたが、彼は意に介さない。それどころかバスタブの横では衣服を着たままの理人がしゃがみ込み、美月が湯に浸《つ》かっているのを眺めている。

実は、美月は足腰が立たないほど酷い筋肉痛になっていたため、彼が二階のバスルームへ連れてきてくれたのだ。

そこまでは感謝している。でも何故か美月が大丈夫だと言っても、理人は傍を離れない。

「理人さん、恥ずかしい……」

「どうして？　美月の裸はもう見てるのに？」

理人のからかいに、美月の頬が染まる。それに笑みを浮かべつつ彼は甲斐甲斐《かいがい》しく美月の世話を焼いた。

バスルームを出て服を着替える間は外に出てくれたが、すぐにまた横抱きにされて、暖炉《だんろ》のある部屋まで運ばれる。

「こんな風にされたら、わたし……ダメになってしまいます」

「いいよ。俺の前でならね。俺は美月をとことん甘やかしたい」

そう宣言したとおり、理人はひたすら美月の世話を焼いた。サンドウィッチやフレッシュジュースを作ったり、書斎に置きっ放しだった美月のバッグを持ってきたりしてくれた。

至れり尽くせりの扱いに恐縮しつつも、理人の愛情に胸がいっぱいになったのも事実だ。

好きな人に愛されるって、こんなに素晴らしいのね。次はわたしが、理人さんのためにいろいろとしてあげたい——そんなことを思いながら、美月はサンドウィッチを食べる。

「言い忘れてたけど、昨日のうちに俺から宮本誠一建築事務所に連絡して、美月の家へ俺の家に泊まる旨《むね》を伝えてもらったよ。大雪のせいで動けなくなったからって」

理人に言われて、美月は家に連絡を入れ忘れたことを思い出す。あまりにもいろいろとあったせいで、すっかり頭から抜け落ちていた。

「ありがとうございます。家に連絡を入れてきますね」

バッグに入れたままの携帯を取り出し、美月は立ち上がった。

身動きするたびに、普段使わない筋肉だったり、双脚の付け根だったり、様々なところに意識が向いてしまう。でも、できるだけそれを気にしないようにして窓際まで歩く。

何気なくカーテンに手をかけて外を覗いた瞬間、美月の目に想像を絶する雪景色が飛び込んできた。

広い庭は雪原《せつげん》と化し、樹木は重たそうな雪の帽子をかぶっている。あまりにも凄《すご》い積雪に、言葉が出てこない。

門扉《もんぴ》から玄関まで一本道が出来上がっているのは、美月が眠っている間に理人が雪かきをしたからだろう。

小野塚邸の外はどうなのか不明だが、人通りや車の行き来があれば少しは雪が溶けて、歩きやすくなっているかもしれない。

そんなことを考えながら、美月は携帯の着信履歴をチェックする。そこには、父だけでなく宗介の名もあった。

その事実に妙な不安が湧き起こる。

呆然と携帯を見つめていると、背後でドアの開閉音がした。理人が部屋を出ていったのだ。

その隙にと、父に電話をかける。呼び出し音が一回鳴って、すぐに『美月!?』という声が聞こえた。

「美月です。心配かけてしまってごめんなさい」

『無事なのか？　バイト先から連絡が入ったが、自分から電話できなかったのか⁉　何度もかけたんだぞ！』

「ごめんなさい。マナーモードにしてて気付かなかったの。家に戻ったらきちんと説明するけど、昨夜は仕事でお邪魔していた小野塚さんの家に一泊させてもらいました」

父の安堵の吐息が、美月の耳に届く。

『今日中に帰ってこられるね？　午前中は電車も止まっていたが、今はなんとか復旧している。こっちの雪はかなり溶けてきているから、早く帰ってきなさい』

「わたしも今日中に帰るつもりだけど、まだ外の様子を見ていなくて……」

『これ以上、小野塚さんにご迷惑をおかけするわけにはいかない。そちらを出る時、もう一度連絡を入れなさい。お父さんが駅まで迎えに行くから』

「大丈夫、一人で帰れます。でも、帰る頃にまた連絡を入れるね」

父の『待ってる』という言葉を聞いて、電話を切った。

「とりあえず道路の雪の状態を確認しないと――」

独り言を呟いた時、先ほど出ていった理人が携帯で話しながら部屋に戻ってきた。

「それはどういう意味？　そっちでなんとか、……うん、ではサーバーに上げてくれ。こっちからアクセスして確認を……、ああ、停電は解除されたので大丈夫だ。……頼む」

なにやら焦った様子で電話を切ったあと、理人が美月の方へ近づいてきた。

「どうだった？　家、大丈夫だった？」

「はい。理人さんのお陰で、家にも連絡が入ってました。でも、父には怒られてしまいましたけど……。昨夜のうちに自分で電話をかけられなかったのかって」

「悪かったよ。俺の気が回ら――」

「違います！　理人さんはきちんとしてくれました。ただ、わたしが離れたくなくて」

昨夜、大胆にも自分から誘いをかけた事実を思い出し、頬が上気していった。

そんな美月を、理人は広い胸に抱き寄せる。

「美月のご両親にきちんと挨拶《あいさつ》しに行くよ。これからは長い付き合いになるし」

「はい」

理人の気遣いに胸を熱くして、美月は彼の背に両腕を回して寄り添った。でもすぐに躯《からだ》を離し、彼を仰ぎ見る。

理人は美月の頬にかかる髪に触れ、愛《いと》おしげに梳《す》いた。そのまま耳にかけるのかと思いきや、顔を下げてそこに口づける。そして上目遣いに美月を見た。

理人の愛情の籠もった眼差しに照れてしまい、美月は目を逸らす。でも、先ほどの彼の焦りぶりを思い出し、視線を戻した。

「そういえば、理人さんは大丈夫なんですか？　さっきの電話の様子だと――」

「あっ、そうだった。しばらく書斎に籠もってもいいかな。事務所から至急数値のチェックをしてほしいという要請が入ってね」

「もちろんです、仕事を優先してください。わたしはもう帰りますので」

「えっ？」

理人が驚いた声を上げる。何かを言いかける彼に、美月は小さく頭を振った。

「早く帰った方がいいんです。天候のせいとはいえ、連絡もせずに外泊してしまった。その件で、わたしを助けてくれた理人さんを……大切な人を悪く言われたくないんです」

しばらくの間、理人は返事をしなかった。思い詰めたような表情で美月を見つめたあと、長い息を吐く。

「美月の言いたいことはよくわかった。でも電車が動いているのか、まず状況を確認しないと。数時間だけ待ってくれ。俺が責任を持って自宅まで送っていく」

「大丈夫です。父の話だと、電車は動き始めているみたいでした。早急に帰ってこいと言われたのも同然なので、帰らないと」

「だが、この雪道では危ない。美月を一人では行かせられない！」

言いつのる理人を見て、美月は家の事情を話すのは今しかないと感じた。

何故そうまでして、父の言葉に従うのかを……

「実は、半年前に父が再婚したんです――」

そう切り出した美月は、父に家族を第一に考えるよう言われた話を告げた。二つの家庭を一つにするのは難しい。だから、義母のためにもなるべく心配をかけさせないでほしいと。

「わたしのせいで父を悩ませたくないんです。わたしにできるのは、父の願いを聞くことだけだから」

「わかった……。それならば、駅まで送ろう」

「いいです！　理人さんは仕事を優先してください！」

「それはできないよ、美月」

理人が手を差し伸べるが、美月はその手を掴もうとせず、一歩下がった。

「さっきは父の話でした。でもそれは、相手が理人さんでも一緒です。わたしのことで理人さんを悩ませたくない、仕事の手を止めさせたくない。迷惑をかけたくないんです」

理人は「美月……」と呟き、手を下ろした。

「わかった、美月の気持ちを尊重しよう。その代わり、携帯を貸して」

言われるがまま携帯を渡すと、理人が番号を打ち込む。直後、彼のポケットに入った携帯が鳴り、呼び出し音が切れた。

「俺の番号を入れた。駅に着いたら、必ず俺に連絡を入れること。そして自宅に着いてからも電話をかけてほしい。いいね」

「必ず連絡します」

美月は約束すると、理人と一緒に玄関に向かった。

ブーツを履《は》き終えて振り返る美月に、理人が名残《なごり》惜しげに手を伸ばす。彼は美月の頬に触れながら顔を傾け、キスをした。甘いものを食べるように唇をついばみ、優しく触れ合わせてくる。想いの籠もったキスに、美月の下腹部の奥がきゅんと疼《うず》き躯《からだ》の芯が熱くなる。美月が小さな声で喘《あえ》ぐと、理人は顔を離した。

口づけの余韻《よいん》に浸《ひた》りたかったが、美月はゆっくりと目を開ける。

「気を付けて……」

「はい」

美月は玄関先で理人と別れて外に出た。雪かきされた石畳を歩いて階段を下り、門扉《もんぴ》を開ける。

小野塚邸の窓から見たとおり、どちらを向いても銀世界だ。

道路には車の通った轍《わだち》ができており、時折チェーンを巻いた車が速度を落として走っていく。

歩道は人が歩いたためか溶けてぐちょぐちょになり、かすかにコンクリートが覗いていた。だが、街路樹の根元は真っさらな雪が積もったままだ。

電車は動いているらしいが、バスはわからない。動いていても電車と同じでダイヤが乱れているだろう。早く家に帰りたいのであれば、バスを待つより歩いた方が断然いい。

美月は、足元に気を付けて歩道を進み始めた。時間をかけて住宅街の坂を下り、幹線道路に出る。

そこは住宅街と違い、車が多く走っていた。ただ、車の屋根に積もった雪の厚さを見れば、昨夜はどれほどの雪が降ったのか自《おの》ずと理解できる。

これなら、父も納得してくれるはず。雪で足止めされたせいで帰宅できなかったんだと……

滑《すべ》らないよう足元に視線を落として進んでいた時、携帯が鳴り響いた。

「もしもし」

『今、どのあたり？』

相手は理人だった。こちらを気遣う口調に、美月の頬が自然と緩む。

「今は大通りで、駅までもう少しです。理人さんはどうですか？　お仕事に集中していますか？」

『集中できると思う？　美月のことばかり考えてしまって何も手につかない。転んでいないか、躯《からだ》は辛くないか……と。こうなるなら、やっぱり駅まで送れば良かった』

「その気持ちはとても嬉しいです。でも、わたしのせいで仕事を疎《おろそ》かに――」

そう告げた際、美月の前に誰かが飛び出して道を塞いだ。慌てて「すみません」と謝り、横に避けようとする。でもその人物も同じ方向に移動した。

『美月？　どうした？』

「あの――」

理人の声を聞きながら、美月は顔を上げる。しかし、そこにいる人物を認識するなり言葉を失った。冷たい目でこちらを見下ろしていたのは、義兄の宗介だったからだ。

『美月？　……美月!?』

理人に呼びかけられても、美月は呆然と宗介を仰ぎ見るばかりで答えられない。

寒さで鼻の頭を赤くさせた宗介は、チェスターコートを羽織《はお》り、無地のニットマフラーを巻いていた。ポケットに両手を突っ込み、美月を冷たい目で睨《にら》んでいる。

次の瞬間、宗介がいきなり美月の手から携帯を取り上げ、あろうことか勝手に電源を切った。

「そ、宗介さん!?　……きゃっ！」

携帯を取り戻そうとする間もなく、宗介に腕を掴まれ店の軒先《のきさき》へ引っ張られる。

「俺の言いつけを破ったね。あの家の者と関わるなと言ったのに、雪にかこつけて泊まった」

「違います。わたしは――」

「言い訳は聞かない」

そう言った宗介に乱暴に顎《あご》を掴まれて、横を向かされる。

「……っ！」

「やっぱり……。小野塚理人と関係を持ったな」

美月は目を見開いて、大きく息を呑んだ。

どうしてここで理人の名前が？

「別れろ。彼と付き合うのは許さない」

「どう、して……？」

美月の問いに、宗介の態度が一変する。まるで汚いものに触れたかのように、乱暴に手を離し、鋭い目で美月を睨《にら》み付ける。

「聞きたいのか？　それならば教えてやろう。先日のパーティで、愛菜は小野塚理人と出会い、彼に一目惚れした。彼との将来を強く望むほど恋をしている。俺はそれを助けるつもりだ」

「愛菜ちゃんが、理人さんを……!?」

「縁あって、美月は俺の義妹になった。でも、君と愛菜のどちらの味方をするのかと問われれば、悪いが俺は迷いなく妹を取る。それに、この件は磯山家も関与することになった。母の実家が動く意味がわかるか？　将来、妹が彼と結婚して幸せを得られるように取り計らうという意思表示だ」

「け、結婚……」

「つまり、彼を想い続けても君が傷つくだけだ。だから事前に忠告したというのに。小野塚家と関わり合いを持つなと。いいね、今度こそ彼との縁を切るんだ。今すぐに！」

理人さんと別れる？　――そう思った途端、彼の愛情の籠もった双眸《そうぼう》や、美月に愛《いと》おしげに触れてきた姿が頭を過《よぎ》る。

だが宗介の言葉を思い出した途端、その映像は無残に叩きのめされ、割れたガラスみたいにバラバラに散らばっていった。

イヤよ、別れるなんて絶対にできない！　――と、泣きそうになりながら宗介に訴えようとするが、そうする前に、彼が美月の腕を取って歩き出した。美月は雪道に足を取られつつも、彼に懇願《こんがん》の目を向ける。

「宗介さん、無理です。お願いされても、わたしは理人さんを諦められません。好きなんです、初めて好きになった人なんです」

「そう言うのは予想していたよ。だったら、俺も手段を選ばない。美月、君が……意地でも小野塚理人と別れないと言うのなら、俺は彼の仕事を全て潰す」

「えっ？」

「美月はまだこの世界を知らない。俺には……磯山グループには、それを実行に移せる力がある。俺は容赦なくそれを使うつもりだ。美月が彼から去ると決心するまでね。家に着くまでの間に、どうすれば彼のためになるのか、よく考えなさい」

宗介は静かに美月を射貫《いぬ》く。まるで仕事相手と駆け引きしつつ、どうやって会社の利を得ようかと考える経営者のように。

そう、宗介は磯山グループの後継者であり、実妹を亡父に代わって守り抜こうとする倉崎家の当主なのだ。

宗介と知り合ってまだ一年も経っていないが、彼が本音しか話さないのを、美月は身をもって知っている。

これまでも宗介は、美月が家族や磯山グループに迷惑をかけようものなら、厳しく罰すると忠告してきた。そして、彼はそのとおりに行動している。自分が放った言葉を違《たが》えたことは一度もない。

つまり宗介は本気なのだ。美月が理人と別れなければ、本気で彼を苦しめると……

美月は込み上げる酸《す》っぱいものを何度も呑み込む。瞬《まばた》きを繰り返して涙を零《こぼ》さないよう気を付けてから、宗介を振り仰いだ。

別れたくない。これからも理人と一緒に笑い合い、抱き合い、そして同じ方向を見つめて歩んでいきたい。でも美月が原因で彼を苦しめることになるのだけは、絶対にイヤだ。

美月は心臓に刃《やいば》を突き立てられたような痛みを感じながら手を伸ばし、宗介の腕にそっと触れた。

「何？」

宗介の冷たい口調に躯《からだ》が震え上がるが、それでも勇気を出す。

「……言うとおりにします」

振り絞ったその声はか細く、宗介の耳に届くかどうかわからないほどだ。しかし、彼は足を止めて勢いよく後ろを向く。

「今、なんて言った？」

「理人さんのために、わたしが……身を引きます」

「本当に、小野塚理人と別れるんだね？」

再度確認されて、美月は静かに頷く。その拍子に、ぶわっと涙が込み上げ頬に零《こぼ》れ落ちた。

「……っ」

嗚咽《おえつ》が漏《も》れる。耐え切れずに手で顔を隠すと、宗介が美月を歩道の脇へ促《うなが》した。

「この先、愛菜と小野塚理人の縁談が進めば、彼を家に招くことにもなるだろう。その場合、美月は愛菜の義姉として、磯山家の一員として振る舞ってもらう。できるね？」

理人が家へ？　愛菜が彼と楽しそうに話したり、しなだれかかったりしても、普通に接しろと？

そんなの、絶対に無理だ。好きな人が他の女性と幸せそうに過ごすのを、大人しく見ていられるはずがない。

微笑み合う愛菜と理人を間近で見られるほど、美月の心は強くなかった。そもそも嫌いになって別れるわけではないのに、どうして何も感じずにいられるだろうか。

逃げたい、二人を目にしない場所へ逃げ出したい！

しかし、今のままでは実家を出ることはできない。美月の就職が決まっても、父は家族を第一に考えてほしいと言って一人暮らしを許してくれなかった。

つまり、どうしても家を出たいのなら、特別な理由をつけて父を説得する必要があるということだ。それならばいったいどうすればいいのだろう。

そう思った途端、美月の脳裏にある考えが浮かんだ。

就職を理由にしてもダメなら、勉強のためと言えば許してくれるのではないだろうか。

海外で語学を習得したい、自分の見識を広げるために世界の建築物を見て回りたいと言ったら、拒まないのでは？

美月だけの意見では許可を得られない可能性もある。だけど、父が認める宗介に後押ししてもらえたら、スムーズに事が運ぶかもしれない。

美月はあふれる涙を手の甲で拭《ぬぐ》い、顔を上げた。

「宗介さん。理人さんと別れる代わりに、お願いがあります……」

「お願いって、何？」

「父に語学留学をしたいと頼むので、わたしの味方になってくれませんか？」

宗介が目を眇《すが》め、美月の意図が読めないとばかりに見つめてきた。

「語学留学？　何故いきなり？」

「わたしに理人さんを忘れる……時間をください。このまま家にいたら、絶対に想いを断ち切れません。それなら就職を機に家を出たらいいと思うかもしれませんが、既に父から却下されているので、その口実は使えないんです。だけど留学なら、わたし自身のスキルアップになるのなら、考えてくれるんじゃないかなって。ただ、わたしの意見だけでは――」

「却下されるかもしれない？　だから、俺にお義父さんの背を押せと？」

「はい……。宗介さんが後押ししてくれるなら、父も折れてくれると思います。お願いです。わたしに協力してください」

宗介が難しい顔をする。目の前の信号が青になり、赤になり、再び青に変わっても彼は無言のまま、身動き一つしない。

お願い、わたしを遠くに送り出して。理人さんを忘れる時間をください！　——そう潤《うる》む目で宗介に訴え続けていると、ようやく彼が口を開いた。

「美月の言うとおりにしよう」

「ありがとうございます！」

頭を下げる美月に、宗介が携帯を差し出す。それは、彼に取り上げられた美月のものだった。

「俺は会社の様子を見てくると言って家を出てきたから、あとで戻る。美月は先に帰りなさい。あとで留学の話を詰めよう」

宗介が歩き去り、美月は一人になる。慌てて携帯の電源を入れた。すると、着信があったことを知らせる通知が続けて何回も届く。

全て理人からだとわかり、またも涙が込み上げてくる。美月が彼を案じるように、彼もまた美月を心配して電話をかけてきてくれたのだ。

その時、携帯の着信音が鳴り響いた。液晶画面には理人の名前が表示されている。

「……も、もしもし」

深呼吸して荒ぶる感情を鎮《しず》めたつもりだったが、美月の声は震えていた。

『美月!?　何があった？　どうして繋《つな》がらなくなった？』

「あの……人とぶつかって、携帯を雪の中に落としてしまったんです。それで電源が入らなくなって……」

『大丈夫？』

「はい。だけど、もしかしたら途中で……繋《つな》がらなくなってしまうかも」

そう答えた美月の目が潤《うる》んでいく。手で口を覆《おお》うが、込み上げてくる嗚咽《おえつ》を抑えられない。

『修理に出す方がいいね。今日は足元が悪いから……。ところで今はどのあたり？……美月？　聞こえてる？』

今はダメだ。絶対に知られてはならない！

美月は感情を落ち着かせるように何度も深呼吸を繰り返した。

『美月⁉』

「聞こえてます。……もう駅です」

美月は、道路を渡った先にあるロータリーを見つめる。

『そこまで来たら大丈夫だね』

「はい。……あの、携帯の調子が悪いですし、充電も少ないので、切りますね」

『わかった。気を付けて帰るんだよ。連絡、待ってるから』

「本当に、本当にありがとうございました」

優しくしてくれて、想ってくれて、そして愛される喜びを教えてくれて……

『こっちこそ、ありがとう』

理人は美月の様子がおかしいと勘付いていないのだろう。

そのことにホッとする反面、無性に悲しくて切なくなる。それは肥大していき、やがて胸の奥で渦《うず》巻く感情の堰《せき》を切った。たちまち涙がぽろぽろと落ちていく。

「じゃ……」

電話を切ったあと、美月は人目もはばからずに躯《からだ》を縮こまらせて涙を流した。


この日を境に、美月の周囲は慌ただしく変化していく。

父に就職をやめて語学留学したいと告げると、当然ながら大反対された。しかし宗介が援護してくれたため、最終的にはしぶしぶ許してくれた。

その後、宮本と会って就職内定を辞退したり、留学先をイギリスに決めたりと、いろいろなことがとんとん拍子に進んでいく。

その合間に、美月は理人と連絡を取り続けた。留学する日まで、彼に不信感を持たれないようにするためだ。

但《ただ》し、会うことだけは極力避けた。普通ならおかしいと気付かれたかもしれないが、運が美月に味方したのだろう。

ちょうど年度末の決算期と重なり、忙しい理人が都合をつけられるのは週に一回程度。もちろんデートに誘われたが、美月は大学の用事があると偽《いつわ》って会わないようにした。それが美月にできる、精一杯の拒絶方法だったからだ。

そんな美月の対応を、宗介は黙って見ていた。

最初は早く関係を切れと言ってくるかと心配したが、別れ話をさせていざこざを起こすより、美月が留学する日まで穏便に過ごした方がいいと考えたに違いない。

そして大学の卒業式の日。理人に別れのメールを送ってそのまま出国し、イギリスに旅立った。宗介との約束どおり、美月は理人との関係を自《みずか》ら終わらせたのだった。

第三章

ロンドンから電車で約一時間のところにある、大学都市オックスフォード。そこは〝夢見る尖塔《せんとう》の都市〟として知られ、中世の時代から大学の街として栄えていた。

当初、美月は留学先としてエジンバラやマンチェスターなどの候補地を挙げたが、父に世界中の人が語学や文化を学びにやってくるオックスフォードなら許可すると言われ、そこに決めた。

期間は約二半年。大学の留学制度を利用した美月は、まずホームステイをしながら英会話を学び、その後は寮に入ってカレッジの語学コースへと進んだ。夜は成人教育の一環として語学講座が開かれていたため、週一でフランス語の講義も取った。

その間に、宗介から愛菜が理人と親しくなったという連絡が入った。それを聞いた美月はその件を忘れようと、今まで以上に勉学に励んだ。

勉強漬けの日々で大変だったが、不安や辛さなど一切なかった。勉強の合間に、重厚で荘厳《そうごん》な歴史的建造物を見て回ってリフレッシュしたのが良かったのだと思う。

それにカレッジでは、カウンセラーが親身に学習相談に乗ってくれた。国際交流センターでもスタッフが親切にしてくれ、美月は周りと楽しくコミュニケーションを取ることができた。

理人と会いたくない一心でイギリスに留学したはずなのに、本当に充実した日々を過ごせた。中でも一番の思い出は、一緒に勉強に励んだ友人たちとの旅行だろう。

フランスのパリやイタリアのフィレンツェへ行ったが、それだけではない。国際交流センターに仕事で来ていた平間修也《ひらましゅうや》に誘われて、彼の会社の保養所があるアメリカのフロリダにも足を伸ばした。

ＩＴ企業で働く平間は、当時二十六歳。スタッフから信頼され、日本人留学生からも兄的な存在として慕《した》われていた。美月も自然と彼に心を許し、友人関係を築いていった。

そんな風に勉学以外でも充実した生活を送り、留学期間はあっという間に終わった。

でもそこからまた大変だった。家に戻りたくない美月は、再び宗介に頼み込み、一人暮らしの後押しをしてもらうことにした。

宗介も美月に愛菜の邪魔をしてほしくないと思っていたのだろう。美月だけ狡《ずる》いと愛菜の反対があったものの、彼は今回も美月に協力してくれた。

その甲斐《かい》あって父はしぶしぶ承諾してくれたが、実は今も家族で暮らすのを諦めてはいない。美月が留学したのを切っ掛けに、独り立ちしようとする気持ちを尊重してくれているが、時折やはり義母たちと一緒に実家に住んでほしいと漏らすのだった。

ごめんね、お父さん。理人さんと別れてもう二年半も経つのに、まだ吹っ切れていないの。だから家には帰れない――そう心の中で呟きながら、美月は父が用意してくれたワンルームマンションのカーテンを引く。

「今日も太陽が眩《まぶ》しいし、暑い！」

残暑の陽射しに目を眇《すが》め、息苦しさを覚えるむわっとした熱風に顔をしかめた。一人暮らしを始めて早くも一週間が経つが、まだ躯《からだ》が日本の暑さに慣れない。

でも、この空の下に理人がいる……

理人を思い出すだけで苦しい気持ちになる。それを退《しりぞ》けるように、大きく息を吐き出した。

今、理人と愛菜の関係はどこまで進んでいるのだろうか。付き合っている？　それとも婚約話が出るほど親しくなっている？

具体的に決まったという話が出ていないということは、まだ仲を深めている段階なのかもしれない。

感情に蓋《ふた》をするように唇を強く引き結び、美月は窓際から離れた。

「さあ、今日からは職探しをしないと」

気持ちを切り換え、簡単に朝食をとってから、化粧をして緩やかに巻いたミディアムボブの髪を整える。ワイドパンツとフレンチスリーブのブラウスを着ると、バッグとカンカン帽子を持って外に出た。

できれば建築模型士として働きたいと思っているが、一人暮らしをして自立する以上、贅沢《ぜいたく》は言っていられない。今は語学力も身についたので、そちらから攻めてみるのも手だ。

「それにしても、本当に暑い……！」

強い陽射しを浴びるや否《いな》や、肌がじんわりと湿り出す。美月は帽子を被り、照り返しから逃げるように木陰に入って最寄り駅に向かった。

今日は大学の就職課で、中途採用の求人があるか訊《き》くつもりだ。ハローワークへ行くのは、そのあとで大丈夫だろう。

電車に乗り、流れゆく景色をしばらく眺めていたが、乗り換えの駅で降り、颯爽《さっそう》と歩き出す。

その時、急に誰かに腕を掴まれた。

「芦名さん!?」

美月はハッとして顔を上げる。相手の驚愕《きょうがく》の形相に、美月も目を見開いた。

「み、宮本所長！」

目の前にいるのが美月だと認めるなり、宮本の表情が柔らかくなった。

「帰ってきてたんだね！　まさか連絡を入れる前に会え……いや、えっと、芦名さんは今忙しい？　少し話せないかな」

「所長のお時間が大丈夫でしたら、是非！」

「ありがとう。ここの改札を出たところに、美味《おい》しいエッグベネディクトを出すカフェがあるんだ。そこに入らないか？」

「はい」

宮本は嬉しそうに美月を近くのカフェへ誘った。

店内に入ると、ちょうど奥のテーブルが空《あ》いていたので、そこに座る。宮本が勧めるエッグベネディクトとコーヒーを頼んだあと、美月は改めて突然内定を辞退した不作法を詫びた。

「その件については、もう気にしなくていいから。以前もきちんと挨拶《あいさつ》してくれたしね」

「ですが――」

「それより、芦名さんが小野塚さんの家に行って資料をまとめてくれたのを覚えてる？」

宮本はそう切り出すと、事務所の近況を話し始めた。

そのあと、美月がまとめた資料が役に立ち、コンペで仕事を勝ち取れたらしい。その成功で仕事が忙しくなり、事務所には新たに建築士と建築模型士が増えたという話だった。

「芦名さんが留学して、もう……二年半？　あっという間だった気がする」

「わたしもそう思います。でも、時間は刻一刻と過ぎてるんですよね……」

事務所で楽しく過ごした日々と、留学中の出来事が猛スピードで頭を過《よぎ》っていく。

美月が物思いに耽《ふけ》りそうになった時、タイミングよくテーブルに注文した品が置かれた。イングリッシュマフィンにハムとベーコンとポーチドエッグが載り、オランデーズソースがかけられている。

「さあ、温かいうちに食べよう」

「いただきます」

美月はポーチドエッグを割り、ソースと絡めて味わった。宮本が話したようにそれはとてもいい味だった。

「本当に美味《おい》しいですね。このソース、タルタルソースみたいに魚のソテーや豚カツにも合いそう」

「だろう！　この胡椒《こしょう》のピリッとした刺激が本当に癖になるんだ」

料理の話に花を咲かせたあと、宮本が美月に留学中のことを訊《き》いてきた。

美月はカレッジの語学コースに通い、たくさんの友人を作った話をした。

「なんだか、芦名さんっぽくないね。私の知っているイメージとは大分違うというか……」

「留学するからには、これまでの自分を脱ぎ捨てて頑張りたいと思ったんです。わたしには何も失うものはない、ここからがスタートなんだと。でも、本質はなかなか変わりませんけれどね」

美月は、やっぱり自分は建築に心を惹かれるんだと再認識したことまで打ち明けた。

そういう気持ちになれたのは、アルバイト時代、いろいろな方向から建築関係に携《たずさ》われるように配慮してくれた宮本のお陰だ。

「語学留学が目的でしたけど、向こうの伝統的な建築物を目にしたらわくわくしてしまって。休日にはあっちこっちに足を運びました」

「芦名さんからそういう言葉を聞けて、本当に嬉しいよ。ところで――」

食後のコーヒーを飲みながら、宮本が美月の就職について訊《き》いてきた。

「帰国してから、まだ数日という話だったよね？　今後どうするのかは決めたのかな」

「就職活動はこれからなんです。今日は大学へ行って、中途採用の求人があるか訊《き》こうと……」

「つまり、まだ決まっていないんだね？」

美月が正直に頷くと、宮本は鞄から手帳を取り出し、一枚の名刺をテーブルに置いた。

「芦名さんが仕事に熱心なのは、長い付き合いでわかってる。本当ならうちに就職しないかと誘いたいんだけど、既に所員を補充したあとだから難しいんだ。ただ、私の知り合いの建築事務所が、建築模型士を探している。顧客に外国人もいるから、できれば英語のできる人がほしいらしい。芦名さんさえよかったら、そこを紹介したいんだが……どうだろうか」

美月は渡された名刺を取り、〝青山博《あおやまひろし》建築事務所〟と書かれた表面を見る。そこはとても大きな仕事をする建築事務所で、アルバイト時代、美月もよく名前を耳にしていた。

そんなところを紹介してもらえる幸運に、胸が打ち震える。しかも建築模型士として必要とされるだけでなく、語学力も生かせるのだ。

「お願いしてもよろしいでしょうか」

美月の言葉に、宮本がホッとした表情を浮かべる。

「ありがとう、善は急げだ！　今、青山氏に連絡を入れていいかな」

宮本は携帯を取り出して、青山博建築事務所に電話を入れた。彼は以前頼まれた建築模型士を紹介すると伝えたあと、さっと美月を見つめる。

「先方がすぐにでも面接を行《おこな》いたいと言っている。これから向かえる？」

「はい、よろしくお願いいたします」

美月が返事をするや否《いな》や、宮本はその旨《むね》を伝える。すると、あっという間に青山との面接が決まった。

就職には苦労すると思っていたのに、こんなにもスムーズに事が進むなんて……

「芦名さんなら絶対に大丈夫。頑張っておいで」

カフェを出ると、美月は激励《げきれい》してくれる宮本にお礼を言い、また事務所へ伺うと伝えて別れた。

それから約一時間後。

美月は郊外にある青山博建築事務所の前で足を止め、その三階建てのデザイナーズビルを見上げた。

外壁はコンクリートの打ちっ放しなので少し無機質な印象があるが、それが狙いなのだろう。

大きな窓ガラスの向こうに見えるショールームには、事務所が手がけた建築写真と合わせて模型も飾ってあった。室内の色使いはとても華やかで、外からでも目を奪われる。そこは、外壁の冷たさとは打って変わって温かみを感じさせた。

「ここが青山博建築事務所ね」

美月は深呼吸をして気持ちを整えたあと、帽子を脱いで事務所のドアを開ける。

「いらっしゃいませ」

笑顔で応対してくれたのは、ショールームに立つ女性だった。

「宮本誠一建築事務所の紹介で参りました、芦名と申します。青山所長に面会させていただく約束をしているのですが、いらっしゃいますか？」

「承《うけたまわ》っております。どうぞこちらへ」

女性の案内で最上階へ向かった。彼女は所長室のドアをノックして「所長、芦名さまがいらっしゃいました」と伝える。

「どうぞ」

深みのある声が響くと、女性所員はドアを開けて美月を室内へ促《うなが》した。美月は彼女に会釈《えしゃく》して入室する。

「芦名美月と申します。このたびはお時間をいただきまして、どうもありがとうございます」

「いやいや、こちらこそすぐに呼びつけてしまって申し訳ないね」

大きなデスクに座っていたのは、七十代後半ぐらいの男性だった。忙しくしているのか、デスクの回りには段ボールが積み上げられ、物が乱雑に置かれてある。

美月の視線に気付いた青山が申し訳なさそうに苦笑いした。

「汚くて悪いね。今、いろいろと忙しくてバタバタしてるんだ。さあ、こっちに座って」

青山が示したソファに座った美月は、履歴書を取り出して手渡す。だが彼は、それにちらっと目を通しただけでテーブルに置き、美月を見返した。

「仕事の概要を説明するね――」

そう言って、青山が話し始めた。青山博建築事務所は、主に注文住宅や小規模オフィスの建築を請け負いつつ、大手不動産会社のコンペにも積極的に参加しているという。また今秋からは、商業施設や空間構成に特化したデザインにも手を広げる予定とのことだった。

「仕事内容は宮本くんのところとそれほど変わらないかな。ただね、うちは所員同士は家族も同然に助け合ってほしい、と言っているんだ。皆が一つになって団結しないと、いい家を建てられないからね。芦名さんも、その一員として働ける?」

「はい。宮本誠一建築事務所でバイトをしていた時、わたしはいろいろな方の補助をさせていただいて、皆が力を合わせるからこそ、クライアントの笑顔が見られるんだと学びました。そのことを忘れず、こちらでも所員の皆さんと手を携《たずさ》えて頑張りたいです」

美月の返事に、青山は口元をほころばせて何度も頷いた。

「芦名さんとお話しできて良かった。最初はそんなつもりがなかったんだけどね」

えっ？　それってどういう意味なのだろう。

美月がきょとんとしていると、青山が顔の前で手を左右に振って苦笑した。

「いや、気にしないでほしい。芦名さん、君をうちで雇いましょう」

「あ、ありがとうございます！」

「本当なら九月一日付けで……と言いたいが、現在少々ごたついててね。ちょうどいい機会だから、お盆明けから出勤してもらえないかな」

「問題ありません。どうぞよろしくお願いいたします」

その後、必要書類を受け取ったのち、青山が自《みずか》ら事務所内を案内してくれた。所員たちとすれ違うたびに挨拶《あいさつ》し、そして外へ出る。

「では、待ってるよ」

「はい、失礼いたします」

頭を下げて青山と別れると、最寄り駅へ向かった。その道すがら、宮本に電話をして就職が決まったと告げる。彼はとても喜び、そっちでも仕事を頑張れと応援してくれた。

働き始めるのは、ちょうど一週間後。

「紹介してくれた宮本所長に迷惑をかけないためにも、頑張らないと」

何もかも、今からスタートさせる。人生も、新しい恋も……

美月は青空を見上げて誓う。しかし、きつい陽射しが目に入り、堪《たま》らず顔を背けた。

「大丈夫……、心配することなんかない」

口に出して言い聞かせるが、妙に心の奥がざわつく。

美月はカンカン帽子を被って陽光を遮《さえぎ》ると、そのまま逃げるように急ぎ足で帰った。


――一週間後。

出勤初日というのもあり、美月はチェストの上に飾っている実母の写真に、いつも以上に丁寧に手を合わせた。

「お母さん、わたし……新しい職場で頑張るからね」

その時、美月の携帯が鳴り響く。慌てて確認すると、父からだった。

「もしもし」

『美月？　お父さんだ。今日から新しい職場に出勤だったね？』

「うん……」

『本当は、初出勤はうちから送り出してあげたかった。でも美月は一人暮らしを始めたし、そうもいかないだろう？　それで電話をかけようと思ってね』

「ありがとう、お父さん」

『宗介くんに言われて美月の一人暮らしを認めたけど、お父さんはまた一緒に暮らしたいと思ってる。うちからなら乗り換えなしで職場に行けるんだから、こっちに帰ってくることを考えてほしい』

美月を想う父の気持ちは伝わってくるが、今はまだその願いを叶えることはできない。家に帰れば、愛菜の口から理人の話題が出るだろう。もしそれがデートや婚約の話だったら？

ダメだ。自分の心を偽《いつわ》る自信がない。

許して、お父さん――と心の中で謝りながら、美月は置き時計に目をやった。

「お父さん、ごめんなさい。わたし、そろそろ出ないと。ゆっくり話せないからもう切るね」

『わかった。また連絡を入れるよ。仕事、頑張ってきなさい』

「うん。じゃあね」

美月は電話を切ったあとも、しばらくじっとしていた。しかしこのままだと本当に遅刻してしまう。美月は父との会話を頭の片隅へ追いやると、必要書類を持ってワンルームマンションを出た。

蒸し暑くなりそうな眩《まばゆ》い陽射しに、美月は目の上に手をかざす。そして、汗が滲《にじ》み出てくる前に駅へ行こうと、急ぎ足で向かった。

通勤は思ったよりも時間がかからず、美月はスムーズに青山博建築事務所にたどり着いた。

美月を迎えてくれた所員たちは、まるで本当の家族みたいに親切で優しい。五十代の一級建築士は父のように、四十代の営業担当者や総務担当者は叔父・叔母のように、そして三十代の二級建築士やショールーム担当の女性、建築模型士は兄や姉のように美月に接してくれた。

美月が得られない家族愛に似たものを、まさか仕事場で感じられるなんて思ってもみなかった。

快《こころよ》く迎え入れてくれた所員たちに迷惑をかけないよう、頑張らなければ……

決意を新たにした美月は、建築模型士の北川《きたがわ》の案内で二階にある工房に入った。

「そこが芦名さんの席よ」

北川が目の前のデスクを指す。そして壁際に置かれたキャビネットには、模型制作に欠かせない道具や材料が置いてあると教えてくれた。

「芦名さんにはいろいろな仕事が回されると思う。覚悟しておいてね。あっ、そういえば、所長のアシストにも入るんだよね？」

「所長の？」

訊《き》き返したものの、宮本に〝顧客に外国人もいるから、できれば英語のできる人がほしいらしい〟と言われたのを思い出した。

「はい。そういうお話を伺いました。皆さんのお役にも立てるように頑張ります。それにしても、本当に素敵な工房ですね」

広々として開放的な工房に目を輝かせると、北川が楽しそうに口角を上げた。

「あたしもそう思う。青山所長の設計って素敵よね！　いかにも仕事部屋っていう風ではないし、ここで仕事するのは本当に楽しいの。芦名さんもそう思ってくれたら嬉しいな」

北川の言葉に頷き、美月は彼女と昔からの友達のように微笑み合った。

先輩としてだけでなく、女性としても素敵な人……

美月は、背が高くて大人っぽい北川を改めて眺めた。

北川は、綺麗な脚のラインを引き立てるスキニーパンツにチュニックというカジュアルな服装をしており、背中に届く長い髪を無造作にシュシュでまとめている。女性らしい服を着たらもっと色っぽく見えるだろう。でも、こういう活動的な格好もとても似合っていた。

北川が動くたびに、艶《つや》やかな髪が背中で軽やかに揺れる。

その光景を見ていると、美月の胸に針で刺したような痛みが生じた。理人への想いを断ち切るためにミディアムボブにしたのに、髪の長い女性を見ると無性に胸が苦しくなってしまう。

「芦名さんには、まずあたしの仕事の補助から始めてもらうね。デスクにかじりついて仕事をするより、実際に動いてもらった方が道具や材料の位置を覚えられるし」

「あっ、はい！」

我に返った美月は、慌てて北川の姿を追う。彼女はキャビネットの戸を開け、白い建築模型を作業用デスクに移動させた。そして、シート指定を記した図面を模型の横に広げる。

「ここにあるとおりに、フローリングシートとかを貼ってくれる？　シートはキャビネットね」

「わかりました」

美月がキャビネットの引き出しを開けて指定されたシートを取り出した時、工房に携帯の着信音が鳴り響く。北川がデスクに置いていた携帯を取った。

「はい、北川です。えっ……はい、わかりました」

北川の目が美月に向けられる。彼女はふっと唇の端を上げたあと、何度も頷いて携帯を切った。

「所長から連絡よ。今すぐ、芦名さんに所長室に来てほしいって」

「どうして内線ではなく、北川さんの携帯に連絡が？」

「うちは携帯の連絡もオーケーなの。内線もあるけど、皆同じ場所にずっといるわけじゃないしね。だから全所員の番号を登録してるんだけど、芦名さんのはまだでしょ。それで、あたしのところに連絡が入ったみたい。作業中のものはそのままでいいから、所長室へ行ってきてくれる？」

「はい。では、行ってきます」

工房を出ると、美月は三階に向かった。ドアをノックして名前を告げる。

「どうぞ」

室内からの返事を聞いてドアノブに手をかけようとした。しかし、そこで美月の手が一瞬止まる。

今の声って青山所長？　こんな深い声で話す人だった？

小首を傾げたものの、美月は気持ちを切り換えてドアを開けた。

「失礼いたします」

入室して、正面のデスクを見る。青山はドアに背を向ける形で大きな椅子に座っていた。彼の目線の先にはドラフターがあり、集中して作業をしている。

仕事中の青山を邪魔するのははばかられたが、美月を呼び出したのは彼自身。美月はデスクの前で立ち止まり、彼に声をかけた。

「わたしをお呼びだと聞いて伺いました」

「……うん」

青山が椅子の背に凭《もた》れる。背もたれを大きくしならせたあと、急に立ち上がった。

「えっ？」

そこにいるのは、美月が知る青山ではない。彼は白髪《しらが》まじりの髪で、猫背だった。でもこちらに背を向ける男性は髪が黒々としていて、背が高い。しかも上背はがっちりしていて、どう見ても若い男性だ。

これって、どういう……？

美月が戸惑っていると、男性がゆったりとした動作で振り返った。

「……っ！」

思わず悲鳴が出そうになり、美月は手で口を覆《おお》う。そうしながらも目の前に立つ男性から目が離せない。

嘘よ、そんな……まさか！

「ようやく会えた。約二年半の間……俺がどんな気持ちでいたか、きっとわからないだろうね」

その男性は、美月が一方的に別れを告げた理人本人だった。

記憶にある理人よりも面持ちがほっそりとして、精悍《せいかん》さを増している。たった数年会わなかっただけで、甘くほんわかとした雰囲気が消え、男っぽさが匂い立つ男性になっていた。

状況に頭が追いつかず呆然としていると、理人が美月に近寄ってきた。彼から漂《ただよ》う芳《かぐわ》しい香りに、胸の高鳴りが止まらない。息ができなくなってしまうのではないかと思うほど、呼吸のリズムが乱れてくる。

「美月……」

美月を魅了した情熱的な囁《ささや》き。たったそれだけで躯《からだ》に電流が走り、痺《しび》れて身動きできなくなる。そんな美月を、理人が腕の中に引き寄せた。

「この時を待っていた。ようやく捕まえた」

理人の言葉で我に返った美月は、彼の胸を押して乱暴に躯《からだ》を引き剥《は》がした。続いて後ろに下がって距離を取ろうとするものの、彼がそうさせてくれない。美月の肩をがっちり掴んで、再び二人の間を縮めてくる。

だが美月は、拒むように躯《からだ》を捻《ひね》って理人の手を振り払った。

「どうしてここに？　青山所長は？　わたし、所長に呼ばれて――」

「俺が所長だよ」

嘘でしょう……？

そう反論したかったが、理人の眼差しに揺らぎはなかった。

「青山さんは数年前から引退したいと俺の父に相談していてね。小野塚事務所と話し合いを持っていた。そして俺が所長に就《つ》くことで話がまとまった。九月一日付けで代表を交代する」

そこで初めて、青山のデスクの周囲にあった段ボールが片付けられていることに気付く。あれは所長室を明け渡すために整理をしていたのだ。

「では、理人さんがわたしの雇い主？」

理人の瞳に、ゆらゆらと燃えるような炎が見える。それを目にした途端、忘れられないあの雪の夜が、まるで映画を見ているかの如《ごと》く甦《よみがえ》った。

理人が美月を壊れ物のように扱い、その腕に抱き、そして愛し合った日を……

「こうして俺の懐《ふところ》に飛び込ませたからには、もう逃がさない。君は俺のものだ」

美月の頬に触れてきた理人に、彼を仰ぎ見るよう促《うなが》される。

やめてと叫びたいのに、言葉が喉の奥に引っ掛かって出てこない。理人の目に、辛苦が見え隠れしているからかもしれない。

「この気持ちはずっと変わらない……」

次の瞬間、美月は理人に唇を塞がれていた。柔らかい感触に、下腹部の深奥《しんおう》に熱が集中し始める。彼から離れている間、一度も感じたことのない疼《うず》きが躯《からだ》中に広がっていった。

だが理人の濡《ぬ》れた舌が唇を割って侵入すると、美月の心の中で警報が鳴り響いた。

「……っ、だ、ダメっん！」

いつの間にか理人に縋《すが》りついていた手に力を込めて、彼を突っぱねた。

「ダメ、ダメです！」

美月は泣きそうになるのを必死に堪《こら》え、何度も首を横に振る。でも、彼に対する恋しさと切なさが交錯《こうさく》して、目が潤《うる》んでしまった。

「わたしはお別れを言いました。わたしたちの縁は、もう切れたんです！」

「切れた？　いや、俺はそう思わないよ。そもそも一方的な言い分で終わらせるなんて、そんなのは別れ話とは言えない。俺たちは話し合ってさえいないんだ」

「それは！　わたしが――」

逃げ出すしかなかったから――と、口には出せない言葉を呑み込み、さっと目線を逸らした。

もう理人を追いかけてはいけない、彼への恋心を膨らませてはいけない。なのに、彼を前にしただけで感情が暴走しそうになる。

別れてから二年以上も経つというのに！

美月は、理人と距離を取るべきだと自覚していた。しかし、彼から伝わる熱、香り、そして吐息の全てが、美月を翻弄《ほんろう》してくる。

「美月、やっと再会できたんだ。もう二度と君を離さない」

「離さないって、どうするつもりですか？　わたしがここを辞め――」

そこまで言って、慌てて口を閉じた。

入ったばかりで辞めたら、紹介してくれた宮本や雇ってくれた青山に対して失礼にもほどがある。そもそも恋愛問題を理由に仕事を放り出すのは、社会人として失格だ。

「……辞めるって？」

「いいえ、辞めません！　でもそれは、理人さんとの関係を戻すという意味ではありません。だって、わたしの気持ちは、もう……別れを告げた日に終わってるんですから」

弱気になりそうな自分を隠すために顎《あご》を上げ、理人を見つめ返す。

これで理人が怯《ひる》んでくれればと願うが、彼は美月の予想に反して頬を緩めた。

「美月、強くなったね。昔の君はこんな風に挑戦的ではなかったのに。海外生活が君に自信を与えたのかな。でもそんな美月も素敵だ。初めて出会った時よりも、……初めて美月をこの腕に抱いた時よりもずっと」

「だから、そういう話はやめてください」

初めて結ばれた日を思い出して、美月の躯《からだ》がカーッと熱くなる。頬も上気し、心が当時に戻るのを許してしまいそうになった。

「いや、俺はやめないよ。雪が積もったあの日に、俺は君に心を捧げたのだから。これからは俺の気持ちをわかってもらうために、ずっと言い続ける。君を捕まえると」

「ご遠慮いたします！」

しかし、美月が何を言おうと意にも介さず、理人は自分の気持ちを真っすぐにぶつけてくるだろう。

美月は怖かった。理人がグイグイ攻めてくることがではない。彼の想いに〝負けてしまえ〟と囁《ささや》きかけてくる、自分の心の声が怖かった。


――数時間後。

青山博建築事務所からほど近い場所にある和創作ダイニング店に、所員全員が集まる。青山と理人の歓送迎会は後日開かれるので、美月の歓迎会もそちらと合わせる予定だったらしい。だが、せっかくなので皆で飲もうという話になり、こうして所員全員でグラスを傾けるに至っていた。

店内では仕事の話だったり、家族の話だったり、恋人の話だったりと、あちらこちらで会話が交わされている。

「芦名さん、皆いろいろと訊《き》いてくると思うけど、言いたくないことがあったらはっきりと断っていいんだからね。うちではそうやって仲間意識を強く持っていくっていう感じだから」

「ありがとうございます」

丁寧に教えてくれる北川にお礼を言ったのち、美月は他の所員たちとお酒を酌《く》み交わした。

所員は全員で二十人にも満たない。それがかえって団結力を増すのか、男性も女性も皆仲が良い。青山が言ったように、親戚一同が集まったみたいに盛り上がっている。理人も所員たちと親しげに話していた。

理人が次期社長に就任するのは、内々で広まっていたらしい。まだ着任まで日数があるにもかかわらず、既に所員たちと交流を持っていたのか、親しげに〝所長〟と呼ばれている。

お酒が進むにつれて、皆の声が大きくなっていく。

美月は楽しそうな所員たちを見ては微笑み、北川やショールーム担当の田端《たばた》と、女子同士の話に花を咲かせていた。田端は北川と同年代だが、北川の大人っぽい雰囲気とは違い、ふんわりとした可愛らしい女性だ。

「ねえ、今度女子会を開きましょうよ。芦名さんとは、もっと楽しく話したい」

「いいわね！　ホテルのビューティプランとかも一緒に行ってみない？　日頃の疲れを癒《い》やして、美容にいいランチを食べるの」

北川の言葉に田端が賛同する。美月も「是非！」と返事した時、隣に座っていた二級建築士の谷口《たにぐち》が、美月たちの方に身を乗り出してきた。

「今の話、聞いた？　小野塚所長って独身なんだって」

田端は恋愛話が好きなのか、すぐさまその話題に乗っかる。

「独身？　でも、特定の女性はいるんでしょう？　あの所長に限って恋人がいないなんてあり得ないもの。ってことは、恋人が事務所に顔を出すこともあるかもね」

顔を出す？　……ひょっとして愛菜⁉

心臓が激しく跳ね上がる。美月は思わず斜め前に座る理人を窺《うかが》った。彼は美月に見られているとは知らずに、最年長の一級建築士と話し込んでいる。

「そこは詳しく訊《き》かなかった。だって、小野塚所長に恋人がいてもいなくても、事務所にも俺にも関係ないし」

谷口の答えに、田端が身を乗り出した。

「ダメよ。そこはきちんと訊《き》いておいてくれないと。だってショールームに立つあたしが所長の恋人を知らなかったらどうなると思う？　もし事務所に現れた時に失礼な言動で怒らせでもしたら……。小野塚所長！」

居ても立ってもいられないという様子で、田端が理人に声をかける。彼女の呼びかけに、理人がこちらに目線を向けた。

視線が絡み合うだけで、腰が砕けそうになる。美月は慌てて顔を伏せ、理人の影響力から逃れた。

「何、田端さん」

「今耳にしたんですけど、小野塚所長は独身なんですよね？　恋人はいらっしゃるんですか？」

田端の行き過ぎた質問に、先ほどまで賑《にぎ》やかだった座敷はシーンと静まり返る。でも他の所員たちも興味を持っているのか、誰もが理人の言葉を待っていた。すると、場の雰囲気を敏感に察知した彼が、おかしそうに笑う。

「俺のことがそんなに気になる？」

「もちろんです！　小野塚所長の恋人が来られた時、無礼を働いてはいけませんから。それに、小野塚所長の恋人も家族のように快《こころよ》く迎え入れたいですし」

そう、快《こころよ》く迎え入れなければ。愛菜が事務所にやってきても……

美月のグラスを掴む手が、自然と震える。それを抑えようと力を込めれば込めるほど震えは大きくなり、グラスの中身が揺れ始めた。

「期待に添えなくて悪いけど、付き合っている女性はいないよ。それに、たとえ友人が事務所に来たとしても気にしないでいい。普通に接してくれたら——」

「お付き合いしている女性がいないのはわかりました。では、今アプローチを受けている女性は？」

田端がさらに突っ込んだ質問をぶつける。すると、理人が楽しそうに噴き出した。

「俺に好意を持つ女性がいるのかいないのか、それはわからないけど、一つだけははっきり言える。好きな人はいるよ」

淀《よど》みない言葉に、美月は躯《からだ》を強張らせて顔を上げる。理人は所員ににこやかな顔を向けていたが、美月と目が合うとそこで視線を止めた。

「ずっと忘れられない。一方的にメールで別れを告げて、俺から逃げた女性なんだ」

「えー、メールで一方的に!?　それはあり得ないですよ。その女性、ちょっと酷いですね」

「酷い……というか、悲しかったな。当時は理由がわからなくてね。でも俺にも至らないところがあったんだと思う。だから再会した今、全力でぶつかるつもりなんだ」

「えっ、再会したんですか!?」

「ああ。だから皆さん、俺と誰かを引っ付けようとしないでくださいね。俺は、彼女を落とすことで頭がいっぱいなんですから」

理人が笑って釘を刺す。所員たちは彼を応援すると口々に言った。

「ありがとう」

そのあと、理人が一人一人に声をかけていく中、美月は彼を盗み見ていた。

もし今の話が真実なら、理人と愛菜の関係は進んでいないと考えられる。そして彼は、彼女が自分を好きだということにも気付いていない。

「一方的に別れを告げて逃げるなんてどうかと思うけど、小野塚所長がそれほど想ってるんなら、応援してあげたいよね」

「そうよね……。あたしたちができるのは応援だけだし。ねっ、芦名さん」

「えっ？」

いきなり北川に話を振られて、美月はハッとなる。あたふたしていたら、彼女が美月を肘で小突いてきた。

「だから、小野塚所長の恋が実るように応援しようって話」

「あっ……はい。そうですね」

「何？　芦名さん、酔っ払っちゃった？　顔が赤いし、目も潤《うる》んでるよ？　なんだかこのまま眠ってしまいそう」

「大丈夫です！　北川さんたちと飲めるのが楽しくて、紅潮しているんだと……」

「嬉しいことを言ってくれるんだね。ふふふっ、明日は休みなんだし、飲んじゃえ、飲んじゃえ～」

田端の言葉に、美月はグラスに入ったゆずレモンサワーを一気に飲み干す。すると彼女が新しい飲み物を注文してくれた。

美月が北川と田端に挟まれて、冷えたサワーを次々に口へ運んでいた時、不意に理人が美月の方へ身を乗り出した。

「みつ……あっ、いや……芦名さん、もう飲まない方がいいじゃないかな」

「小野塚所長、芦名さんだけを心配するんですか？　あたしたちは？」

話しかけてきた理人を、田端がからかう。

「田端さんも心配だよ。ただ、芦名さんとは前から知り合いだから」

「えっ⁉」

驚きの声を上げた所員たちの目が、一斉に美月に向けられる。

「そんなに驚くことかな。彼女は大学生の時に別の建築事務所でバイトをしていたんだけど、一時、仕事で俺の父の家に通っていてね。偶然実家に戻った時に芦名さんと出会ったんだ」

「そうだったの？　どうして教えてくれなかったの⁉」

北川や田端に詰め寄られて、美月は二人を交互に見ながらおろおろする。

「あの、わたしもびっくりして……。でも、わたしが親しくしていただいたのは小野塚所長のお父さまで、所長とは別に親しくは」

理人が片眉を上げて物言いたげに問いかけてくるが、美月はグラスに目線を落としてそれを避けた。

「親しくはないと言っても、接点はあるんだから……。良かったね、知っている人なら仕事もやりやすくなるんじゃない？」

「えっ？」

「ちょっと、もう忘れちゃったの？　所長のアシストにも入るって、今朝言ったのに。う～ん、やっぱり酔っ払ってるのかな。小野塚所長の言うとおり、今夜はもう控えた方がいいかも」

北川は美月を案じてグラスを取り上げようとする。でも美月は、すかさずグラスを傾けて残りのレモンサワーを飲み干した。

「大丈夫です、酔ってはいません」

「……本当？」

「はい」

なんともないとアピールしてみせたあと、美月は理人の話題を終わらせるために別の話を振る。

北川と田端は趣味のスポーツ観戦や、オススメのネイルサロンなどの話をしてくれた。それに「今度一緒に連れていってくださいね」と伝えながらも、意識は理人に向いてしまう。

どうして皆の前で面識があると言ったの？　その真意は？

そんな問いの込もった美月の視線に理人が答えることはない。彼は既に男性陣との会話に戻っていた。彼がフラれた話をしたのを切っ掛けに、皆、自分たちの恋愛経験を酒の肴《さかな》にして盛り上がっている。

理人の恋の話など聞きたくない！

美月は理人から顔を背けて、新しく頼んだライムサワーを飲み干す。

そして案の定、飲み過ぎてしまい、知らぬ間に酔い潰れてしまった。

＊＊＊

海やプールで漂《ただよ》っているようなふわふわとした感覚に、美月はうっとりと吐息を零《こぼ》した。躯《からだ》の怠《だる》さも相まって、素肌を撫でる質感や火照《ほて》る肌を冷やす感触に身が震える。

美月を包み込むこの感覚は、あの夜に似ていた。

理人と初めて結ばれた日に体験した、あの熱いうねりに……

美月はあれから何度もエロティックな夢を見てきた。目が覚めたら必ず空《むな》しい気分になるとわかっているが、夢の中だけであっても、愛する人に想いを告げ、温もりを感じたかったのだ。

そんな風に理人を想っていたせいか、霞《かすみ》がかかった彼の顔が徐々に鮮明になっていく。

いつものように見下ろしてくる彼に、美月は手を差し伸べた。

いてくれる。

夢の中の理人が困惑の表情を浮かべる。でも大丈夫。美月が彼を求め続ければ心を開
「ダメだよ。美月は今、正気では――」

「わたしを拒まないで。お願い……。好きなの」

「俺……を？　本当に？　美月に触れていい相手は、俺？」

「他に誰がいるの？　わたしには、あなたしかいないのに」

理人が息を呑む音が響く。直後、力強い鼓動音と熱された肌から立ち上《のぼ》るムスクの香りが、美月の心を震えさせた。

これは儚《はかな》い夢。そこでしか想いを果たせないからこそ、自分を偽《いつわ》らずに愛を囁《ささや》きたい。

「俺だって美月しかいない！　君が去ってからも、ずっと、ずっと……」

恐る恐る伸びてきた理人の手が、美月の頬に触れる。美月はその温もりをより感じるため、顔を動かして手のひらに唇を押し付ける。

「わたしも、ずっと……理人さんを求めて……っんぅ」

理人が美月の言葉を遮《さえぎ》るように口づけ、巧みに動かしては柔らかい唇を貪《むさぼ》った。歯を立てて甘噛みし、柔らかな舌を挿入して口腔《こうこう》を侵《おか》す。キスが深くなればなるほど、脳の奥が麻痺《まひ》していった。

「理人さん、お願い……」

煽られた欲望で双脚の付け根が疼《うず》き、あふれる粘液がパンティを浸潤していく。

そこからは早かった。理人が美月の服と下着を脱がせ、自《みずか》らも裸になる。肌が触れたところから体温が伝わってくると、彼を求めて心が震えた。肌を這《は》う彼の指が熱くて、抱きしめてくれる腕が温かくて、美月は導かれるままに喘《あえ》いだ。

理人の指で蜜壷を掻き回された時は、もう何がなんだかわからなくなった。唇と舌で花弁と花心を愛され、押し寄せる快感に身が蕩《とろ》けてしまいそうになる。

下腹部の柔肌を撫でる理人の髪さえも、美月を快感の虜《とりこ》にする手助けになった。

「ン……っ、あ……っ、はぁ……んぅ」

「俺の知る、美月ではない――」

理人が何かを呟くが、美月はそれどころではない。強い刺激に身を投じ、彼から与えられるものを取り零さないように必死だった。

もっと、もっとと際限がないこの欲を、どうすればいいのだろうか。

「あん、ぁ……ん、あ……っ、い、いやぁ……っ！」

「美月、美月……もう、君がほしい」

理人の引き締まった腹部の下にあるそそり勃つ怒張が、美月をほしいと昂《たかぶ》っている。

あまりにも猛々《たけだけ》しい彼自身を見て、理人に舐められた秘所に熱が集中していった。ずきずきとした痛みが生じて、勝手に戦慄《わなな》き出す。とろりとした蜜が滴《したた》り落ちていくのがわかるほどだ。

夢とは思えない感覚に、美月の呼吸が弾む。理人の唾液で光る乳首はもう一度含んでと言わんばかりに尖り、乳房は触ってと誘うように揺れた。

「あっ、や……ぁ」

淫《みだ》らな声を上げると、理人に俯《うつぶ》せにさせられた。続いて四《よ》つん這《ば》いの体位を求められ、双丘を突き出す格好にされる。

恥ずかしい体勢に美月の蜜口がきゅんと締まった瞬間、理人が淫液にまみれた襞《ひだ》に沿って優しく触れてきた。熱、硬さ、そして形から、彼が切っ先でそこを弄《いじ》っているのが伝わる。

「あっ、あっ……っんぁ、は……っ」

「美月の喘《あえ》ぎが、俺をこんなに高揚させてるんだよ」

理人は美月の腰を掴み、膨らんだ先端を焦《じ》らすように花蕾《からい》へ捩《ね》じ込んでいく。そうしてぬめりのある狭い蜜孔を四方八方に広げて、奥へと突き進んだ。

「んふぅ、は……ぁん」

身を焦《こ》がす心地いい刺激に、躯《からだ》が小刻みに震えた。白いシーツを強く握り締めると、理人が腰を揺らし始める。ずるりと抜け、また押し込まれる感触に体内の熱が膨張していった。

「あっ、……いい……っ、んぁ……っ！」

鋭い快感に貫《つらぬ》かれて、理人を誘う甘い声が漏《も》れる。

直後、理人は背後から美月の乳房を手のひらに収め、抽送《ちゅうそう》しながら揉みしだいた。

硬く尖った乳首を指で挟み、転がしてはキュッと摘まんでくる。触れられたそこかしこに新しい熱が生まれ、これ以上ない快楽に包み込まれた。

「美月……っ、ああ……」

理人の歓喜の叫びに煽られる。美月が堪《こら》えきれずに腰をくねらせると、彼は滑《なめ》らかに刻んでいたリズムを徐々に速めていく。蓄積する情欲がうねり、その渦《うず》に引きずり込まれそうになる。

「つんぁ、ああ……んぅ」

快《こころよ》い潮流が絶《た》え間なく押し寄せる。美月は猫が伸びをするみたいに背を反らし、それを享受した。

こんな風に夢の中で愛を交わせるなんて……

あまりの幸福感に美月の媚口が理人の硬茎をぎゅっと締め上げ、さらに奥へと誘う。

「……っく！」

背後から聞こえる理人の押し殺した呻《うめ》き声が、美月を二人だけの世界へ押し上げていく。

その時、理人が腰で円を描くような動きを加え、美月の敏感なところを執拗《しつよう》に攻めだした。いやらしい動きに、美月はより一層燃え上がる。

「あっ、イヤ……そこっ、っんぅ！」

心地いい疼《うず》きを与えられて、美月の目に涙が浮かんでくる。

ああ、ダメ。もう……！

すすり泣きに似た喘《あえ》ぎを零《こぼ》した時、理人が美月の頭を撫でて指に髪を絡ませた。

「俺の好きだった長い髪が、こんなに短く……でも俺の気持ちは変わらない。今の君もとても素敵だ」

首筋に口づけを落とされて、美月の躯《からだ》がぴくりと跳ねた。

待って、何かがおかしい……

「っん、っん……あ……っ、はぁ……っんぅ」

美月は理人の激しいリズムに揺すられ、押し寄せる快感に心を乱される。しかし、頭の片隅に残った冷静な部分で、彼との行為を振り返った。

これまでの夢は、理人と結ばれた記憶をたどりながら愛を確かめ合うものだった。あの時しか経験がないため、どの夢も彼が美月を愛した方法のみ。他の蜜戯《みつぎ》があるのは知っているが、実際にはどういう風になるのか皆目見当もつかない。

でも今は、初体験の時に感じたことのない滾《たぎ》る熱情が体内で渦巻《うず》いている。それだけでも不思議でならないのに、理人の口からは記憶にない言葉が発せられた。

〝俺の好きだった長い髪が、こんなにも短く〟と。何故……？

「っぁ、あ……っ、待って……、待っ……て！」

甘い夢から醒めなければと思えば思うほど、美月に襲いかかるうねりが強くなる。

もしかして、もしかしてこれは……⁉

肩越しに振り返り、美月を官能の世界へと駆り立てる理人を見た。すると彼が顔を寄せ、美月の唇を塞いだ。くちゅくちゅと唾液の音を立てながら舌を絡ませ、吐息をも奪う。

こんなキス、知らない！

やっぱり夢じゃない。これは現実に起こっていることで、美月は理人とセックスしているのだ。

早く拒まないと、最後までしてしまう。

「っんぅ、イヤ……っんぁ、ダメ……ん、はぁ……ぅんん！」

理人が愛《いと》おしげに美月の唇を吸い、激しい腰遣いを繰り返す。合わせて、美月の体内で蠢《うごめ》く悩ましい疼《うず》きがどんどん大きくなる。それは潮流となって、美月を絶頂へと押し上げていった。

ダメよ、ああダメ！　このままではイっちゃう、……イクぅ‼

美月が理人を拒絶する間もなく、甘美な狂熱が一瞬にして弾け飛んだ。

「っんんんんぅ！」

歓喜の声は、理人の口腔《こうこう》に吸い込まれる。美月は苦しさを感じながらも、躯《からだ》中を駆け巡る快感に身をゆだねて天高く飛翔した。

そんな美月の深奥《しんおう》を、理人が激しく穿《うが》つ。彼が精を迸《ほとばし》らせる感覚に躯《からだ》を震わせて、美月はベッドに突っ伏した。

濡《ぬ》れそぼる蜜壺から理人の硬杭が引き抜かれる感触に、再び鈍い電流が躯《からだ》を走る。けれど美月は、背後を振り返りはしなかった。美月を嘲笑《あざわら》うかのように早鐘を打つ心音から、ひたすら意識を逸らそうとする。

でも美月の頭にあるのは、理人のことばかり。

ああ、どうして夢と現実の狭間《はざま》を漂《ただよ》ってしまったのだろう。もし、この理人が本物だとわかっていたら、絶対に彼を誘いはしなかったのに。

それも全て、意識を失うほど飲んでしまったせいだ。そして、これまでずっと彼への愛を胸に秘めてきたから……

「美月……」

美月を労《いたわ》る理人の声を聞いて、緊張が走る。躯《からだ》がビクッと震えたためか、彼は背後から覆《おお》いかぶさり、美月を腕の中に引き寄せた。

美月は理人の温もりを気にしないようにして、喉の奥から声を絞《しぼ》り出す。

「どうして、わたしは理人さんと一緒に……いるんですか？」

「やっぱり覚えていないのか。美月は酔っ払って店で居眠りを始めたんだ。俺が君を送ると申し出て、今に至っている」

「ここは、どこなんですか？」

最初こそ理人の自宅なのかと不安に駆られたが、それは違う。大きな窓を隠すカーテン、二脚の椅子とテーブル、そして何も置かれていない鏡台を見るに、ここはビジネスホテルに違いない。

「ホテルだ。美月の自宅に送る予定だったけど、君がタクシーの中で気分が悪いと言ってね。それで行き先を近くのビジネスホテルに変更した」

「あの……、わたしはどうやってホテルに？」

もしや、理人さんに抱き上げられて？　――と思った美月の動揺を、理人が間髪《かんはつ》を容《い》れずに否定する。

「もしかして、俺が無理矢理にホテルに連れ込んだと思っている？　それはないよ。そもそも意識不明の女性をホテルに連れ込もうものなら、フロントで止められる。美月はね、俺に寄り掛かってはいたけど、自分の足で一緒にホテルへ入った。早く彼氏と二人きりになりたいといった様子でね」

美月は顔を枕に押し付け、呻《うめ》き声を漏《も》らしながら目を瞑《つぶ》った。

記憶がなくなるほど飲んだせいで、自《みずか》ら災いを招いてしまうなんて……！

いくら悔やんでも、起こった出来事は消せない。でも大人としての対応を理人に望むことはできる。

「理人さん。今夜のことは、忘れてください」

シーツを掴む手に力を込めると、理人がそこに手を重ねてきた。美月はハッとして瞼《まぶた》を開く。

「好きだと言ってくれたのに？　俺に抱いてほしいとせがんだのに？　無理だ、忘れられない」

「あれは！　……あれは、昔と間違えて――」

苦し紛《まぎ》れの言い訳をした直後、理人に肩を掴まれて仰向けにされた。

「あっ！」

「美月！　俺は自分が言った言葉を覆《くつがえ》さない。君は俺のものだ」

理人の突然の行為に驚く美月に、彼が力強く言い放つ。

しばらくすると理人は上掛けに手を伸ばして美月の裸体を覆《おお》い、その上から体重をかけてきた。

「美月と結ばれたからわかる。君の心は俺にある」

「ありません。わたしはもう、理人さんを忘れたんです！」

「俺を愛していないと？　俺を求めて、絶頂に達したばかりなのに？　俺は美月を愛しているから君を抱いたんだ。その意味、わかるだろう？」

あんな酷い別れ方をしたにもかかわらず、理人の美月を愛する真摯《しんし》な想いは変わらない。それを実感するだけで、美月の胸の奥が熱くなっていく。

でもダメだ。美月が理人を好きでも、彼が今も愛してくれていても、二人の想いは成就《じょうじゅ》しないのだから……

美月の方から一方的に別れを告げなければならなかった理由を、決して忘れてはいけない。愛を告げないのは、理人を守るためなのだ。

瞼《まぶた》を閉じた瞬間、宗介が冷たい目で美月を睨《にら》む姿が脳裏に浮かんだ。すぐさま振り払うが、彼の姿は美月を戒《いまし》めるのには充分だった。

理人の告白で火照《ほて》った躯《からだ》が、まるで氷の入った水を頭からかけられたかのように、一気に冷めていく。

冷静さを取り戻した美月は瞼《まぶた》を開け、心を覗き込もうとする理人を見返した。

「わたしは理人さんの愛を……受け入れられません。酷い裏切りをしたわたしのことは、どうか忘れてください」

「あくまでも逃げるのか？　そうしたいのなら構わない。俺は君を追いかけて、落とすだけだ。そのためならどんなことでもする」

落とす？　こんなにノーだと言っているのに？

美月はこのやり取りに決着をつけるために上体を起こそうとしたが、理人に押し止められて身動きがとれない。それどころか、彼は美月の顔の横に手を置き、見下ろしながら目で訴えてくる。

あまりの迫力に怯《ひる》みそうになるけれど、ここで負けてはいけない。

「……やれるものなら」

美月は気力を奮い立たせ、挑発的に言った。そうすることで理人が苛立ち、美月に背を向けてくれることを願ったのだ。なのに予想に反して、彼はしてやったりと顔をほころばせる。

「言ったね。その言葉、忘れないでくれよ」

美月は、理人の堂々とした返答に困惑した。

どうしてそういう態度に出られるのだろうか。こんなにも理人との未来はないと伝えているのに。

そこで理人とのやり取りを思い返して、ある事実に思い至った。

美月は必死になって理人に抵抗していたが、それは必ずしも拒否の言葉ではない。特に挑戦的な発言は、逆に〝美月を落とすために手を出してもいい〟という意味にも取れるのではないだろうか。

つまり、いつでも誘惑の手を伸ばしてもいいと、美月自《みずか》ら承諾したと……

「ち、違っ――」

「覚悟していて。俺は全力で美月を落としにかかるから」

理人は誓うように美月の頬に指を走らせる。口づけでぷっくり膨れた唇を、彼の男らしい指がかすめた。

慈《いつく》しみを感じる触れ方に甘い吐息が自然と零《こぼ》れた時、静まり返った部屋に美月の携帯の着信音が鳴り響いた。

美月の躯《からだ》がビクッと震えたが、彼は何も言わない。携帯を取ってもいいとさえ言わなかった。美月もまた、彼を押し返さない。

携帯を理由にして理人の傍を離れるべきだと頭ではわかっているのに、心が離れたくないと訴えて、声を発せられなかったのだ。

ああ、どうしよう！

今も鳴り続ける独特な着信音――それは相手が宗介だと示している。

すぐに出なければあとから責められると自覚していたが、美月はひたすら理人を見つめていた。

第四章

その日、起工式に出席している北川に頼まれて、美月は建築模型に必要な材料の在庫を調べていた。

基本的には、毎月、建築模型材料を販売する会社の担当者が顔を出してチェックと補充をしてくれるので在庫不足になることはない。だが、今月は制作量が増えたため、いろいろと不足しそうだった。

「これで大丈夫かな」

材料のチェックを終えて書き出したあと、注文書に数値を入力して送信した。この注文で、ひとまず数週間はもつだろう。

「あとは、これの手続きね」

ドアの傍に置かれた、発送予定の荷物。でもそれは急を要するものではないので、午後の休憩時間に出しに行けばいい。

美月は作業台に戻る前に給湯室へ移動した。常備してあるフレッシュジュースを取り出し、それを持って工房へ引き返す。

その時、建築設計室から理人と建築士たちの声が聞こえ、美月は思わずそちらに目を向けた。

「終わったら図面をプロッターで打ち出していいですか？」

「そうしてくれると助かる」

いつもなら皆落ち着いた様子で仕事しているが、今日はどうも慌ただしさを感じる。美月は引き寄せられるようにそちらへ歩き出し、廊下からガラス越しに室内を覗いた。

そこにいる建築士たちは、パソコンの前で作業したり、ドラフターを使用したりしている。理人は修正を行《おこな》っている田辺《たなべ》の傍に立ち、声をかけていた。

「クライアントから急な変更依頼が入るのは常にあること。大丈夫、皆で力を合わせれば午後のプレゼンに間に合うよ」

「こんなにやり甲斐《がい》のある仕事、久々ですよ！」

パソコン画面から顔を上げて楽しげに告げる谷口に、理人はぷっと噴き出す。

「そう思うなら、早く一級を取得してください。図面は枚数を描いて覚えるのが一番いいと知ってるでしょう？　仕事が早く終われば、自主練してくれて構わないんですからね。高津《たかつ》さんも俺もアドバイスしますし」

「うわぁ〜、そうくると思いました。田辺さんを見習って、次こそは試験に受かるよう頑張ります」

建築士たちはちょっとしたおしゃべりを交えながらも、しっかりと自分の仕事に取り組んでいる。それは理人も同様で、すぐさまドラフターの製図を指す。

「ここ、西側の壁だけど、ツライチ指定なのに引っ込んでる」

「すみません、すぐに修正します！」

本来ならフラットにしなければならないツライチ指定が明記されているのに、間違って段差をつけてしまったらしい。そんな細かい修正まで入っているのだ。

美月は早くその場を立ち去るべきだとわかっていたが、精力的に働く理人を目で追うのをやめられなかった。彼と夢うつつの状態でセックスをしてから、まだ数日しか経っていないせいだろう。

あのあと、理人は美月を離そうとしなかった。二回目を求められるかもしれないとビクビクしたが、それは杞憂《きゆう》に終わる。彼は、ただ美月を感じたいとばかりに、躯《からだ》に回した腕に力を込めていた。

無理矢理抗《あらが》っても負けるのは目に見えていたため、美月は理人がバスルームに入ったのを見計らって、部屋を出ていこうと思っていた。

しかし、久しぶりに愛されたこともあり、心地いい疲れの波間に漂《ただよ》っているうちに寝入ってしまったのだ。

しばらくして何かの拍子で目が覚めた美月は、隣にいる理人が深い眠りについているのに気付き、この機を逃してはいけないと自分を奮い立たせてベッドを抜け出し、ホテルを出た。

数時間後に理人から連絡が入ったが、美月はそれを取ろうとはしなかった。

そして今朝、数日ぶりに理人と会った。けれど、彼はあの夜について一言も口にしない。美月を落とすと宣言したわりには、彼の態度は素っ気なく、こちらが戸惑うほどだ。

理人はいったい何を考えているのだろう。

「小野塚所長。野堀《のぼり》建材さんがサンプルを持ってきてくれるそうですが、十五時頃で大丈夫ですか？」

「十五時？　ああ、大丈夫だ」

「お待たせいたしました。はい、十五時で――」

そんなやりとりを眺めていると、美月の携帯が振動した。仕事の電話だと思って急いで取り出すが、宗介の名前が表示されているのを見て顔が引き攣《つ》った。

取りたくない、でも取らなければ……

「はい、美月です」

『俺が何を言いたいのかわかっているね』

「いいえ。あの、いったいなんでしょうか」

宗介が苛立たしげに息を吐く。それだけで心臓に、鷲掴《わしづか》みにされたような痛みが走った。息苦しくなり、呼吸するのも辛くなる。

『帰国後、俺は美月が一人暮らしするのを応援した。俺の言いつけを守り、小野塚理人との連絡を一切断《た》っていたからだ。……さあ、言い訳を聞こうか』

宗介の声の凄《すご》みが増した途端、室温が一気に低くなったかのように美月の腕に鳥肌が立った。思わず片腕で我が身を抱きしめる。

宗介は知っているのだ。美月が理人と再会したのを！

「故意ではありません。本当に偶然なんです。だって、宗介さんとの約束は覚えていますから」

『美月、そこの事務所から数軒先にあるカフェにいる。すぐに来なさい』

「今ですか!?」

『そうだ。こうなった経緯について、ある程度の報告書が上がってる。だが美月の気持ちがどこにあるのかわからないからね。それを聞かせてもらおう』

報告書？　それって、美月の行動を調べているという意味だろうか。もしかして、数日前に理人とホテルに入ったのも知っている？　だからあの時、美月に電話をかけてきた!?

今更ながら宗介という人が怖くなり、美月の躯《からだ》が縮こまる。

「無理です。だって今は仕事中――」

『美月、俺たちが交わしたあの約束は、まだ有効だというのを忘れていないね？』

「……はい」

忘れられるはずがない。誰よりも理人を守りたくて、愛する人と別れる決意をしたあの日を……

その人を追って目線を上げた時、先ほどまで製図に集中していた理人が肩越しに振り返って美月を見ていた。目が合うと、彼が訝《いぶか》しげに眉間に皺《しわ》を寄せる。

『時間は取らせない。さっさと出てくるように』

「待って！」

美月は呼び止めたが、それよりも早く宗介が電話を切った。

早く行かなければ、弁解のチャンスさえもらえなくなる。

そんな美月の焦りが顔に出たのだろう。唇を引き結んだ理人が美月の方へ歩き出した。

もしかしてこっちに来る!?

美月は逃げるように走って工房に戻ると、ジュースを置いて発送物を掴んだ。取扱注意のそれを腕に抱いて部屋を出たところで、小走りでやってきた理人と鉢合わせる。

「美月……」

「い、今から荷物を出しに行ってきます。北川さんに頼まれてて……失礼します」

動揺のあまり吃《ども》り気味になってしまったが、気にする余裕もない。美月は急いで理人の横を通り過ぎようとする。しかし、肩を掴まれて制された。恐る恐る理人を窺《うかが》うと、彼は荷物の送り状に目を通していた。

「……気を付けて」

「はい」

意味ありげに見つめてくる理人に頭を下げ、美月は階段を駆け下りて外に出た。

襲いかかる熱風と肌を焼く陽射しに呻《うめ》きそうになった時、道路の反対側に停められた白色のセダンが視界に映った。このあたりは車の往来は多いものの、停車する車はあまり見ない。

その車が妙に気になり、美月は何気なく運転席を視認する。すると、そこに座っていた若い男性が慌てたようにこちらに背を向けた。

不思議に思いながらも、美月は早歩きで進み、数軒先にあるカフェへ入った。

眼鏡をかけた宗介は奥まった場所に座り、ノートパソコンに意識を集中していた。でも視線を感じたのか、目線を上げてすぐに美月を認める。

美月は深呼吸をして、宗介のテーブルに近づく。静かにパソコンを閉じた彼が、顎《あご》で真正面の席を示す。美月は素直に席に座り、真横の椅子に荷物を置いた。

「仕事の合間に、家族を気にかけられるほど暇じゃないんだ。俺の手を煩《わずら》わせる行動に出た理由を聞かせてもらおうか。何故、約束を破った?」

「違うんです！」

美月が神妙な面持ちで弁解する横で、店員が二人の前にコーヒーを置いた。注文する時間すら与えないという宗介の姿勢に、美月は膝に置いた手に力を込める。

「知らなかったんです。わたしを面接した方は、理人――」

その瞬間、宗介に凄《すご》い目で睨《にら》まれる。美月が理人の名を呼ぶことさえ許せないのだ。

「……すみません」

美月は小声で謝り、震える唇を引き結んだ。

しばらく俯《うつむ》いてじっと耐えていたが、時間が経てば経つほど宗介の怒りが伝わってくる。

美月は気力を奮い、目線を上げていった。

「わたしを雇うと決めてくださったのは、小野塚さんではなく、青山所長です。それまで小野塚さんと会ったことは一度もありません。知っていますよね？　……わたしの動向をチェックしているのなら」

美月は勇気を出して鎌をかけてみる。思っていたとおり、宗介は否定しなかった。ただ鋭い目で美月を射貫《いぬ》き、イラッとしたような舌打ちをする。

「君が青山博建築事務所で働くことになった経緯について、小野塚理人は関係ないという言葉は信用しよう。では、彼とホテルに泊まった理由は？　俺の電話を無視した理由は？　きちんと説明してもらおうか」

宗介の言葉に、美月は込み上げてきた生唾をゴクリと呑み込んだ。

やはり美月に人を付けているのだ。はっきりと言わないが、宗介の口振りは全てを知っていると告白したようなもの。あえて理由を問いかけることで美月を精神的に追い詰めている。

でも、わたしを見張っている人なんて見たことない——と考えた瞬間、美月の脳裏に事務所の前に停まっていた白いセダンが浮かんだ。

もしかして、あの車に乗っていた人が!?

違うと思いたいが、あの男性は美月と目が合うなり背を向けた。つまり顔を見られてはならなかったのだ。宗介が雇った美月の見張り役だから……

全てが繋《つな》がり、美月の顔から血の気が一気に引いていく。美月は浅くなる呼吸に息苦しさを感じながら、宗介を真っすぐ見つめ返した。

宗介に隠しごとをしても無理だ。言い繕《つくろ》っても絶対に通用しない！

「あの夜、わたしの歓迎会が開かれました。でも自分の許容範囲を見誤ってしまい、泥酔してしまったんです。小野塚さんが送ろうとしてくれたんですが、わたしの気分が悪くなってホテルに……」

美月は声を震わせつつも、あの日の出来事を正直に伝える。だが宗介の目は冷たいままだ。

「美月が仕組んだのか？」

「いいえ！　そうじゃありません。本当に酔っ払ってしまって記憶がないんです」

「寝たのか？」

率直な物言いに、美月の心臓が痛いほど脈打つ。

宗介に理人と関係を持ったと言ったらどうなるだろうか。現実だとは思わず、夢の中だと思って彼を欲したと。

ダメだ、そんな話ができるはずもない。理人のもとを去ったのは、ひとえに宗介の毒牙から理人を守るためなのだから。

美月は手のひらに爪が食い込むほど、強く手を握り締める。

「……いいえ」

「それを信じろと？　どうやって信じさせる？　仕事を辞めて、小野塚氏との接点を再び断《た》つとでも？」

「宗介さんに辞めろと命令されても、それはできません。今の事務所を紹介してくれたのは、以前バイトでお世話になった事務所の所長です。内定辞退の時にご迷惑をおかけしたのに、またなんて……」

「だったら、どうするんだ？」

美月は手元に視線を落とした。

仕事は辞めない。それはつまり、昔のように逃げるのではなく、理人と顔を合わせ続けるという意味だ。その状況下で、彼を守るために美月ができることはただ一つ。

宗介と最初に交わした〝彼とは付き合わない〟という約束を守るだけ。愛菜が理人に近づくのを間近で見る苦しさはあるが、理人を危険に晒《さら》さないためにはその道しかない。

覚悟を決めて顎《あご》を上げるが、そんな美月を宗介が鼻で笑った。

その時、彼の目線が美月からほんの僅《わず》かだけ逸れる。そして、浮かんでいた嘲笑《ちょうしょう》が緩やかに消えていった。

もしかして、美月の言葉を聞く必要はないと考え直した？　ダメだ、今きちんと伝えないと。美月のせいで理人に迷惑をかけてはいけない。

「わたし、宗介さんと交わしたあの約束を忘れてはいません。それだけは、これからもきちんと守っていくつもりです。この答えではダメですか？」

「約束って何？」

背後から聞こえた深みのある声に、美月は椅子の上で飛び上がった。同時に肩に手を置かれて、押さえ込まれる。先ほどとは違う衝撃に、心臓が口から飛び出すのではと思うほど弾んだ。

この声って、まさか……！

愕然《がくぜん》とする美月を無視して、笑みを浮かべた宗介が立ち上がる。

「ご無沙汰《ぶさた》しております、小野塚さん」

「お久しぶりです。御社でお目にかかった時以来ですね。義妹さんに会いに来られたんですか？」

背後にいた理人が動き、美月の隣で立ち止まる。美月は慌てて立とうとするが、彼に強く肩を押さえられて動けない。

「もちろんです。それ以外に理由はありません。小野塚さんもご存知のように、母の再婚で美月は私の義妹になったんですから」

「大切にされているんですね。……ですが、芦名さんは事務所の用事で外出している最中なんです。そろそろ仕事に戻らせたいんですが」

宗介は楽しげに笑い、テーブルに置かれた伝票を掴む。

「では、そろそろお暇《いとま》しましょう。……美月、呼び出して悪かったよ。だが会えて良かった。さっきの件だけど……守ってくれると信じてる」

異様に殺気立った双眼を美月に向けて、宗介は念押しする。そして、理人には笑顔で軽く頷いた。

「美月をどうぞよろしくお願いします。もちろん美月だけでなく、妹の愛菜も……。また、愛菜をデートに誘ってやってください。声をかけてもらうのを楽しみに待っていますから」

「いや、俺は――」

「愛菜に伝えておきます。小野塚さんがデートに誘ってくれるかもしれないと。では、このあと仕事があるので失礼いたします。……美月、また連絡する」

宗介は横目で美月をちらっと見て、カフェを出ていった。

理人と二人きりになる。それはまずいと思って立とうとしたが、再び彼に肩を押された。

「座って」

そう言ったあと、理人は先ほどまで宗介が座っていた席に腰を下ろす。注文を取りにきた店員に「アイスコーヒーを」と告げると、この状況に緊張する美月に向き直った。

「まず先に伝えておく。俺から倉崎さんの妹をデートに誘ったことは一度もないよ」

理人の言葉に、美月は答えなかった。代わりにコーヒーカップを掴み、温《ぬる》くなったそれを啜《すす》る。すると、彼が小さくため息を吐いた。

「彼女とは磯山グループの本社に伺った時に会って、食事をしただけだ。また会いたいと誘われたけど、俺からは連絡していない。ただ、彼女と食事をして良かったと思ってる。そこで知ったから。美月の父親と倉崎さんの母親が……再婚したんだと」

「別にわたし、理人さんと愛菜ちゃんの関係は気にしない――」

顔を背けてそう言った美月の手を、理人が握り締める。美月がさっと顔を上げると、まじろぎもしない理人の目とぶつかった。

「言ってくれなかったね。磯山グループの後継者、倉崎宗介が美月の義兄なんだと」

「べ、別に隠してはいません。そういう話をする機会がなくて――」

「そうだね。俺たちはお互いに夢中で、それどころではなかった」

共に過ごしたあの雪の夜を思い出させるように、理人が美月の指に指を絡ませる。さらに手首の内側を軽く愛撫《あいぶ》してきた。

「……っ！」

出そうになる甘い吐息を必死に殺した時、美月の携帯が鳴り響いた。その音に恐怖を感じて、美月は咄嗟《とっさ》に自分の手を引き抜く。

「この独特な着信音、数日前の夜にも鳴っていた。……誰？」

美月は〝宗介さんよ〟という言葉を呑み込み、席を立つ。着信音が響いた時間を考えると、メール受信の知らせだ。きっとそこに、念押しの言葉が書き連ねてあるに違いない。

でも今はそれを確認せず、隣に置いていた荷物を抱えた。

「理人さんに答える必要はありません。あと、もうこんな風にわたしに触れ――」

「言ったはずだよ。美月を全力で落としにかかると。突然のことに混乱していると思ってここ数日は自重《じちょう》していたけど、それはもう終わりだ。これからは本気を出していく。俺がどれほど美月を愛しているか示す」

理人の愛の言葉に感極まり、瞼《まぶた》の裏が熱くなっていく。しかし、正直な想いを伝えられない美月は目を閉じ、荒ぶる感情を抑え込んだ。

「無駄だと言っても通じないんですね」

「俺の心は揺らがない。何もかも受け止めると決めたんだ。ところで、外にいたあの男性って――」

「荷物を出してきます」

不作法だとわかっていたが、これ以上理人の覚悟を聞いて悩まされたくない。

美月は理人に頭を下げてカフェを出ると、大通りを渡ったところにある宅配便の営業所へ向かった。なのに、発送の手続きをしている最中も、理人の力強い言葉が脳内をぐるぐると駆け巡る。

彼は本当に行動を起こすのだろうか。

わたしはそれを避けられるの？　――と、何度も自分に問いかけながら営業所を出る。そして携帯を取り出し、宗介からのメールを確認した。

〝仕事上の付き合いは認めよう。だが復縁するのは許さない。もし再び付き合い出し、当初の約束を破ったら、俺は行動を起こすよ〟

宗介の本気はもうわかっている。最愛の妹、愛菜のためなら理人を傷つける。そうする原因は美月にあるのだと念押ししているのだ。

その考えは変わっていない。二年半前からずっと……

「わたし、耐えられるのかな」

ぼそりと呟いたあと、美月は青い空を見上げた。肌をじりじりと焦《こ》がす眩《まぶ》しい陽光は、まるで理人の熱情的な眼差しのように美月に降り注ぐ。

きっとこれからも、理人の本気を見せられる。でもそれを受け入れてはいけない。

美月は理人への想いから目を背けようと瞼《まぶた》を閉じたあと、前を向いて事務所に向かって歩き出す。気になっていた白のセダンを探したものの、もう事務所の前にはいなかった。

――一ヶ月後。

普段の仕事と平行して、所長の交代やショールーム内のリフォーム、さらに事務所名変更による看板の掛け替えなどが行《おこな》われた。この一ヶ月は駆け足のように慌ただしく過ぎ去ったが、近頃は落ち着きを取り戻し、ようやく業務も通常運転に戻っている。

美月も北川の補助を通して仕事を覚え始め、来月には担当を持つところまできた。大好きな建築模型に集中できる幸せに、毎日が楽しくて仕方がない。

理人が美月を、徹底的に落とそうとしてくることを除けば……

「はあ……」

模型の土台になる発泡スチロールをじっと見つめていた美月は、疲れたように大きく息をつく。そして作業の手を止め、電熱カッターの電源を落とした。

正式に所長に就《つ》いて以降、理人はプレゼンや打ち合わせで事務所を空《あ》ける日が多い。お陰で四六時中彼と顔を合わせる事態にはならなかった。でも事務所に戻ってくると、彼は何かにつけて美月を呼びつける。

仕事での呼び出しなので断るわけにもいかない。だが、赴《おもむ》くたび、体温や香りを間近に感じるほど躯《からだ》を寄せられたり、汗で頬や首筋に張り付く髪にさりげなく触れられたりする。そして、甘い言葉を囁《ささや》き、美月の心を蕩《とろ》けさせようとしてくるのだ。

それだけなら、ただ拒絶すればいい。でも理人のふとした仕草に優しさが滲《にじ》み出るため、美月も強く言えなかった。そこに加えて、真綿で包み込むような愛情を示される。そういう態度で出てこられると、もう何をどうしていいのかわからなくなってしまう。

美月は小さく頭を振り、気分転換をしようと席を立った。

工房の窓から吹き抜けのショールームを覗き見る。建築模型や間取り図を指す所員の説明に、客が耳を傾けていた。

理人がこの客のように美月の言葉を素直に聞いてくれたらいいのに。

「いったいどうやって抗《あらが》ったら……」

そう呟いた時、美月の携帯が鳴り響いた。相手はショールーム担当の田端だ。

『田端です。谷口さんが呼んでいるので、下に来てもらえますか？』

「はい、芦名です」

「すぐに伺います」

美月は、黙々と作業する北川にショールームへ行く旨《むね》を告げて一階に下りた。

ショールームの片隅に設置された応接セットに、二級建築士の谷口と外国人夫婦が座っている。美月は田端からインカムをもらって耳に装着すると、そちらに歩き出した。

夫妻は片言の日本語しか話せないため、美月を呼んだらしい。

「いろいろとご希望がありそうなんだ。行き違いのないようによろしく頼む」

「はい」

夫人の細かい要望を、美月は谷口に伝える。友人を家に招待することが多いので、なるべく部屋は広く、天井を高くした家を作りたいという話だ。また庭には日本庭園を造り、池の錦鯉《にしきごい》を座敷から眺められる日本の様式を取り入れたいらしい。

『あんな風に、ゆったりできる家がいいの！』

夫人が指した模型は、理人が以前の事務所で担当した物件だった。外観は完全に日本家屋だが、室内は和洋折衷《わようせっちゅう》で、暮らしやすい設計になっている。

美月は夫妻とともにそちらに行き、彼女たちが求めるものを訊《たず》ねては谷口に伝えた。

二時間ほどかけて要望を書き出したあと、谷口が「いただいたものをもとに図案を作成いたします」と伝えて話は終わった。

クライアントを見送ってから事務所内に戻ると、谷口が美月に向き直った。

「今日もありがとう！　じゃ、俺は上に戻ってまとめてくるよ」

美月が伝えた内容を記した用紙を持ち上げると、彼は美月と受付にいる田端に手を振り、勢いよく階段を駆け上がっていった。

「青山所長の時だって皆頑張ってたけど、小野塚所長が就任してから、所員全員がやる気になってるのがよくわかる。仕事もバンバン入ってくるし。毎日楽しいね！」

「はい。わたしもショールームの賑わいを見るたびに胸が弾みます。でも田端さんは疲れていませんか？　とても忙しく動き回っているから……」

「ふふっ、大丈夫よ。お客さまの笑顔を目にするだけで、疲れなんて吹っ飛んじゃう」

美月は楽しそうに笑う田端にインカムを返そうとするが、その際に彼女が手にしたメモ用紙に目がいく。それに気付いた彼女が「そうそう！」と声を上げた。

「あのね、さっき外にいる小野塚所長から芦名さんに伝言が入ったの」

「えっ？　所長からですか？」

「そう。所長室のデスクに置き忘れた書類を指定の場所に持ってきてほしいって。普通なら手の空《あ》いた所員に……ってなるけど、どうもイギリスの方と会うみたい。それで芦名さんに来てもらえたらって」

「どうしてわたしに……？」

「芦名さんを呼べば場が和《なご》むと思ったんじゃない？　ほらっ、準備して。もう十六時を回ってるから、小野塚所長に書類を渡したら直帰していいって」

「はい……」

美月の背を押す田端と別れて、美月は所長室へ上がった。確かにデスクの上に、どうぞと言わんばかりに封筒がある。

「こういう風に置いてて、どうして忘れるのかな」

忘れ物を手にすると、美月は一度工房に戻った。作業中の北川に声をかけ、これから理人に忘れ物の書類を持っていき、直帰する旨《むね》を伝える。

「オーケー。道中、気を付けてね」

「では、行ってきます」

ホワイトボードに外出と直帰の件を書き入れた美月は一階に下り、田端と挨拶《あいさつ》してから外に出た。

「……暑い」

九月下旬なのに日中はまだ気温が高く、夜になってもなかなか下がらない。熱帯夜のせいで寝苦しい日が続いている。だからといって秋の気配が感じられないわけではない。時折熱風にまじってふわっと冷たい風が吹き込んでくるようになった。

あと数週間もすれば、きっともう少し涼しくなるだろう。

陽が傾き始めている空を眺めていると、突然道路の反対側で何かが光った。何気なくそちらに意識を向ける。

そこに停められた白いセダンを見て、美月は血の気が引いていくのを感じた。

運転席に座る男性にも見覚えがある。彼こそ、宗介が美月の行動を見張るように頼んだ人物だ。

美月は震える唇を引き結び、最寄り駅に向かって歩き始めた。そんな美月のあとを追ってくる車。それを振り切るように、美月は細い路地に入って走り出す。

駅に着くと電車に飛び乗り、指定された建築事務所へ向かう。

一時間後には目的地の駅に着き、そこからはタクシーに乗った。しばらくして車を降りた美月は、建築事務所のドアを開ける。

「失礼いたします。小野塚理人建築事務所の芦名と申します。こちらにいる小野塚に芦名が来たとお伝えいただけますか?」

受付の女性に名刺を差し出して話しかけると、彼女は丁寧に頭を下げた。

「申し訳ございません。小野塚さまは、弊社の所長と一緒に十六時前にお出になりました」

「えっ、十六時前ですか!?」

これはいったいどういう意味？　その時間って確か……

あたふたする美月に、女性が封筒を差し出す。

「小野塚さまから、芦名さまにこれをお渡しするようにと承《うけたまわ》っております」

「あ、ありがとうございます」

美月は礼を言って外に出た。木陰に入って、封筒の中身を確認する。

そこには、急遽《きゅうきょ》取引先の所長と早く出ることになったと書かれてあった。その上、〝お台場の湾岸《わんがん》のコンベンションセンターに十八時までに来てほしい〟とも指示されている。

「今から、コンベンションセンター？」

美月は考える間を惜しんで歩道を走り、タクシーが通らないか何度も道路を見た。でも目に入るタクシーはどれも賃走か予約車ばかりで、手を上げても停まってくれない。

こめかみに浮かぶ汗をハンカチで拭《ぬぐ》っていた時、停留所に最寄り駅へ向かうバスが入ってきた。バスに乗り込み、すぐに携帯で電車の乗り換えと、目的地に到着する時間を調べる。

ダメだ、間に合わない。十八時を過ぎてしまう！

これからどうするべきか頭の中で整理しながらバスを降り、改札へ歩き出す。せめて理人に連絡をと思い携帯に電話をかけるが通じず、留守番サービスに切り替わった。

「芦名です。今コンベンションセンターに向かっていますが、少し遅れそうです。またご連絡します」

ひとまず伝言を入れると、美月は急いでホームへ駆け下り、入ってきた電車に乗り込んだ。

エアコンの効いた車内に入るなり、火照《ほて》った躯《からだ》が冷やされていく。

美月はホッと肩の力を抜き、ハンカチで顔を扇《あお》いだり汗を拭《ぬぐ》ったりする。その間も、早く書類を渡さなければという思いで胸がいっぱいだった。

乗り換えを経《へ》て、コンベンションセンターへ続く道を進む。急ぎつつも再び理人に電話をかけるが、やはり応答するのは留守番サービスのみ。美月は電話を切ると、目的の建物に入った。

受付の女性に用件を伝え、理人がいる場所を訊《たず》ねる。すると、彼女は静かに頭を下げた。

「申し訳ありません。小野塚さまは会合を終えられて、先ほどお帰りになりました」

確かに予定の十八時は過ぎているが、美月を待たずに帰るなんて……

美月はこれまでの理人の行動を振り返って、初めて何かおかしいと気付いた。彼が田端に連絡を入れた直後に、取引先の建築事務所をあとにしている。コンベンションセンターでも同様だ。

どうしてこんなすれ違いの行動を……？

「小野塚理人建築事務所の方に、こちらをお渡しするようにと言付けを承《うけたまわ》りました」

これも先ほどと同じで、封筒を手渡される。美月はお礼を告げて受付を離れると、中身に目を通した。

「……何？　次は横浜のホテルに来い？」

そこに住所とホテル名が書かれてあるが、よく耳にするシティホテルではない。あとで調べなければと思いつつ、やはり心を占めるのは理人のやり方だった。

「わたしをあっちこっちへ移動させて、いったい何がしたいの？」

こんな振る舞いをするのは何故？　もしや美月が持つ資料は必要ないのでは？

そういう考えが一瞬だけ頭を過《よぎ》るが、即座に一蹴《いっしゅう》した。

仮にそうだとしたら、理人はこんなまどろっこしい真似などせず、直接美月に言うだろう。

「理人さんはこの資料を受け取りたいのに、時間が合わなくてすれ違いになってる。そうよね？」

自分にそう言い聞かせてからコンベンションセンターを出て駅へ逆戻りしようとした

時、木陰に身を隠すように立つ男性が視界に入った。宗介の指示で美月を監視している男性だとわかって、愕然《がくぜん》となる。

まさか、事務所からずっとあとを付けていたの⁉

美月は仕事で動き回っているだけで、何も悪いことはしていない。だが、こうも行動を監視されると、沸々と苛立ちが込み上げてくる。とはいえ、宗介の命令に従う男性に文句を言っては、後々困ることになるだろう。

結局、美月は男性を無視して、駅へ逆戻りした。ただ、何もしないわけではない。混雑する構内を駆け回って彼をまく。男性が美月とは違う方向へ走り出したのを見て、化粧室に逃げ込んだ。

汗だくになっているせいで、肌がべたついて気持ち悪い。

「でも、早く行かないと……」

美月は用心しながら化粧室を出る。そのまま身を潜《ひそ》めるように柱の陰へ移り、そして階段を駆け上がって電車に乗った。

帰宅ラッシュと重なって電車は満員だったが、美月はなんとか隙間を確保してホテルの場所をチェックする。

そこは横浜を一望できる高台にあった。しかも、ガーデンウェディングもできるホテルらしい。洋館がいくつか建ち並び、各客室がプライバシーを保てる仕様になっている。ホテル内のレストランやカフェも充実しており、芝の庭ではパーティを、建物内の広々とした一室では会議などを行《おこな》えるみたいだ。

できれば仕事ではなく、友達と一緒に休日に寄りたいな――そんな風に思っていると、ようやく電車が目的地の駅に到着した。

美月はいち早くホームに下り立って、階段を駆け上がる。ロータリーに停車するタクシーを見つけてそちらに走り、後部座席に身を滑《すべ》り込ませた。

住所を告げると、すぐにタクシーが発車する。美月はシートに深く凭《もた》れ、車の揺れに身を任せた。

「疲れた……」

囁《ささや》きに近い声で呟いたあと、美月はネオンでキラキラと輝く街並みを見るともなしに眺めていたが、次第に肩の力を抜き静かに瞼《まぶた》を閉じた。

「お客さん、着きましたよ」

その声でハッと目を覚ます。いつの間にか眠っていたようだ。

確かに走り回ったせいで躯《からだ》がきついけど、まさかタクシーで眠ってしまうなんて……

筋肉の痛みと怠《だる》さに顔をしかめつつ、精算して車外に出る。

「うわぁ、ホームページで見るよりも素敵！」

美月は、暗闇の中に浮かぶライトアップされた洋館に目を奪われた。

正面玄関の中央には、女神を模《も》した噴水があり、ライトで照らされた水がキラキラと輝いている。建物は神殿風のパラディアンスタイルを取っており、ペディメントと呼ばれる三角屋根状の装飾が正面や窓の上についていた。ロンドンの高級住宅地でよく見た邸宅そのものだ。

素晴らしい建物につい見惚《みと》れてしまったが、美月はすぐに我に返ってホテルに入った。眩《まばゆ》い光に照らされて輝くクリスタルシャンデリアの下を歩き、フロントに進む。

「いらっしゃいませ」

「すみません――」

美月は自分の身分を示したあと、理人が来ているか訊《たず》ねる。するとフロントの男性から「はい、こちらにいらっしゃっています」という答えが返ってきた。

三度目の正直で、ようやく理人に会える！

「今、どちらにいるのかわかりますか？」

「現在ビジネスディナー中ですので、抜けられないというお話でした」

「でも……」

美月は手元にある封筒に視線を落とした。

これを渡さないと、ここに来た意味がない。フロントに預けておこうかとも思ったが、大事な資料を他人に渡してはダメだ。

どうしよう……

美月が考え込んでいると、フロントに立つ男性がカウンターを回って美月の前に来た。

「芦名さま。小野塚さまより、部屋でお待ちいただきたいと伝言を承《うけたまわ》っております。ご案内いたしますので、こちらへどうぞ」

「えっ？　……部屋、ですか？」

美月は驚愕《きょうがく》するが、男性は顔色を変えない。手で先を示し、美月の斜め前を歩き始めた。

「小野塚さまはディナーが終わり次第、連絡を取れるようにしたいと仰せでした。それで、できれば部屋にいてほしいと……」

「ありがとうございます」

確かに、理人の言葉は一理ある。美月は男性に礼を言い、案内してくれる彼に続く。

フロントのある建物を出て、綺麗に芝を刈った庭園を横目に長い回廊を進む。さらに奥へ進み、一棟のドアの前で立ち止まった。

「こちらになります」

カードキーでドアを開けた男性に促《うなが》されて、美月は室内に足を踏み入れた。広い廊下を進んだ先にあるのは、天井の高い広々としたリビングルームとキッチン。外には、ライトアップされたプールとしっかりと手入れされた庭が広がっていた。

「なんて素敵なの！」

「お褒めいただき、ありがとうございます。こちらのお部屋はメゾネットタイプになります。それでは、何か御用がありましたらお気軽にフロントへお申し付けください。失礼いたします」

「ありがとうございました」

男性が出ていくと、美月は再び部屋を見回した。

まるで高級マンションのショールームみたいだ。綺麗に磨かれた人工大理石の床、広い壁に飾られた絵画と大型テレビ、そして革張りのソファ。ただ、大型暖炉《だんろ》を目にした瞬間、美月の胸に強い痛みが走った。

思い出してはいけない、あの夜のことを……

唇を引き結んで過去から逃げると、偶然にもテーブルに置かれた箱が目に入った。その箱の上に白い封筒があり、表に〝美月へ〟と書かれている。

美月はソファに座って封筒を手にし、中身を取り出した。

〝ビジネスディナーが終われば、クライアントとバーに移動する。その時、美月に声をかけるから一緒に参加してほしい。二十一時ぐらいになると思うので、それまでは部屋で寛いでいて。プールに入ってもいいし、シャワーを浴びても構わない。水着も用意しておく。理人〟

「水着？」

箱を開けて薄紙を捲《めく》ると、そこには手紙に明記してあったように水着が入っていた。

理人が用意したものはビキニとホルターネック式のサロペットワンピースだ。サロペットワンピースは薄手の白い生地で作られ、心なしかビキニが透けるようになっている。とても可愛く、目を惹く水着だ。

正直プールに入りたい気持ちはある。ライトアップされたプールの水面《みなも》が揺れるたびに、美月を手招きしているみたいに見えるのだから。

だが、美月はシャワーを浴びるつもりもプールで肌を冷やすつもりもなかった。理人が美月を落とすと宣言している以上、隙を見せるわけにはいかない。

気分をまぎらわせるために、美月は一階の洗面所で手を洗ったのち、バーから炭酸水を貰ってソファに座った。

けれどすぐに落ち着かなくなる。少し身じろぎしただけでレザーソファに張り付くべたついた肌と汗の臭いが、気になり始めたせいだった。

「これって、はっきり言って良くないよね……？」

バーに移動する際は、美月も参加してほしいとある。それをわかっていて、汗と埃《ほこり》まみれで出席するのは失礼ではないだろうか。ならば、理人から連絡が入る前にさっさと身綺麗にした方が、クライアントの心証は良くなるに違いない。

「そうよ。わたしの個人的な理由で、クライアントを不快にさせてはダメ」

覚悟を決めた美月の行動は素早かった。

バスルームへ移動すると服を脱ぎ捨て、備え付けの全自動ドラム型洗濯機にVネックのカットワークブラウスと下着を入れた。皺《しわ》を綺麗に伸ばす機能もあったので、乾燥までセットする。

「約三十分ね……」

その間に手際よく躯《からだ》と髪を洗って汗を流した美月だったが、バスルームを出て初めて気付いた。

乾燥が終わるまで、素肌の上にバスローブを羽織って待つしかないということを……

これが自宅や旅先の一人部屋なら不安などない。でもここは理人が取った部屋だ。

そこで美月が裸体に近い格好をしていると知ったら、理人はどう思うだろうか。

その場面を想像した途端、美月の躯《からだ》の芯が熱くなり、心地いい電流が背筋に走った。

「ン……っ」

バスローブを握り締めて、裸体を隠す。でもそのせいで、柔らかなコットン地が硬く尖る乳首と黒い茂《しげ》みをかすめ、余計に淫猥《いんわい》な気分を掻き立てられてしまった。

どうしよう、こんなの絶対にもたない！　――目をぎゅっと瞑《つぶ》った時、美月の脳裏にあのサロペットワンピースの水着が浮かんだ。

「そうよ……。乾燥が終わるまであの水着を借りよう」

美月はテーブルに置かれた水着を取りに戻ると、すぐにバスルームで身に着けた。大きな鏡に映る自分の姿に、自然と目が引き寄せられるものの、それを隠すようにバスローブを羽織る。

その後はリビングルームへは戻らず、携帯を持って外に出た。

気持ちを落ち着かせるために、プールの傍にあるウッドデッキチェアーに凭《もた》れる。

プールを照らすライトが、スカイブルーからヴァイオレット、イエローからピンクへと緩やかに変化していく。

光の饗宴《きょうえん》を眺めたあと、満天の星が輝く夜空へ視線を向けた。とても澄んでいて綺麗に見える。

「高台に移動するだけで、こんなに素敵な星空を見られるのね」

しばらくの間じっとしていたお陰で、徐々に躯《からだ》の熱も引いてきた。それが良かったのか悪かったのか、今度は眠気に襲われてうとうとし始める。余程疲れているのだろう。

あんな風に走るなんて予想もしなかったから……。でも、どうして理人さんはわたしを待ってくれなかったの？　――と不思議に思いながら、携帯で時刻をチェックした。

乾燥が終わるまで、あと十分弱ある。その時間までゆっくりしていようと、携帯のアラームをセットして目を閉じた。

遠くから聞こえる男女の楽しそうな笑い声。それをバックミュージックに、美月は肌を撫でるそよ風に身を任せた。

ほんの一瞬だけ気を抜いたつもりだったのだが、不意に耳元でアラーム音が鳴り響く。ビクッとして目を開け、その直後に別の驚きに見舞われて息ができなくなる。理人がウッドデッキチェアーの脇に座っていたからだ。しかも、上着とネクタイを外し、シャツのボタンもいくつか外している。

思わぬ状況に言葉が出ないでいると、理人が目を細めて柔らかく微笑んだ。

「こんなところにいるとは思わなかった。プールに入ってはいないみたいだけど、水着は着てくれたんだね」

「えっ？」

理人の視線が胸元に落ちるのを見て、そちらに目線を動かす。するとバスローブがはだけ、水着が覗いていた。慌てて上体を起こして胸元を隠すが、彼に見られた事実に羞恥心《しゅうちしん》が湧き起こる。

「ち、違うんです！　汗をかいてしまって、気持ち悪くて……」

このあとクライアントと会うと思い、身だしなみだけは整えようと汗を流して服を洗ったことを告げる。下着を着けずにいることに不安を覚えて、水着を借りたことも白状した。

「決して遊ぼうとしたわけでは……」

「咎《とが》めてないよ。そもそも美月が着てくれたらと思って置いたわけだし。汗をかいていることもわかっていたから」

その言葉で、美月は彼を真正面から見据えた。

「どうして汗をかいているとわかっていたんですか？　もしかして、あんな風にわたしを走らせたのって、わざと――」

「仕事に偽《いつわ》りはない。ただ、こうして美月をあっちこっちへと走らせたのは理由がある。どうも最近、事務所を……見張っている人物がいる」

それってもしかして、宗介さんがわたしを見張らせている人？　――そう思った瞬間、理人が美月を探るような目つきをする。咄嗟《とっさ》に顔を背けた美月は、目を泳がせながら俯《うつむ》いた。

「美月は知ってる？　気付いてた？」

「いいえ！　……し、知りませんでした」

最初は強く否定したものの、あまりにも素早く答え過ぎたと感じて、小さな声で尻すぼみに続けた。

これ以上探られたくない美月は、理人から逃げるようにウッドデッキチェアーから立ち上がる。

「あの、理人さんがここにいるということは、ビジネスディナーが終わったんですよね？　わたしの服も乾いたと思うので、すぐに着替えてきます」

理人の横を通って室内に入ろうとするが、彼が美月の腕を掴んでそれを遮《さえぎ》った。あっと思った時には既に遅く、美月は彼の方へ引き寄せられてしまう。

「予定はキャンセルになった。クライアントが体調を崩してね。今夜は早めに切り上げることになったよ」

「キャンセル？　では、わたしがここにいる必要ないですよね？　だったら帰らせて――」

「帰さない……と言ったら？」

「……えっ？」

美月が顔を上げると、理人は美月のバスローブの紐を掴んでゆっくり解《ほど》いた。さらに肌を舐めるように肩からバスローブを滑《すべ》らせ、足元に落とす。

「何、を――」

「俺が贈った水着を着てくれて、本当に嬉しい。美月のために選んだんだ。とても似合ってる。美月の白い肌に映《は》えると思っていたけれど、想像以上だ」

距離を取って平静を保たなければ……

そう思うのに、理人がシャツを脱ぎ、ズボンのボタンを緩め始めると、足が地面にくっ付いたみたいに動けなくなった。腰が抜けそうになるほど、下肢がガクガクし出す。

「や、やめて……」

そんな状態で逃げ出したせいで、美月はプールサイドで足を取られて、バランスを崩してしまう。

「きゃあぁ！」

「美月！」

理人が叫んだ直後、美月はプールに落ちてしまった。なんとかもがいて水面から顔を出すと、いつの間にかプールに飛び込んだ彼が傍にいた。髪から水を滴《したた》らせた彼の片腕が、すぐさま美月の腰に回される。

「大丈夫か!?」

美月は鼻に痛みを感じながらも、小刻みに頷く。すると、理人が美月を抱いたままプール際へ移動した。プールの端に片手を置いた彼は、美月の額《ひたい》に自分の額《ひたい》を寄せるように覆《おお》いかぶさってくる。

「良かった……」

安堵する理人とは対照的に、美月の心臓は勢いよく跳ね上がる。プールのライトに反射して輝く、艶《つや》っぽい彼の体躯に魅了されてしまったからだ。伝わってくる彼の温もりや力強い鼓動に、気持ちが乱されそうになる。

「は、離して！」

「シーッ。この一棟は縦割りで仕切られたメゾネットタイプだ。宿泊しているのは、俺たちだけじゃない。生《い》け垣《がき》の向こうにもプールがあるんだよ。大きな声を出すと他の宿泊客に聞こえる」

「だったら、早く退《ど》いて――」

か細い声で訴える美月の頬を、理人が片手で覆《おお》った。間を置かずに美月の背に回した腕に力を込めて、顔を傾けてくる。

あっと思った時には既に遅く、美月は理人に唇を塞がれていた。

「ン……っ、んふぅ」

美月の躯《からだ》が歓喜でぶるっと震える。感じてはいけないのに、触れられる喜びを抑えきれない。

それに気付いたのか、頬に触れる理人の手が側頭部に回り、顎《あご》を高く上げさせられた。彼が支えてくれているので倒れはしないが、背を反らす苦しい体勢に、美月は思わず彼の肩にしがみつく。

「は……ぁ、ダ……メっん」

理人の舌が唇を割ってぬるっと滑《すべ》り込んできた。柔らかなそれで美月の舌を求め、絡めては吸う。激しくて濃厚な口づけに、美月の躯《からだ》は快《こころよ》い疼《うず》きに襲われた。

「あ……っんぅ！」

爪先《つまさき》をぎゅっと丸めてしまうほどの快感に、美月は上体をしならせる。

これ以上許したら、絶対に全てを捧げてしまう。拒まないと！

そんな美月の思いを挫《くじ》くように、背中に回された彼の手が上へ滑《すべ》り、二人の躯《からだ》がぴったりと重なるぐらいに引き寄せられた。

美月の下腹部に、理人の硬くなったものがあたる。早くほしいと訴える彼自身を感じて、美月は期待と不安で震えるが、彼は気にせず腰を動かして押し付けてきた。

一瞬にして美月の躯《からだ》が燃え上がり、両脚の付け根に鈍痛が生じた。水着で隠れる乳首が硬くなり、彼の胸板に触れるだけで腰が砕けそうになる。

美月が呻《うめ》き声を上げる頃になって、ようやく理人がキスを終わらせてくれた。しかし、いつでも唇を塞げる距離で、美月を真剣に見つめてくる。

「お願い、離して……」

感情を揺さぶられながらも言葉を絞《しぼ》り出すと、理人が美月を軽く持ち上げて大きく膨らむ男性のシンボルを秘所に擦りつけてきた。

その行為で深奥《しんおう》が燻《くすぶ》り、やがて美月を包み込む勢いで炎が広がっていく。

「っんぁ……、ダメ、やめて……は……ぁ」

懇願《こんがん》するものの、その声音は弱くて威力がない。

そうなってしまう理由ははっきりしている。美月が、理人に強い想いを抱いているせいだ。こんな風に想いを寄せてくれる彼を、美月が全力で拒めるはずがない。

「今、美月がどんな顔をして俺を見つめているのかわかってる?」

理人の目線がついと美月の唇に落ちる。それだけでそこが熱を帯び、口を開かずにはいられなくなる。呼吸の間隔も狭《せば》まっていった。

「ああ、俺の腕の中で美月を蕩《とろ》けさせたい。俺をほしがらせたい。もっとせがむほど甘やかして……君を幸せにしたい」

かすれた理人の声が胸に秘めた想いを告げる。その上、美月と頬を触れ合わせるように顔を近づけてきた。

湿り気を帯びた息が、美月の感じやすい肌をなぶる。蕩《とろ》けていく躯《からだ》に促《うなが》されるように瞼《まぶた》を閉じた時、理人が首筋にキスを落とした。

抗《あらが》わないといけないのに、気力が湧いてこない。体内を駆け巡る熱のせいで手足が怠《だる》く、彼を求めて疼《うず》く感覚から逃れられなくなっていく。

「……っぁ」

うっとりするような吐息が漏《も》れると、理人が美月の後頭部に手を回した。優しい手つきで髪を梳《す》き、音を立てて肩にキスをする。その手を首の後ろへと滑《すべ》らせ、いとも簡単にホルターネックのホックを外した。胸元を覆《おお》う生地がはらりと水面に落ちる。

鋭く息を呑む美月には構わず、理人はビキニで持ち上げられた胸の谷間に熱い視線を送った。

妙な期待に煽られ、呼吸し辛くなる。かすかに唇を開いて空気を求めるものの、浅い息しかできない。理人を誘うように上下する柔らかな乳房。それがエロティックに揺れるせいで、美月の呼吸はさらに乱れた。

美月の何もかもが俺を虜《とりこ》にする。俺を熱くさせ、心を震わせ、君を求めずにはいられなくさせる」

理人は前屈《まえかが》みになって美月の胸元に顔を寄せ、谷間に舌を這《は》わせ始める。間近で見る濃厚な蜜戯《みつぎ》に美月の躯《からだ》が期待で疼《うず》いた瞬間、理性が警鐘を鳴らした。

このまま理人の手練手管《てれんてくだ》に引きずられてはいけない！

「理人、さん……ダメ、やめて……」

震える手で理人を押し返そうとする。

だが彼は美月の弱々しい抵抗など歯牙にもかけず、ビキニの縁《ふち》を歯で挟んで引っ張った。それに合わせて紐に指を引っ掛け、肩から肘へと滑《すべ》り下ろしていく。

生地で隠れていた乳房が露《あらわ》になってしまった。理人の愛戯を求めて硬く尖る乳首が目に入り、美月は慌てて腕で隠そうとする。でも、そうするより前に彼が乳首を口に含み、甘いものを味わうかのようにそこを舐めた。

「んぁ！　……ダメ、理人さ……んっ、お願い、もう……あぁっ」

「美月の気持ちはわかってる。だから、何度でも拒んでいい。でも俺はそれを甘んじて受け入れるつもりはないよ。言っただろう？　俺がどれほど美月を愛しているか示すと」

理人の手がゆっくりと下がり、美月の腰から双丘、そして大腿《だいたい》へと滑《すべ》っていく。プールの中というのもあり、彼がほんの少し力を込めるだけで美月の片脚は簡単に持ち上がった。

「理人さん、お願い。わたしたちは結ばれてはいけないの。だから——」

理人を求めて躯《からだ》が反応してしまう。痺《しび》れるような濃密な疼《うず》きをもてあましながらも、美月は必死に拒絶の声を振り絞《しぼ》る。だが、その懇願《こんがん》さえも、彼は聞こうとしない。ちゅぷちゅぷと淫靡《いんび》な音を立てて、乳首を口腔《こうこう》に含み弄《もてあそ》んだ。

「理人さん！」

もう一度名を呼ぶと、理人は乳首を甘噛みしながら上目遣いをする。

「わかった。美月を抱くのはまた次の機会にしよう。でも君を悦《よろこ》ばせる分にはいいってことだね」

「悦《よろこ》ばせるって？」

「美月は何も考えなくていい。快感をその身で味わって」

理人は美月の乳房を揉みしだき、揺すり、充血して色付く乳首を捏《こ》ねくり回す。さらにもう一方の乳首を舌で舐め上げた。

「……ぁ、んふ……ぅ、は……ぁ」

拒まなければならないのに、拒めない。高揚感に包まれて頭の奥がジーンと痺《しび》れていく。間を置かずに火を放たれるせいで、熱がどんどん侵食していく。

「んっ……！　あ……っ、やぁ……」

美月の躯《からだ》がビクンと跳ね上がったのを見計らったかのように、理人が美月の片脚をより高く持ち上げた。ふわっと浮くと同時に後ろに倒れそうになり、美月は堪《たま》らず彼の首に手を回す。

二人の視線が間近で交わり、これまでの甘い空気がさらに濃厚なものに変わった。

風に乗ってかすかに聞こえていた宿泊客の笑い声と虫の声が、おもむろに遠ざかり始めた頃、理人が美月の秘所を指で弄《いじ》った。

「ひゃぁ！　……あっ、そんな……っん！」

生地越しとはいえ、絶妙な強弱をつけて襞《ひだ》に沿って擦られて、四肢に力が入らなくなる。自分で自分を律せないほど甘い痺《しび》れに襲われた。

美月は奥歯を噛み締め、手の甲で口元を覆《おお》って喘《あえ》ぎ声を抑えるが、完全には止められない。熟《う》れた花芯に小刻みに振動を送られると、もう何がなんだかわからなくなった。躯《からだ》だけでなく意識をも凌駕《りょうが》する、じりじりと焦《こ》げるような疼《うず》き。

あまりの刺激に、意識が快感にしか向かなくなっていく。

「っん、っん……あ……っ、んくぅ」

躯《からだ》にまとわりつく潮流に翻弄《ほんろう》され、美月の腰が甘怠《あまだる》くなる。媚唇がひくつき、蜜壷の深奥《しんおう》からとろりとした蜜液が滴《したた》り落ちた。明らかに水とは違う粘液がビキニを浸潤し、それが理人の愛撫を助ける羽目になる。

美月はもう自分ではどうすることもできなかった。

「美月、もっと声を抑えないとバレてしまうよ」

理人に言われて口を噤《つぐ》むが、じわじわと押し寄せる熱いうねりに耐えられなくなる。堪《たま》らず爪先《つまさき》立ちする片脚に力を込めたその時、彼がその脚もすくい上げた。

「きゃあ！」

思わず理人の腰に脚を絡めたせいで、秘められた部分に彼の硬くなった熱茎が接触した。慌てて脚を下ろそうとするが、彼がそれを押し止めるように腰を抱き、プールの端に手を置く。

「下ろしたらダメだよ、美月。そのまま脚を絡めてて」

「でも、そんな……！」

理人は悪戯《いたずら》を楽しむ子どもみたいにふっと頬を緩めるが、その双眸《そうぼう》は欲望で艶《つや》めいている。彼は美月への感情を隠そうともせず、狙いを定めて腰を動かした。

「あっ……いやぁ、んんっ、は……ぁ」

これは一つに結ばれていないのだから、セックスではない。でも、理人の動きはセックスそのものだった。ピンポイントで彼の硬茎が美月の蜜口を押してくる。彼が腰を突き出すだけで、彼のものを招き入れて媚壁を擦られる錯覚に陥《おちい》った。

「や……ぁ、ダメ……あっ、あっ……んぁ、やぁ、んんぅ!」

理人は速さを増したピストン運動を繰り返す。徐々にプールの水面が激しく波立ち、乳房も理人を誘うように揺れた。

「わかる? ぷっくりした乳首がもっと触ってと言わんばかりにツンと勃《た》っているし、俺のものを感じる美月のここは、生地越しでも感じられるほどぴくぴくしてる。俺のものも美月に包み込まれたいと爆発しそうだ」

ほら、わかるだろう?――そう伝えながら抽送《ちゅうそう》に似た動きをする理人。彼は根気強く同じ動作を繰り返して、刺激を送り込んでくる。

美月は身も心も揺るがす情欲に顔をくしゃくしゃにして、淫声を上げた。

「そんな……風に、あ……っ、んぅ、はぁん……言わないで!」

感じ過ぎてどうにかなってしまいそうになる。燃え上がった熱は逃げ場を失い、体内でどんどん膨張していった。あと少し揺さぶられれば、直《ただ》ちに達するのではと感じるほど、美月は押し上げられている。

なのに理人は美月にキスしたり、乳房を手で包み込んだりはしない。ひたすら美月の躯《からだ》を揺すっては、花蜜があふれる蜜蕾をめがけて昂《たかぶ》りを押し付け、小さな円を描くような腰つきをするだけだ。

「あっ、……イヤ……っ、んぁ……もう……っ！」

「俺が見ていてあげる。美月が快感に耐えきれず、俺の動きに合わせてイクのを……」

理人の甘い囁《ささや》きに、体内で渦《うず》巻く熱がさらに上昇した。この行為はセックスの真似事でしかないのに、それ以上の快楽が美月を包み込んでいく。

もう無理、快《こころよ》い情火に屈したい……

そう望んだ時、理人が美月の腰をぐいっと引き上げ、硬くはち切れそうな自身で充血した花芽を強く擦った。

「ああ……んっ！」

刹那《せつな》、膨れ上がったうねりが勢いよく弾け飛び、美月は絶頂に達した。胸を反らして、躯《からだ》中を駆け巡る愉悦に浸《ひた》る。そんな美月を理人は抱きしめ、柔らかな乳房の上に口づけた。

理人の揺るぎない愛情に感極まり、美月の目尻から涙が零《こぼ》れ落ちていった。

第五章

「ゴホッ、ゴホッ……」

横浜のホテルで過ごした翌日。美月は高熱に苦しみながら、ベッドの中で咳を繰り返す。

今朝、事務所に風邪で休むと連絡を入れたあと、病院で点滴を打ったがまだ体力が戻らない。

罰《ばち》が当たったのだ——理人のことなどもう想っていないと公言していたのに、恋い焦《こ》がれる気持ちを隠せなかったから。

今思えば、妙に疲れていたのは風邪の前兆だったのだろう。でもそのことに気付かず、プールであんな奔放《ほんぽう》な行為を……

寒気に襲われて布団をかぶるものの、躯《からだ》は一向に温まらない。暖を取ろうと身を丸めれば胸がパジャマに擦《す》れて、理人にされた愛撫《あいぶ》を思い出してしまう始末。

何もかもが空回《からまわ》っている。そう自覚はしているのに、頭を過《よぎ》るのは理人が美月を優しく見つめる眼差しばかりだ。

「求めたらいけない。もしそんなことをしたら、理人さんを苦しめてしまう。ゴホッ……宗介さんの手にかからないように……するには、守るには、わたしが……ゴホッゴホッ！」

医師は、三日も経てば熱が下がり体調も戻ると言っていたので、週明けには出社できるだろう。

その間に体調だけでなく、感情も立て直さなければ……

美月は熱でぼうっとする頭をもてあましつつ、ベッドから身を起こした。昼食時に食べられなかったお粥《かゆ》を少しだけ胃に入れたあと、病院で出してもらった薬を服用する。そして震える手でおでこに冷却シートを貼ると、再びベッドに横になった。

今できるのは、充分に眠って体力を戻す。それだけ……

美月は荒い呼吸をしながら、静かに目を閉じた。最初は躯《からだ》の節々の痛みが気になって何度も寝返りを打っていたが、体力を奪われているせいもあり、次第に眠りへと落ちていった。

それからしばらく経った頃、躯《からだ》の火照《ほて》りと喉の渇きを覚えて目が覚める。

「暑っ……」

汗だくになっていることに気付き、美月はベッドから起き上がった。シャワーを浴びたいが、まだそこまで気力が回復していない。バスルームで倒れても誰も助けてくれないのだから、絶対に無理は禁物だ。

美月はおぼつかない足取りでクローゼットへ向かい、着替えを取り出した。蒸しタオルで汗を拭《ぬぐ》い、寝間着のロングTシャツに腕を通す。ベッドに戻るとペットボトルを掴んで水を飲み、再び枕に頭を載せて力なく目を閉じた。

そのあと、どれぐらい眠っていたのだろうか。

ゆっくり覚醒するのに合わせて、瞼《まぶた》の裏で何かが点滅する。そして、太鼓を叩くような音が遠くから響いてきた。話し声まで聞こえてくる。

マンションの前の公園で子どもたちが遊んでいる？

「う……、っん」

重たい瞼《まぶた》をゆっくりと開けると、携帯の着信を知らせる点滅ランプが目に入った。

「わたしを起こした正体はこれね」と呟き、ベッドに肘をつく。それを取ろうとした時、玄関のドアを叩く音が響いた。

「美月？　いるのか？　返事をしてくれ！」

くぐもった男性の声に、美月は眉をひそめて玄関の方に目をやる。

いったい誰？

上体を起こしてベッドから立ち上がるが、脚に力が入らずふらつく。躯《からだ》は辛く、頬も熱い。それでもなんとか玄関へ向かい、ドアスコープを覗いた。

「えっ？」

そこに立つ人物が理人だとわかった途端、美月の視界がぐるりと回り、ドアに手を突いてしまう。その音が聞こえたのか、ドア越しにいる理人が大きく息を吐いた。

「美月？　……そこにいるんだね。ここを開けてくれ」

美月は目を閉じる。

風邪で気が弱くなっている時に理人と顔を合わせたら、絶対に太刀打《たちう》ちできない。だから、ドアを開けてはダメだ。

しかし、美月の気持ちなどお構いなしに、痺《しび》れを切らした理人は再びドアを叩いた。

「美月、君が心配なんだ。……頼む、一目でいい、顔を見せて美月」

理人の優しい声音に心を揺さぶられる。それを必死に押し殺してうな垂れた時、どこかの玄関のドアが開く音がした。

「どうかされたんですか？」

声の主は、隣人の女性だ。彼女は美月より十歳年上のＯＬで、美月が引っ越してきた当初から親しげに声をかけてくれていた。そんな彼女に迷惑をかけたくないのに、手が重くて動かない。

「うるさくしてしまい、申し訳ありません。私はこちらの住人の雇い主なんです。風邪で仕事を休むと聞いたんですが、その後の連絡が取れなくて。心配で寄ってみたら、やはり応答がなく――」

「芦名さんが？」

「彼女をご存知ですか？　……隣室から物音は聞こえましたか？」

「いいえ、気付きませんでした」

「そうですか。部屋で眠っているのならいいんですけど、もし風邪が悪化して倒れていたらと思うと居ても立ってもいられなくて」

「あの、管理人に連絡してみましょうか？」

美月はハッとして顔を上げた。

管理人に言ったところで、簡単に鍵を開けてはもらえない。知り合いと言いながら、実はストーカーだったという可能性もあるからだ。そのため、家族の許可や立ち会いがない限り、管理人は単独で動けない。

つまり父に連絡が行き、そこから宗介にまで知られる可能性があるということだ。

理人が美月のマンションに来たと知られたら……

「すみません、お願いしても構いませんか？　あとの対応は私がさせていただきます」

その言葉に、美月は血の気が引くのを感じつつ、慌ててドアを開けた。

「あの！　すみません……ゴホッゴホッ」

「芦名さん、風邪ひいたって？　大丈夫？」

「はい。寝ていれば大丈夫だと思います。あの、ご迷惑をおかけしてすみませんでした。まさか勤め先の所長が……ゴホッ、来たなんて思わなかったので、このまま寝てようと」

「しんどい時はそうなるよね。早く用事を済ませて横になって。お大事にね。……何かあったら、呼んでくれていいから」

彼女の目線がちらっと理人に向けられ、すぐに美月に戻る。その動作から彼女が心配しているのが伝わってきた。安心させるために、美月は無理矢理笑みを浮かべて頷く。

「ありがとうございます。風邪が治ったら、また改めて……ゴホッ、寄らせてください」

「ええ、お大事にね」

彼女と別れると、美月は理人を家の中に引き入れた。でもそれは、家に上がらせるためではない。美月は間を置かずに彼と向かい合わせになり、出ていってほしい旨《むね》を告げようとする。

「こうして来られるのは迷惑です。お願い、帰っ……ぁ」

しかし、急に動いたせいで目が回り、その場にしゃがみ込んだ。立っていられないほどの気分の悪さに、顔を上げられない。

「美月！」

「本当にしんどくて辛いんです……。今は何も話す気になれない。だから――」

次の瞬間、いきなり覆《おお》いかぶさってきた理人に、美月は横抱きに抱え上げられた。脳がぐらりと揺れて呻《うめ》き声を上げてしまう。

理人は反論もできない美月を大切そうに奥の部屋へ運び、乱れたベッドに寝かせる。抗《あらが》う力すら残っていない美月は、理人が上掛けを躯《からだ》の上にかけてくれる間もされるがままになっていた。

理人は美月の傍に腰掛けて見つめてくる。

「晩ご飯は？　薬は飲んだ？」

熱で潤《うる》む目で見つめつつも何も言わずにいると、理人が美月の額《ひたい》に貼った冷却シートを剥《は》がして手で触れた。

「熱いな……」

「お願いです、もう帰ってください。本当に話ができる状態じゃないんです。それに、ゴホッ……理人さんに風邪をうつしかねないんですよ」

美月の懇願《こんがん》も空《むな》しく、理人が額《ひたい》に置いた手を滑《すべ》らせて美月の目を覆《おお》った。

「俺のことは気にしなくていい。さあ、眠って」

理人の手はひんやりと冷たい。それがとても気持ちよく、美月は感嘆の息を零《こぼ》した。

風邪で辛くてしんどい時に、こうやって人肌を感じると、とても安心する……

「俺のせいだね。昨日、美月に無茶をさせた。こんな風に、辛い目に遭《あ》わせたくないのに。美月が泊まらずに帰ると言った時、きちんと止めていれば良かった」

違う、そうじゃない。確かに昨日の理人は強引だったが、最終的には美月が自分の心に負けて彼を受け入れただけだ。

いつもと違う愛され方に、自分でも折り合いをつけられなくて……

「理人さんが気にすることでは——」

「シッ！　……さあ、今はとにかく休んで」

そう言ったあとも、理人はしばらく美月の目の上に触れていた。彼を帰さなければならないと認識していても、躯《からだ》の辛さからその手を強く拒めない。

美月はとうとう意識を放り出して、もう一度深い眠りに落ちていった。

それから時々目が覚めたが、傍には必ず理人がいて、美月の額《ひたい》に冷たいタオルを載せたり汗を拭《ぬぐ》ったりしてくれた。

どうしてそこまで親身に世話をしてくれるの？　すげない態度で接しているのに……

理人を見つめていると、それに気付いた彼が美月と目を合わせる。

「起きた？　汗かいただろう。新しい寝間着に着替える？」

美月の着ているロングTシャツはややしっとりしているけれど、着替えるほどではない。

「いいです。さっき着替えたばかりだから……」

「わかった。ところで、勝手にキッチンを使わせてもらったよ。美月のためにお粥《かゆ》を作ったんだ。少しでもいいから食べて。そのあと、薬を飲もう」

体温を測るみたいに美月の頬に触れてから、理人はキッチンへ行った。用意していた椀にお粥《かゆ》をよそってベッドに戻ると、美月の上半身を起こし、背にクッションをあてがう。

理人が差し出したお粥《かゆ》は、美月が病院の帰りにコンビニエンスストアで購入したレトルト食品ではない。明らかに、彼が美月のために作ってくれたものだ。

「そんな顔をしないで。今は何も考えずに食べてほしい」

自分がどんな表情を浮かべているのかわからなかったが、美月はお粥《かゆ》を口に入れた。軽く塩味のするそれはとても美味《おい》しく、体内から浄化されるような不思議な感覚が広がっていく。

一口、二口と口に運ぶにつれて、無性に泣きたくなってきた。同時に、理人の腕の中に飛び込んで強く抱きしめられたい衝動に駆られる。

「……っ！」

思わず嗚咽《おえつ》が漏《も》れる。

「美月……」

理人は腰を上げてベッドに座ると美月の肩に手を置き、自分の方へ引き寄せる。

「辛い？　しんどい？　俺は無理に食べさせてる？」

美月は小さく首を横に振った。自分の躯《からだ》から力が抜けていくのを感じて、理人の肩に頭を載せて寄り掛かってしまう。すると、彼が美月からスプーンを取り上げた。

「あと、少しだけ食べよう」

理人が椀からお粥《かゆ》をすくい、美月の口元に持っていく。羞恥《しゅうち》を覚えつつも、美月は口を開けてお粥《かゆ》を食べた。だが、三口ほどでもういらないと顔を背ける。

「うん。さあ、次は薬を飲んで」

トレーにお椀を置き、薬と水の入ったコップを手渡す。美月は薬を服用して再び横になった。彼は冷たいタオルを美月の額《ひたい》に載せてから、使った食器をキッチンに持っていく。

素早く食器を洗って片付ける理人を見ているだけで、高熱とは別の何かが体内で燻《くすぶ》り始める。

理人と仲睦まじく過ごした日々が甦《よみがえ》り、あの日に戻りたいという願望が込み上げてきた。

「ダメよ」

自分から逃げるように、美月は静かに目を閉じた。

こんな風に理人を受け入れてしまうのは全部、躯《からだ》が弱っているせいだ。

その理由がわかっているのに、心を強く持てない。理人への想いが燃え上がり、美月を呑み込む勢いで広がっていく。

とりあえず水を飲んで、火照《ほて》りを抑えなければ……

美月は肘をついて上体を起こし、ベッドサイドに置いてあるペットボトルに手を伸ばしたものの、目測を誤って落としてしまった。

「あっ」

「美月！　何をして……水？」

手を拭《ぬぐ》った理人が美月の傍に駆け寄り、ペットボトルを掴む。

「言ってくれたら、俺が取ってあげたのに」

「大丈夫です。あの、理人さんはもう帰って。これ以上ここにいたら、本当に風邪を……うつしてしまいますから」

美月は理人が持つペットボトルを奪おうとする。しかし、彼が逃げるように手をさっと上げた。

「俺に風邪をうつしてしまうのが、そんなに心配？」

理人は寂しげに顔を歪《ゆが》ませて、美月をベッドに横たわらせる。だが、首の下に回した手を外さない。美月に目を向けながら歯でキャップを捻《ひね》って開け、水を口に含んだ。

「理人さ――」

前触れもなく、理人が美月の頭を持ち上げて口づけた。

「っんく……んんぅ！」

理人から注がれる水が口腔《こうこう》に満ちていく。美月は上掛けをきつく掴んで態度で拒もうとするが、長く続かなかった。

結局、美月は理人を受け入れて嚥下《えんげ》する。唇の端から零《こぼ》れる水を、理人が舌で舐めた。その感触に身震いし、美月はいつの間にか閉じていた目をおずおずと開ける。

「これで美月の風邪が俺にうつったかも……。だったらもう出ていく必要はないよね。だから俺のことは気にせず、今はしっかり風邪を治すことだけを考えて」

理人は水で濡《ぬ》れた美月の唇を指で撫でると、ベッドから立ち上がった。そして美月の顔の汗を冷たいタオルで拭《ぬぐ》ったあと、冷却シートを額《ひたい》に貼り付ける。

「わたし――」

「シッ！　俺が傍にいるから、さあ眠って。おやすみ」

理人は美月の汗ばんだ髪を顔から払い、そっと囁《ささや》いた。

心を蕩《とろ》けさせる理人の声を聞いているうちに、意識が遠のいていく。必死に眠るまいとしたが、美月は瞬《またた》く間に深い闇へと引き込まれてしまった。

——翌朝。

外から鳥のさえずりや、子どもたちが元気にはしゃぐ声、そして車の走る音が聞こえ始める。それに揺り動かされて、美月は重たい頭を枕の上で動かした。

やにわに冷たい何かを額《ひたい》に感じて、瞼《まぶた》を静かに開ける。

「大丈夫？　気分は？」

美月を見下ろす理人を見てドキッとするが、昨夜彼が親身に看病してくれたことを思い出し、躯《からだ》に入った力を抜いた。

「大丈夫です」

まだ躯《からだ》は火照《ほて》っているものの、昨日に比べたら断然楽だ。熱も下がっているだろう。ただ油断は禁物。無理をせず大人しく療養すれば、週明けには出勤できる。

そのためには、まずは汗で湿ったTシャツを着替えないと……

美月が上体を起こそうとすると、すかさず理人が手を貸してくれた。

「立てる？」

少しふらつくが、それは高熱で体力を奪われたせいだ。

「はい。あの、ところで……帰らなかったんですか？」

「こんな状態の美月を見捨てて帰れるわけがない。なんと言われようとも、美月の具合が良くなったとわかるまでは帰らないから」

どう説明しても、理人は美月を言いくるめるだろう。

言い争いをすると思っただけで疲れてきた美月は、理人の傍を離れてクローゼットの方に歩き出した。新しいロングTシャツを取り出してバスルームへ向かう。

簡単に汗を拭《ぬぐ》って着替え、顔を洗ったり歯を磨いたりする。お陰で幾分すっきりしたが、やはりいきなり動くと躯《からだ》が辛い。洗面台に手をついて、肩で呼吸を繰り返した。

早く横にならないと、また悪化してしまいそう……

美月がドアを開けると、狭い廊下の壁に理人が腕を組んで凭《もた》れていた。美月を見るなり、顔に憂苦《ゆうく》を滲《にじ》ませる。

その直後、理人が数歩で近づき、突然美月を横抱きにした。

「あっ、……は、離して！」

「ベッドに連れていくだけだから、じっとしてて。着替えてすっきりしたかもしれないけど、疲れが顔に出ている」

「わたしのことをよく見てるんですね」

「俺が気にする女性は美月だけだよ」

そんな言葉を囁《ささや》くなんて、本当に狡《ずる》い。

美月は胸に温かいものが広がるのを感じながら気怠《けだる》い息を吐き、理人の肩に頭を預ける。彼は美月を慈《いつく》しむように抱きしめたあと、ベッドに下ろした。

「同じものばかりで食欲も湧かないと思うけど、お粥《かゆ》を食べて」

そこには既にお粥《かゆ》の入った椀があった。美月が躯《からだ》を清めている間に用意していたようだ。

「いただきます」

今日だけ、今日だけはどうか許して。恋人同士に戻れないのはわかっているけれど、昔みたいに笑って、いろいろな話をする友達として接したい……

願うように瞼《まぶた》を閉じてから、美月は理人に感謝の笑顔を向ける。そして、椀を受け取り、お粥《かゆ》を口に運んだ。

「昨日も思いましたけど、理人さんが作ってくれたお粥《かゆ》、とても美味《おい》しいです。料理がお好きなんですか？」

「そうでもない。必要に迫られてするぐらいさ。でも好きな人のためなら、なんでも作ってあげたいよ。俺の心が美月に伝わっていたら嬉しいけれど」

料理だけではない。理人の気遣いや振る舞いから、美月への想いがひしひしと伝わってくる。

どうしてそこまで美月を溺愛してくれるのだろうか。

逃げれば逃げるほど、理人は美月を追ってくる。彼に嫌われる素振りをしたり、拒絶の言葉を吐いたりしても、彼は気に病《や》まない。それどころか、美月の態度が酷くなればなるほど楽しげに迫る。

〝俺は君を落とすだけ〟と宣言したとおり、彼は甘い言葉を囁《ささや》いて、美月の心に入り込んでくるのを止めない。

美月の態度ときたら、背を向けてもおかしくないほどなのに……

手の動きが止まった美月を見て、理人が立ち上がり冷蔵庫から何かを取り出した。それをお皿に出し、スプーンを持って再びベッドに戻る。

「はい、デザート。違うものも少しは食べたいだろう?」

手にしたお皿には、桃や葡萄《ぶどう》がごろっと入ったフルーツゼリーが盛られている。とても美味しそうで、見ているだけで生唾が溜まった。

「ありがとうございます」

潤《うる》んだ目を輝かせる美月に、理人が相好《そうごう》を崩す。

「そんな風に喜んでもらえるなんて、こんなに幸せなことはないよ。さあ、ゆっくり味わって」

そう言うと、理人は椀と箸を受け取り、キッチンに持っていった。

その間に美月はゼリーを口に入れる。口腔《こうこう》に広がるほどよいゼリーの甘さもさることながら、桃や葡萄《ぶどう》もとても美味《おい》しく、食欲が増していった。

ゼリーをぺろりと食べてしまうと、それを見計らったように理人が薬と水の入ったコップを手渡してくる。

「食欲が出てきた？」

「喉越しが気持ちよくて……。あと、甘さもちょうど良かったです」

「実は、岡島さんに訊《き》いたんだ。覚えてる？　実家に家政婦として通ってくれてる人なんだけど」

「もちろんです」

すかさず返事をする美月に、理人がにっこりした。

「岡島さんに美月が寝込んでいる話をしてね。そうしたら、ゼリーを食べさせるようにと教えてくれたんだ。食欲がなくてもゼリーなら喉の通りがいいし、糖分も摂《と》れるからって。それで、美月が眠っている間に下のコンビニで買ってきたんだ」

「そうだったんですね。ありがとうございます。あの、岡島さんや理人さんのご両親はお元気ですか？　一度ご挨拶《あいさつ》をしに伺わなければと思いつつ、未《いま》だに――」

その思いは叶っていない。宗介に小野塚家との関わり合いを止められていたため、身動きできなかったのだ。でもお世話になった人たちに、挨拶《あいさつ》ぐらいはしたい。

美月が物思いに耽《ふけ》っていると、理人が膝をついて目線を合わせてきた。そして美月が持つコップを取り上げて、手を握り締める。

「うん。両親たちに会って。だけど、その時は俺の恋人として紹介するから」

わかってるだろう？　俺は美月の手を離さない——そう言いたげに、彼が美月を見上げる。

咄嗟《とっさ》に手を引き抜こうとするが、理人は力を抜いてくれない。

「美月、そろそろ俺に落ちそう？」

美月は息を殺して理人を見つめる。

理人の気持ちはわかるものの、応《こた》えることはできない。心は既に彼を受け入れているが、実際に彼の腕の中には飛び込むなんて無理なのだから。

何も言えずに口を噤《つぐ》んでいると、理人が美月の手を持ち上げて指先に軽くキスをする。たったそれだけなのに、美月の心臓が激しく高鳴った。喉の奥の筋肉が痙攣《けいれん》したかのようになり、喘《あえ》ぎに似た息遣いしかできなくなる。

「俺と付き合ったら心が楽になるのに……」

目を見張る美月に理人が愛情に満ちた眼差しを向けてきた。それを受け止められず、無理矢理顔を背ける。

「理人さん、何度も言ってますが、本当にわたしは——」

その時、部屋に玄関のチャイム音が響いた。驚いた美月は、さっと壁掛け時計に目をやる。

まだ、朝の九時にもなっていない。こんな時間にいったい誰が？

「誰か訪ねてくる予定が？」

「いいえ、ありません。配達か回覧板でしょうか」

美月の家を訪ねてくる人は誰もいない。ひとまず一人暮らしを認めてくれた父でさえもだ。

「俺が出よう。美月はそろそろ横になって。治りかけが一番大事なんだから」

理人が玄関へ向かう間もチャイムは鳴り響く。そのせっかちな様子に不安が忍び寄ってきた。

待って、誰も家に訪ねてこない？　違う、……一人だけいる！

「どちらさまですか？　……えっ？」

「理人さん、待っ――」

ベッドから腰を上げようとした瞬間、理人がドアを開けた。

「何故、小野塚さんが!?」

響いてきた声に、美月の躯《からだ》が硬直した。

案の定、家を訪ねてきたのは宗介だ。早く彼に言い訳をしなければ……！

美月が玄関へ一歩踏み出すのと同時に、理人が脇へ寄る。そのせいで、室内を覗く宗介と目が合った。美月を認めるなり、宗介の顔が強張り、冷酷なものへと変化していく。

宗介が大きな勘違いをしたとわかった。美月が彼の裏をかいて、理人と付き合い始めたと。恋人同士になったのだと……

「美月……！」

怒りが滲《にじ》み出る語気に、美月は違うと目で訴えながら玄関に向かう。あまりに急いだためふらついてしまい、壁に手をついて躯《からだ》を支えると、それを見た理人が傍に駆け寄ってきた。

「美月、大丈夫か？　俺が無理をさせてしまったから」

理人の言葉に、宗介の目が一層つり上がる。

これではいけない。このまま誤解が続けば、美月のせいで理人に害が及んでしまう！

「宗介さん！」

風邪の影響でかすれた声で、美月は必死に呼びかけた。しかし、それが逆に宗介の不興を買ったようだ。

「こんな勝手な振る舞いを許すために、美月の一人暮らしに賛成したわけではない。義父が反対しても、何故俺が口添えをしたのか……その理由を知っているはずだ。なのに、この裏切り」

「わたしは、宗介さんの言うとおりにしています。りひ……いえ小野塚さんは、わたしが風邪をひいたと知って、お見舞いに来てくれただけです」

それを聞いた宗介が鼻で笑う。そこに理人がいても、以前のように体面を取り繕《つくろ》おうとはしない。それどころか、あからさまに美月への憎しみを目に込める。

二人の間に漂《ただよ》う険悪な雰囲気を感じた理人が、美月を背に庇《かば》い宗介に頭を下げた。

「倉崎さん、申し訳ありません。私は純粋に美月が――」

「あなたは黙っていてください。これは私と美月の……家族の問題です。そうだね、美月」

宗介の凄《すご》みに、美月の躯《からだ》が震え上がる。恐怖に包まれるが、ここで怯《ひる》んではいけない。宗介の覇気に負けたら、これまでの頑張りが無駄になってしまう。

理人を守らなければという一心で、美月はもう一度「宗介さん！」と呼んだ。

「誤解しないでください。本当に小野塚さんとは何もありません」

「もう遅いよ、美月。君は俺との約束を違《たが》えた」

「ち、違――」

誤解をとこうとする美月を、宗介が一瞥《いちべつ》する。そして、彼の口がゆっくり〝覚えておけよ〟と動いた。美月が息を吞むのを見て、彼が蔑《さげす》むように片頬を上げる。そして顔を背けて去っていった。

「待って！」

美月は宗介を追いかけようとする。だが、理人が美月の腕を掴んで押し止めた。

「俺が倉崎さんの誤解をとくよ。だから美月は安心して。とにかく今は休まないと……。

顔が赤くて、目が潤《うる》んでる。息遣いも辛そうだ」

そう言われて、また熱が上がってきているのがわかった。くらくらと眩暈《めまい》がし、首回りもしっとりと汗をかいている。瞼《まぶた》も泣いたあとみたいに腫《は》れぼったく感じた。

「倉崎さんはかなりのシスコンなんだね。以前といい今回といい、俺が美月といるだけで機嫌が悪くなる」

「いいえ、そうではないんです」

愛菜の恋を実らせるには、わたしが邪魔なんです。しかもわたしが約束を破った、裏切ったと思って、理人さんに手を回そうと——そう心の中で呟きながら、美月は隣に立つ彼を見上げた。

「美月？　大丈夫か？　さあ、ベッドへ行こう」

理人に急《せ》かされてベッドへ向かう間も、美月は宗介のあの表情を忘れられなかった。

宗介はどう出てくるのだろう。理人の仕事に手を回す前に、なんとかしなければ……

熱でふらふらとする美月は、深刻な面持ちで力なくベッドに腰掛ける。そんな美月を、理人が訝《いぶか》しげに見つめていた。

十月に入った途端、朝夕めっきり冷え込むようになった。日中はまだ暖かいせいで時折汗ばむものの、一歩外に出れば季節がゆっくりと移り変わっているのがわかる。空は澄み渡り、爽《さわ》やかな空気が秋を感じさせるほどだ。なのに美月の問題は高熱を出した日で止まっていた。

もちろん美月も何もしなかったわけではない。

熱が下がって動けるようになると、宗介に連絡を取ろうと試《こころ》みた。しかし携帯は着信拒否、会社にかけても取り次いでもらえない有様。それならばと会社に出向いたけれど、受付で外出中だと言われて丁重に断られてしまった。

仕方なく実家で宗介を待ち伏せするものの、義母から彼は別に借りているマンションに泊まっていると聞かされる。

未《いま》だに宗介と接触できていない美月は、いつ彼が理人に仕掛けてくるのかとビクビクする日々を送っていた。しかし、何故か宗介はまだ行動を起こしていない。いや、既に動いているのかもしれないが、美月には何も感じ取れなかった。

それが不気味で仕方がない。

もしかして、理人と付き合っていないとわかってくれた？　それとも勘違いしたまま、忍び寄るように手を回している？

突如身震いが起き、美月は仕事の手を止めた。それに合わせたかのように、工房のドアを軽く叩く音が響いた。そちらに目を向けると、理人が立っている。

普段、事務所内で仕事をする時の理人は、チノパンにTシャツというラフな姿だ。でもドアの横に立って美月を見る彼は、ピンストライプのスーツにネクタイを締めている。明らかに出先から戻ったばかりの格好だ。

スーツ姿に見惚《みと》れていると、理人もまた微動だにせず美月を観察していることに気がついた。

何かあったのだろうか。もしや、宗介が理人に手を出してきた⁉

「り、理人さん……おかえりなさい」

電熱カッターのスイッチを切って作業台に置いた美月は、静かに席を立つ。身がすくむのを感じながら理人を見つめ返すと、彼が工房内を見回した。

「北川さんは?」

「谷口さんと一緒に外出されています。模型の制作が終わったので、一緒にお渡しに」

「良かった。二人きりで話したかったんだ」

そう言うなり、理人が工房内に入ってきた。美月の傍に椅子を引き寄せた彼は、美月にも座るように手で示す。美月が再び着座すると、理人も腰掛けた。

「あの、何かあったんですか？　仕事上で問題が生じたとか？　急に取引先から仕事を切られたとか？　もしかして提携先と――」

「ちょ、ちょっと待って。どうしてマイナス思考なことばかり？」

「えっ？」

素《す》っ頓狂《とんきょう》な声を漏《も》らす美月に、理人が楽しそうに笑った。

「何故そんな風に思ったのかわからないけど、特別問題になるようなことは起きていないよ。ところで、ここに来たのは頼みがあってね。……っと、その前に、美月はテニスは好き？」

「テニスですか？」

話の行き着く先が見えなくて、美月は呆然と訊《き》き返す。

「ああ。興味があるなら嬉しいんだけど」

「多少プレイした経験はあります。観戦も留学中に」

「本当!?　それなら良かったよ！」

「あの、テニスがどうしたんですか？　わたしに頼みとはいったい？」

「実はこの週末、イギリス人のクライアントに誘われたんだ。俺と一緒に行ってくれないか？」

理人が胸ポケットから封筒を取り出し、中身を作業台に置く。

それは、日本で行《おこな》われるATPツアー決勝戦のチケットだった。ATPツアーは男子プロテニス協会が運営しており、世界中で行《おこな》われている。だが、日本で行《おこな》われる試合は、日本中のテニスファンが押しかけるため、なかなかチケットが取れないと聞いていた。

美月が理人を窺《うかが》うと、彼は安心させるように柔らかい表情を浮かべる。

「この前のビジネスディナーを途中で終わらせてしまったから、その償《つぐな》いに……という話だ。美月が来てくれればクライアントのご夫妻も楽しめると思う。どうかな」

ビジネスディナーを途中で？　それってもしかして……

そう思った瞬間、美月の脳裏にホテルのプールでの淫《みだ》らな行為が浮かんだ。

美月は慌ててその光景を頭の隅に追いやり、理人が話した内容に意識を集中させる。

ビジネスディナーの償《つぐな》いに、ということは仕事を兼ねているという意味だろうか。だから美月にもついてきてほしいと？

「所長命令ですか？」

美月が訊《たず》ねると、理人は作業台に肘を立てて手に顎《あご》を載せ、距離を縮めてきた。

「どういう風に言ってほしい？　仕事だから所長命令だと？　それとも、ダブルデートだと？　言い方が変わるだけで、美月の気持ちは変わるのかな？」

「それは――」

美月は口籠《くちご》もり、作りかけの模型に視線を落とした。

理人は最初からクライアントに会うと言っている。なのに、美月が勝手に別の意味を勘ぐってしまった。

テニス観戦はクライアントが用意したものなのに……

これは仕事を円滑に進めるための交流の場として用意されたもの。美月に断る理由はない。

「美月？」

「一所員として、お手伝いさせていただきます」

美月の返事に、理人が破顔した。だがすぐに神妙な顔つきになり、美月に手を伸ばしてくる。

「えっ？」

美月は動揺して上体を反らそうとする。しかし、いとも簡単に理人に捕まってしまった。彼の大きな男らしい手が頬を包み込んでくる。

「あの……」

美月が拒もうとした時、理人の目線がほんの少しだけ下がる。彼は眉間に皺《しわ》を寄せ、美月の目の下を優しくなぞった。

「目の下のクマ、化粧で隠していても俺にはわかる。まだ体調は戻っていない？」

「いいえ、あれからもう十日ほど経ちましたから、完全に治ってます」

「本当に？　それなら、どうしてそんなに辛そうな顔をしてるのかな」

美月はドキマギしながら顎《あご》を引き、理人の手からそっと離れる。そして、手の甲で口元を隠して感情を読み取られないようにした。

「大丈夫です。いろいろと忙しくて、寝不足みたいです」

「俺に嘘は吐《つ》いてないね？」

「はい。あの……その節は本当にお世話になりました」

あの日以降、身の回りで何も起きていませんか？　悩みはありませんか？

そう訊《たず》ねたいのに言葉を続けられず、美月は口籠《くちご》もった。

「美月の看病は俺がしたかったんだから、気にしないで。ところで、あの日の件を説明するために、倉崎さん……美月の義兄《にい》さんに会ったよ」

予想もしていなかった告白に、美月は思わず前のめりになる。

「義兄に会ったんですか？　何か言われましたか!?　その、理人さんの気に障《さわ》るような話を……」

「特に、これといったことは言われなかった。とはいえ、美月に相応《ふさわ》しいのは俺じゃない……そう思っている風には感じ取れたけどね」

理人の読みは正しい。ただ、宗介の真意には気付いていないだろう。

理人に相応《ふさわ》しいのは愛菜なのだから、美月には構うなというのを……

「倉崎さんには認めてほしいんだけどね。美月の義兄《にい》さんだから。まあ、そこは順を追って進むとするよ。……ところで美月、俺は君からのお礼がほしいな」

　理人が思わせぶりな表情をした。

「お礼？」

「そう。美月の看病をした、お礼。……美月からのキスがほしい」

　美月は目を見開いた。その瞬間、自《みず》ら彼に口づけする光景が脳裏に浮かぶ。たったそれだけで、躯《からだ》の芯を焦《こ》がすほどの熱が生まれた。

　でもその感覚に浸《ひた》れるはずもない。美月は慌ててそれを打ち消すように頭を振った。

「わたしたちは、そういう関係ではないです！」

「はあ……まだダメか」

　理人は肩を落とすものの、特段気にする素振りもなく立ち上がる。そして、作業台に置いていたチケットを取ると、美月の目の前に示した。

「とりあえず、俺のパートナーとしてこれに付き合ってくれるんだから、それで手を打つとするよ。でも覚えてて。俺は最終的に、美月の方から俺がほしいと言わせるつもりだから」

「だから、絶対に言いません。わたしにとって、理人さんはもう特別な男性ではないんです」

美月が突き放しても応《こた》えた様子もなく、彼は楽しそうに口角を上げてドアの方に歩いていく。しかし途中で振り返り、美月に熱っぽい眼差しを投げた。

「俺は、その言葉を撤回させるつもりだ。そして、美月が俺から離れたがる理由も、必ず明らかにする」

「な、何を言って……」

「じゃ、また連絡する。週末のスケジュールはこちらで組んでおくから、空《あ》けておいてくれ」

そう言うと、理人は迷いのないしっかりとした足取りで工房を出ていった。

美月は呆然としながらも、何故理人がそんなことを言ったのか考える。

普通なら、美月の心が離れたと結論づけてもおかしくないのに、理人はそうは取らない。他に、美月が彼から離れようとする理由があると完全に思っている。

「もしかして、宗介さんと会った時に何かを言われた？」

美月の躯《からだ》が恐怖で震え上がった。慌てて携帯を取り出して、宗介の番号に電話をかける。

お願い、出て！　理人さんには手を出さないで！　――そう心の中で叫ぶが、返ってくるのはこれまでと同じ。やはり『お客様のご都合により、お繋《つな》ぎできません』というアナウンスだった。

＊＊＊

顔を輝かせた親子や女友達のグループ、男女の学生たちが、颯爽《さっそう》と駅の構内を出てスタジアムの方へ歩いていく。

皆、日本で行《おこな》われるATPツアーを楽しみにしているのだろう。

美月は燦々《さんさん》と輝く太陽を見て、眩《まぶ》しげに目を細めた。陽射しは強いが爽《さわ》やかな風が吹いているので、暑くはない。それどころか、日陰に入っていると肌寒いぐらいだ。

「もう秋なんだね……」

駅の構内を出たところで理人を待つ美月は、ぽつりと呟いた。

その時、こちらに走ってくる足音が耳に届き、音の方へ顔を向ける。清々《すがすが》しい顔で駆け寄ってくる理人の姿が、美月の目に入った。

理人は黒いズボンに白いシャツ、そしてジャケットを羽織っている。ぴしっと決めたスーツ姿とも、ラフなジーンズ姿とも違う格好に、美月の胸が一際弾んだ。小ぶりのバッグを持つ手に自然と力が入る。

「待たせた？」

「……いいえ」

声がかすれるが、必死に言葉を絞《しぼ》り出した。美月を見つめる理人の目が輝くだけで、感情を煽られる。呼吸がし辛くなり、下腹部の深奥《しんおう》に熱が集中していくのを感じた。ヒールの中で爪先《つまさき》をぎゅっと丸めてしまうほどの快《こころよ》い衝動に、誘うような吐息が零《こぼ》れる。すると理人の目線が、アプリコット色の口紅を塗った唇で止まった。

それすら耐えられず、美月は目線を落として顔にかかる髪を耳にかけた。平静を保つようにふーっと息を吐いて、面《おもて》を上げる。理人は朗《ほが》らかに微笑み、美月を見つめていた。

「とても綺麗だ。ドレスコードを指定しなかったけれど、スマートカジュアルなワンピースで来てくれたんだね」

「以前ウィンブルドンに誘われた時、セレブの方たちがドレスアップしていたのを思い出したんです。迷ったんですけど、クライアントはイギリスの方と伺っていたので……」

ウィンブルドンとは、グランドスラムと呼ばれるテニスの世界四大選手権の一つだ。特にウィンブルドンはグランドスラムの中でも格式が高い。大会にはイギリス王室の方々も観戦に訪れる。そのため、観戦者も身なりを整えるのだ。

それが頭にあったため、大会は違えど美月も慣習に倣《なら》った。

一見地味に見える紺色のワンピースだが、手首まで覆《おお》うドット柄が入ったシフォン地の袖がとても女性らしくて気に入っている。

そんな美月の服装をもう一度見て、理人が満足げに頷いた。

「気を遣ってくれてありがとう。さあ、行こう」

そう言って、駅の近くにあるスタジアムへ歩き出す。理人はさりげなく車道側に立ち、これから会うウィリアムズ氏の話を始めた。

理人の父の友人でもあるウィリアムズ氏は実業家で、ここ数年は日本を拠点として東南アジアへ仕事の手を広げているという。要人を接待するために、日本で広い家を建てたいそうだ。

「今はウィリアムズ氏の要望に沿った図面を引いてる最中なんだ」

「では、今日は普通にお話をするだけでいいですか？」

「ああ。この先、夫妻には事務所に来てもらっていろいろな話を詰めていくことになる。その時は美月にも顔を出してもらう予定だから、今日はウィリアムズ夫妻との顔繋ぎと思ってほしい」

そんな会話をしながら、会場に入った。

テニスコートの先の広場には、グルメイベントのように飲食店がずらりと並んでいた。美月もよく知る有名な店や、雑誌で紹介された店まである。

「日本でも、こんなにお店が出ているんですね。食べ歩きしたいぐらいです」

そう言う美月に理人が楽しげに笑った時、彼の携帯が鳴り響く。液晶画面に表示された名前を確認すると、彼は美月に断って応答ボタンを押した。

『小野塚です。ウィリアムズさん、どうされました？』

先ほど話題にしていたクライアントの名前を聞いて、美月は理人の邪魔をしないよう距離を取った。

その間に会場のチラシをもらった。地図に明記された店名に目を走らせている途中で、フレッシュジュースを売っている店を見つける。

「とても美味《おい》しそう！」

店がスタジアムの入り口付近にあるのを確認していた時、優しく肩に触れられる。振り返ると、理人がちょうど電話を切ったところだった。

「美月……」

「どうされたんですか？　今の電話、これからお会いするウィリアムズ氏ですよね？」

「その予定だったんだが、仕事で来られなくなったと連絡があった。せめてご夫人だけでもと誘ったけど、どうも二人で大使館に行かなければならないらしくて……」

「つまり、ウィリアムズ夫妻は来ないと？」

理人が静かに頷く。

それならば、美月たちがここにいる必要はない。理人と一緒にいる必要も……

わくわく感が薄れていき、美月はチラシを持った手をゆっくりと躯《からだ》の脇に下ろした。

「じゃ、ここで解散しましょう。わたしはこれで失礼いたします」

美月は理人に頭を下げ、試合を観に来た人たちの波に逆らって駅へ歩き出す。

「待ってくれ！」

理人に腕を掴まれ、勢いよく振り向かされる。

「せっかく決勝戦のチケットを持っているんだ。楽しんでいかないか？」

「でも――」

「もし俺がウィリアムズ氏が遅れてくると嘘を吐《つ》けば、君はスタジアム内に入っただろう。でも俺はそう言わずに正直に告げた。何故だと思う？　美月に対して誠実でいたいからだよ」

美月が口を噤《つぐ》んでどう答えればいいかと悩んでいると、急に理人が美月の腕を掴んだまま、スタジアムの入り口に向かって歩き出した。

「理人さん⁉」

「今日は何もかも忘れて、楽しもう」

「でも……」

スタジアムに入ろうとする客の列に並んでも反論しようとするが、それを遮《さえぎ》るように理人が美月の手を取った。

「理人さん、やめて！」

つい声を荒らげてしまい、前に並んでいた二人の若い女性が驚いたようにこちらを振り返る。

美月は口を閉じ、決まりの悪さを覚えて彼女たちに頭を下げた。すると、理人が横でぷっと噴き出す。

「理人さんって、結構強引ですね」

美月は羞恥《しゅうち》で頬が熱くなるのを感じながら、隣に立つ理人に冷たく言い放つ。

「……美月にだけだよ」

理人がそっと囁《ささや》く。その甘やかな響きに導かれて、美月は彼を見上げてしまった。彼の想いが籠もった目つきに、昔の記憶を揺り動かされる。

「他の女性に対して、これほど積極的に動いたことは一度もない。美月だけが、俺をこんなにも必死にさせるんだ」

ダメよ、思い出したら……

そう思うのに、理人が美月を心配して駆けつけてくれたあの雪の日の光景が、まるで昨日のことのように鮮明に浮かび上がる。

理人が必死に美月の躯《からだ》を温め、暖炉《だんろ》の前で情熱的に想いをぶつけ合った日を。

美月の脈拍が上がり、身も心も昔に引き戻される。そのせいか、理人の手を振り払えなくなった。

ようやく解放されたのは、入り口でチケットを提示する時だった。これ以上翻弄《ほんろう》されたくない美月は、手を後ろへ持っていき、二度と彼に手を握られないように死守する。

それを見た理人はくすくすと笑い、美月の背に触れてスタジアムに促《うなが》した。

美月は理人に触れられたそこかしこが熱くなって気が気でなかったが、スタジアムに入るや否《いな》や、視界いっぱいに広がるすり鉢型の会場や開閉のできる屋根に目を奪われる。

「凄《すご》い……。ここで試合が行《おこな》われるのね」

スタジアム内を見回していると、不意にウィンブルドンのセンターコートを観戦した記憶が甦《よみがえ》った。

その試合に誘ってくれたのは、留学中に知り合った平間だ。

美月は彼とアメリカのフロリダやウィンブルドンに行くぐらい親しくしていた。

とはいえ、ほとんど他の留学生たちも一緒だったが……

あくまで友人としての付き合いだったため、彼から好意を告げられた時は驚いた。男性として意識していなかった美月は交際を断り、それ以降連絡を取っていない。

今、平間はどうしているのだろうか。

そんなことを思っていると、理人に「美月、こっちへ」と話しかけられる。我に返った美月は思い出を振り払い、すぐに彼と並んで通路を進む。セキュリティスタッフにチケットを見せて階段を下り、アリーナのエンドシートに座った。

周囲はスーツ姿の男性やお洒落《しゃれ》をした女性ばかり。国籍も様々なところを見ると、招待客専用の席なのだろう。

「少し待ってて」

気後《きおく》れしている美月にそう言い、理人は再び階段を上がってどこかへ行ってしまった。

理人を待つ間、美月は会場内を見回した。席は既に八割が埋まっており、皆スティックバルーンを膨らませたり国旗を取り出したりして、試合開始時刻を今か今かと待っている。

会場内の熱気が美月にも伝染し、心臓がドキドキしてきた。今日はダブルスとシングルスの決勝戦が行《おこな》われるが、前者にはなんと日本人ペアが出場する。電光掲示板には、決勝に勝ち進んだ選手たちのマッチハイライトが流れていた。

それに見入っていた時、席を外していた理人が戻ってきた。

「美月、お待たせ。……はい」

「えっ？」

手渡されたのは、スタジアムの入り口にあったお店のフレッシュジュースだ。

「どうして、これを？」

「俺がウィリアムズ氏の電話を受けている時、美月がこの店を見ていたのを思い出してね」

「あ、ありがとうございます」

どうしてそんなに優しいの？　どうして美月によくしてくれるのだろうか。

その答えはただ一つしかない。理人を避け続ける美月を、今もなお愛してくれているからだ。

カップを受け取った美月はミックスジュースに視線を落とし、ストローに口をつけた。口腔《こうこう》に広がる、パイナップルとオレンジの味。同時に理人の真摯《しんし》な想いも美月の心に浸透《しんとう》していく。

でも、いくら理人の想いが嬉しくても、これだけはどうにもならないのだ。

美月は何度も自分に言い聞かせてジュースを飲み、理人が振ってくる当たり障りのない話題に相槌《あいづち》を打つ。

そうこうしているうちに試合が始まった。目の前の白熱したプレイに声を上げたり拍手を送ったりする。なのに理人と触れ合いそうな左半身はずっと彼を意識し、美月は快《こころよ》い熱と疼《うず》きに翻弄《ほんろう》されれっ放しだった。

そのせいもあってか、時間はあっという間に過ぎ、予定された試合は全て終わった。ダブルスでは日本人ペアが、シングルスでは第一シードの選手が優勝を飾り、会場内は熱気の渦《うず》に包み込まれる。

美月も久しぶりにスポーツ観戦を楽しんだが、正直理人を意識するあまり、精神の方が疲れていた。席を立つのも億劫《おっくう》なほどだ。

優勝スピーチが終わっても、美月はコートにいるテニス関係者たちをボーッと眺めてしまう。

「とても楽しんだみたいだね」

「ええ、とても楽しかったです。スポーツチャンネルで見るよりも迫力があって……。コートと近いからでしょうね」

「ウィリアムズ氏が事務所に来た際に、是非その話をしてほしい。自分たちの贈ったチケットが無駄ではなかったと知ったら、きっと喜んでくれるはずだ」

「そうします」

表情を和ませる美月に、理人は嬉しそうに口元を緩めた。

出口に向かう観客の波が落ち着いた頃、彼が「そろそろ行こうか」と手を差し出す。

理人のさりげない所作に、美月も自然と手を上げるが、彼に触れそうになったところで我に返った。握り拳を作って、ゆっくりと躯《からだ》の脇に下ろす。

「帰りましょう」

美月は理人の隣を通り過ぎて階段を上がる。彼もあとに続き、通路に出ると美月の手を取った。しかも、先ほど美月が拒否したことなどなかったかのように指を絡めて恋人繋《つな》ぎをする。

初めてのことにびっくりして手を離そうとするが、理人は怯《ひる》まない。

「理人さん、もう――」

こういう振る舞いはやめてください――そう言おうとした、まさにその時だった。

「美月ちゃん!?」

鈴を転がしたような可愛らしい声が響き渡り、美月は言葉を遮《さえぎ》られる。聞き覚えのある声に、顔から血の気が引いていくのを感じながら、通路に目をやった。

想像したとおり、そこにいたのは義妹の愛菜だ。でもこちらを見ているのは彼女だけではない。隣には、なんと美月が留学中に親しくしていた平間も立っている。

「……えっ？」

驚愕《きょうがく》のあまり呆然としたのも束の間、美月はまだ理人と手を繋《つな》いでいるのを思い出して慌てて振り払った。そして、艶然《えんぜん》とした表情で歩み寄ってくる愛菜を見つめ返す。

愛菜は腰から大腿《だいたい》のラインが綺麗に見えるミニスカートを穿《は》き、乳房の形がはっきりとわかるキャミソールの上に、ロングカーディガンを羽織っていた。愛菜と平間はまるでデート中の恋人同士のようだが、実際はそうではないと言い切れる。

愛菜の想い人が誰なのか、美月は知っているからだ。

だったら何故スポーツ嫌いの愛菜がここに？　しかも、どうして平間と一緒にいるのか。

状況に頭が追いつかない美月は、愛菜から半歩後ろを歩いてくる平間を盗み見る。彼はひたむきな眼差しを美月に向けていた。

何やら不穏な空気を感じた時、彼女たちが美月の目の前で立ち止まった。

「美月ちゃんと会うなんて、本当にびっくり！　しかも、理人さんと一緒って——」

愛菜が理人を名前で呼んだ途端、美月の心臓に鋭い刃で刺されたような痛みが走る。

苦いものが込み上げるがどうにもできない。

美月が何も言えずにいる前で、愛菜は理人の腕に触れて目を輝かせた。

「お久しぶり……ではないですね。先日、デートに誘ってくれて嬉しかったです」

デートに誘った？　理人が愛菜を⁉

その事実に感情が暴走しそうになる。美月はバッグを掴む手に力を込め、それを必死に堪《こら》えた。

「あれはデートではなく、御社に伺った際に倉崎さんもと言われて——」

理人が説明しようとするや否や、彼女が彼の言葉を遮《さえぎ》るように躯《からだ》を寄せた。

「ところで……理人さんはどうして美月ちゃんと一緒にいるんですか？　お知り合い？」

「お兄さんから聞いてない？　美月は俺の事務所で働いているんだ」

「えっ⁉」

あたし、聞《い》いていないんですけど！　——と言わんばかりの鋭い目つきで、愛菜が美月を射貫《ぬ》く。それでも美月が黙っていると、理人があとを引き継いだ。

「今日はクライアントの招待を受けて、美月に一緒に来てもらったんだ」

「理人さんと同じ事務所に、美月ちゃんが……」

「倉崎さんも観戦しに？」

理人が愛菜の隣に立つ平間をちらっと見る。それを察したのか、彼女は男性を虜《とりこ》にするような笑みを浮かべた。

「ええ。その前に彼を紹介させてください。彼は平間修也さん、ＩＴ企業で働いているんですけど、ずっとイギリスに出向されていて、一週間ほど前に帰国されたばかりなんです」

愛菜が平間を紹介すると、彼らは名刺を交換し合った。

「修也さん、美月ちゃんのことは知ってるわよね？」

「ああ。イギリスで会って以来だね、美月」

「ご無沙汰《ぶさた》しております」

隣にいる理人が美月を凝視するのが伝わってきた。産毛《うぶげ》が総毛立《そうけだ》つほど肌がざわつき、思わず腕を擦《さす》る。

「美月ちゃん、知ってた？　修也さんは兄の友人なの。学生時代はよくうちに来てくれたわ」

初めて聞く話に美月が平間を仰ぎ見ると、彼は居心地悪そうに顔を歪《ゆが》めていた。そこには、後ろめたさが浮かんでいる。その表情を目の当《ま》たり《あ》にして、何故彼が美月によくしてくれたのかようやくわかった。

出会った当初から、平間は美月が宗介の義妹だと知っていたのだ。その上で、あえてその件を伏せていたと考えられる。そんな真似をする理由は一つしかない。

宗介に美月の動向を探ってほしいと頼まれたから、彼と知り合いだという事実を隠し、美月に近づいたのだ。

「本当は兄が修也さんと来る予定だったんだけど、急な仕事で行けなくなって。それであたしが誘われたの。ちょうどテニスの決勝戦のチケットがあるから、修也さんと観戦しておいでってね。だから、本当にびっくり！　まさか理人さんに会えるなんて」

宗介さんがチケットを愛菜ちゃんに渡した？　――そう思った時、宗介が先日の別れ際に〝覚えておけよ〟と伝えた光景が頭を過《よぎ》った。

ひょっとして、今回の再会は何かを始める布石《ふせき》？

「ねえ、せっかくだから、皆でご飯を食べに行きましょうよ」

「いや、倉橋さんは平間さんの相手を頼まれたんでしょう？　俺たちは邪魔だから――」

理人は愛菜の誘いを断ろうとするが、それを察知した彼女が、美月に目を向けた。

「美月ちゃん。修也さんとは久しぶりでしょう？　積もる話もあるんじゃない？　ほら、向こうでは彼と何回もデートしていたわけだし」

「デートでは――」

「修也さんったら、あたしと一緒にいても美月ちゃんのことばかり訊《き》いてくるの。今何をしてるんだ、実家に戻ってるのか、恋人はいるのか……って。いい機会なんだから、修也さんと話したら？」

愛菜が長い髪を耳にかけ、美月にだけ見えるように睨《にら》み付けてきた。

「いいわよね、美月ちゃん。可愛い義妹のお願いなんだもの」

「……ええ」

「美月!?」

承諾の意を伝える美月に、理人が驚きの声を上げる。だが、意に介さない愛菜は美月たちの間に割って入り、理人の腕に手をかけて引っ張った。

「お腹がぺこぺこなの！　理人さんのオススメのレストランに連れていってほしいな」

理人は小さくため息を吐き、背後の平間に視線を投げる。

「平間さんは、好き嫌いなどありませんか？」

「私はなんでも……。愛菜ちゃんの好きなもので構いません」

「あたし、イタリアンがいい！」

花が咲いたような笑顔を理人に向ける、愛らしい愛菜。二人が一緒にいるのを初めて見たが、彼女が本気で彼に恋をしているのが伝わってきた。

茜色《あかねいろ》の空に闇が迫ってくるみたいに、美月の心にも不安がのし掛かる。

いったいこれからどうなるのだろうか。

美月は憂苦《ゆうく》に苛《さいな》まれながら、理人たちのあとに続いた。

スタジアムを出て、最寄り駅に向かう人たちの流れに乗って進む。試合を楽しんだ女性たちはまだ高揚しており、選手たちの話で盛り上がっている。でも美月と平間の間には、微妙な空気が流れていた。

「……元気だった?」

不意に、平間に話しかけられる。

美月は思わず数メートル先を進む理人に目をやるが、愛菜の言葉に笑顔で応《こた》える姿を見ていられず、咄嗟《とっさ》に視線を落とした。

「はい。お別れも言わずに帰ってしまってすみません。でも――」

「うん、俺もごめん。宗介が友人だと教えなくて」

「最初から知っていたんですね。国際交流センターに来た時から、わたしが……誰なのか」

「ああ、知っていた。イギリスに出向になると宗介に話したら、義妹の様子を教えてほしいと頼まれてさ。宗介の家の事情は知っていたこともあって、俺はオーケーしたんだ。言われるがまま、美月の様子を彼に伝えてた」

思ったとおり、平間は宗介に頼まれて、美月の動向を探っていたのだ。

宗介は美月が留学しても信じられなかったに違いない。だから徹底して美月を管理するために、平間をお目付役に抜擢《ばってき》したのだろう。

全て、愛菜のために……

「それでわたしに優しくしてくれたんですね。観光に連れていってくれたり、スポーツ観戦に誘ってくれたり。フロリダに招待してくれたのも、宗介さんに頼まれて――」

「違う！」

平間は大声を出すが、すぐに調子を落として「それは違うよ、美月」と言い直した。

「言い訳は聞きたくないです」

美月はそう切り捨てて、いそいそと先を行く。理人たちと距離を縮めようとするのに、平間が切なげに美月の名を呼んで手首を握ってきた。

「は、離してください」

平間の手を振り払おうにも、がっちりと掴まれていて逃げられない。

「確かに最初は宗介に頼まれてしたことだ。それは否定しない。でも君と接するたびに、どんどん惹かれていった。真面目に勉学に取り組む姿勢や、どんなことが起きようとも全てを受け入れ、前だけを向く……そんな美月に魅了された」

そこで一呼吸置いた平間は、美月の手を引き寄せた。

「あっ！」

美月の躯《からだ》が平間にぶつかる。彼の体温が伝わる距離に緊張していると、彼が心持ち顔を下げてきた。

「だから、俺は美月に告白した。それは宗介に強制されたものじゃない。自分の本当の気持ちだった。好きだと言ったのは嘘じゃないし、付き合ってほしいと言ったのも――」

「えっ？　修也さんは、美月ちゃんに告白していたの!?　それならそうと早く言ってよね！」

突然響いた、愛菜の楽しげな声。美月はビクッと震えて、平間から彼女に目を向けた。いつの間にか立ち止まっていた理人と彼女が、美月を見ている。

理人は無表情に、愛菜は満面の笑みで……

「ねえ、理人さん。せっかくだもの、修也さんと美月ちゃんを二人っきりにしてあげましょうよ。修也さんなら、絶対に義姉《あね》を幸せにしてくれると思う！」

理人の腕に縋《すが》って甘える愛菜の姿を見て、美月の躯《からだ》が嫉妬《しっと》でカーッと燃え上がる。

今、理人と愛菜は付き合っていないが、未来はどうなるかわからない。先ほど愛菜に見せた笑顔を、これからも目にしなければならないと思うだけで、ドロドロとした醜《みにく》い感情が生まれた。

だから二人が一緒にいる姿を見たくなかったのに……！

「愛菜ちゃん、それはやめてほしい。俺は美月に告白したけれど、向こうで断られているんだ」

「えっ？　断られたの？　どうして!?」

そこまで言うの!?

美月は狼狽《うろた》えながら平間に目をやるが、彼は過去を隠す気はないらしい。苦笑いしつつも、愛菜を見つめ返していた。

「どうしてと言われても……。俺たちは何十回も会った。夕食を共にし、観光をし、フロリダにも旅行した」

「平間さん！」

美月が平間の名前を呼ぶが、彼は口を噤《つぐ》まない。しかも愛菜に向けていた視線を、いつの間にか理人に向けていた。

「もちろん二人きりではなく、ほとんどがグループでの行動でしたけどね。美月と接するうちに好きになって告白したものの、忘れられない人がいると断られたんです。でもどうやら、彼女はまだ誰のものではないみたいだ。私はそこに付け入りたいと思っています」

「それなら、あたしと理人さんはここで遠慮するわ」

「いや――」

これまで黙っていた理人が語気を強くして声を上げる。平間はそちらに気を取られることなく、意気揚々《いきようよう》とした様子の愛菜に首を横に振った。

「今日再会したばかりなんだよ。無理矢理彼女と引っ付けようとしないでくれ。……今はね」

平間が愛《いと》おしげに美月を見下ろし、理人たちに見えない角度で美月の手を握った。大胆な行動に目を見張ると、平間は一瞬寂しげに笑って美月の手を解放する。

「だから、今夜は皆で楽しく食事をしましょう」

「ちょっ、修也さん——」

愛菜は納得いかないと詰め寄ろうとするが、理人が彼女の前に手を出して動きを制した。

「平間さんの言うとおり、今夜は四人で食事に行きましょう」

理人の強気な口調に、愛菜も二の句が継げない。

そのまましばらく皆、居心地悪そうに佇《たたず》んでいたが、平間が美月の背を押してきた。それを切っ掛けに理人たちも歩き出すと思ったのに、彼は身動きしない。だが美月との距離が縮まってくると、ようやく理人が動き出す。

美月の胸の内はずっとモヤモヤしていた。ロータリーに着いてタクシーに乗っても、銀座の高級イタリアンレストランに入っても治まらない。

そんな美月とは違い、愛菜は店内のヨーロピアン調の内装に感嘆していた。同時に理人の腕に縋《すが》るのを忘れない。好意を隠さずにうっとりと彼を仰ぎ見る。

「とても素敵なお店！　きっと他にも素晴らしいお店を知っているんでしょうね」

「そんなに知らないよ。こういうお店は、付き合いでしか来ないから」

理人はさりげなく愛菜の手を外して支配人に挨拶《あいさつ》する。どうやら顔見知りのようで、奥の人目につきにくい席に案内してくれた。

席に座ると、全員がシェフのオススメコースを注文した。

秋を感じさせるきのこの前菜から始まり、穴子《あなご》の香草蒸し、金華豚のミートソーススパゲッティ、そしてバジリコ風味のじゃがいものラヴィオリへと進んでいく。

その間も愛菜は、積極的に理人へ話しかけていた。彼は失礼にならない程度に返事をしては、美月や平間に話を振る。でもすぐに愛菜が話題をかっさらって、理人に笑顔を向けた。

美月は話しかけられた時にだけ応じ、あとは緊張のあまり味のしない料理を口に運ぶ。平間も同じで、周囲を窺《うかが》いながらナイフとフォークを動かしていた。

そうやって話に加わらないのがいけなかったのか、徐々に愛菜の機嫌が悪くなる。レモンシャーベットを食べる頃には、彼女の美月を見る目が冷ややかになっていた。

その表情は、美月を見る宗介とまったく同じだ。これまで幾度となく彼に言われた脅し文句が、美月の頭を過《よぎ》っていく。次第に、肌に湿り気を帯びるほどの脂汗《あぶらあせ》が噴き出してきた。

「あの、ごめんなさい。コーヒーが届く前に化粧室に行ってきます」

「美月ちゃんが行くなら、あたしも一緒に行くわ」

愛菜がにこやかに席を立ち、美月の腕を掴んだ。傍《はた》から見たら仲良く見えるかもしれないが、美月に触れる彼女の手には凄《すご》い力が入っている。しかも二の腕の柔らかい部分をきつく抓《つね》ってきた。

「……っ！」

思わず呻《うめ》き声を上げてしまう。それでも、愛菜はお構いなしだ。力を緩めずに、美月を薄暗い廊下の奥にある化粧室へ引っ張っていった。

シャンデリアで照らされた化粧室はとても豪華で、普段の美月ならそちらに意識が向くだろう。でも今は、自分を憎々しげに睨《にら》む愛菜から目を逸らせない。

「愛菜ちゃん……」

引き攣《つ》った声で呼びかけると、愛菜が指を突き立てて美月の胸を小突いてきた。

「美月ちゃんが理人さんの事務所で働いてるなんて知らなかった。名前で呼び合う仲なのもね。それだけでもムカつくのに、あの様子は何⁉　あたしが一人ではしゃいでるみたいじゃないの！」

乱暴に肩を押されて、美月はよろめく。

「ご、ごめんなさい……」

「美月ちゃんはあたしの義理の姉なんだから――」

そこまで言いかけた愛菜は、急に何かに気付いたようにハッとなり考え込み始めた。

「そうよ、義理の姉。その美月ちゃんが理人さんと同じ事務所で働いているのなら、これで少しは警戒を解いてくれるかも……」

ボソッと呟いた愛菜は、男性なら誰でも振り返りそうな可愛らしい顔に笑みを浮かべた。

「美月ちゃん、あたしは理人さんが好きなの。なのに彼の心には別の女性がいて、見向きもされなかった。その壁を壊す協力をして。あたし、今夜は彼と二人きりで過ごす」

一瞬にして美月の顔が強張る。しかし、愛菜はそんなのお構いなしに自分の胸を叩いて感情を爆発させた。

「あたしは理人さんの恋人になりたい。彼がほしいの！　お祖父さまは、小野塚家となら姻戚関係を結んでもいいと思ってくれてる。お兄ちゃんも、理人さんの実績や家系を認めてくれてる。あとは、彼があたしを抱きたいと思ってくれるように罠を仕掛けるだけ」

「ま、愛菜ちゃん。罠を仕掛けるって、そんな真似をしたらダメよ……」

愛する人を騙《だま》すなんていけない。そういう行動に出たら、後々大変なことになる。

そう、美月のように……！

だが美月のアドバイスは愛菜に届かない。それどころか彼女は、キッと目尻をつり上げた。

「美月ちゃん、あたしに逆らうの？」

「そういうわけでは――」

「じゃ、何？　もしかして、美月ちゃん……理人さんのことが好きとか？」

「いいえ！　……いいえ、そうではなくて」

言い訳をするが、美月の語気は弱々しくて説得力がない。次第に口籠《くちご》もってしまい、これまでと同様、彼女の言いなりになるしか道がなくなっていった。

「だったらいいわよね？　言っておくけど、あたしの邪魔をするならお兄ちゃんに言うから」

美月に背を向けた愛菜は、大きな鏡の前で長い髪を整え、パフで化粧崩れを直して唇にグロスを塗った。キスしたくなるような艶《つや》やかな唇に、愛菜がご機嫌な笑みを浮かべる。そして携帯を取り出して何かを打つと、美月には目もくれず化粧室をあとにした。

「こうなることは、理人さんに別れを告げた時にわかっていたでしょう」

美月は先ほどまで愛菜が立っていた鏡の前で立ち止まり、理人を諦めきれないと訴える自分から顔を背けて瞼《まぶた》を閉じる。

しかし、こうしていてもどうにもならない。

美月は、愛菜のあとを追って化粧室を出た。

「失礼しました」

既にお皿が片付けられたテーブルには、コーヒーカップが置かれている。

席に着いた美月はカップを掴んで静かに口へ運ぶが、その間も愛菜がどう出るのか気になって仕方がなかった。

愛菜の男性を虜《とりこ》にする甘い囁《ささや》きに、理人が頬を緩める。だが、彼女に心を乱されているようには見えない。誰に対しても礼儀正しい彼がそこにいる。

それでも二人を真正面から目の当《ま》た《あ》りにして、美月の胸に強い痛みが走った。

イヤよ！　お願い、わたしだけを見つめて――そんな我《わ》が儘《まま》を言ったらどうなるかわかっているのに、理人に懇願《こんがん》したい衝動が湧き起こる。

それを言ったあとの覚悟など、全然できていないのに……

苦々しい思いを隠せなくなり横を向くと、平間と視線がぶつかった。彼の物言いたげな顔つきから逃れるように目を逸らすが、動揺を抑えられない。

もしかして、美月が誰を想っているのか平間に知られてしまっただろうか。

コーヒーカップを持つ美月の手がかすかに震える。それを押し止めたくて手に力を込めた時、美月の視界に愛菜のほっそりとした指が入った。

「美月ちゃん、……大丈夫？」

「えっ？」

愛菜が美月の腕に手をかけて、心配げに覗き込んできた。

「顔、真っ青だよ。ひょっとして、食べ過ぎて気分が悪いとか？　それとも悪酔いしちゃった？」

「美月、大丈夫か？」

「大丈……っ！」

理人が腰を上げるのを見て、咄嗟《とっさ》に大丈夫だと言おうとしたが、すぐに愛菜に強く爪を立てられた。

「ほら、顔を歪《ゆが》めるぐらい辛そう。もう帰って休んだ方がいいんじゃない？」

さっさと帰ってあたしと理人さんを二人きりにしてよ――そう訴える愛菜の目に、酸《す》っぱいものが込み上げてきて、必死に呑み込む。

それがいけなかったのか、本当に胸の奥がムカムカして気分が悪くなってきた。愛菜の命令に近い願いを叶えなければどうなるのか、美月自身がよくわかっているからかもしれない。

「え、ええ……」

「修也さん、美月ちゃんを送ってあげて」

「いや、俺が送っていく。美月、ここでちょっと待ってて」

理人が席を外して三人になると、愛菜がバッグを持って立ち上がった。

「修也さん、美月ちゃんと二人きりにしてあげるね。理人さんのことはあたしに任せて」

美月に目配せした愛菜は、理人のあとを追った。

「美月……」

何かを言いかけた平間を、美月は小さく首を横に振って制する。

愛菜とのやり取りや、思いがけない感情の昂《たかぶ》りに翻弄《ほんろう》されて、美月は疲れ切っていた。

今は平間と何かを話せるほど心の余裕がない。

だがそんな思いを無視するかのように、平間が唐突に立ち上がって美月の手を掴んだ。

「平間さん⁉」

「来て」

平間に無理矢理手を引かれて出口へ向かうと、そこで会計をする理人と、彼に寄り添う愛菜の姿が目に入った。

苦々しい思いで唇を引き結ぶ美月を、平間が二人とは反対側の通路に促《うなが》す。

「あっ！」

美月は引っ張られるまま歩き出すが、後ろ髪を引かれて背後に目をやる。すると、ちょうど愛菜がほくそ笑み、理人の肩に手を置いてしな垂れかかったところだった。

刹那《せつな》、美月の胸の奥で醜《みにく》い感情が暴れ始める。

やめて、理人さんに触らないで！　――声に出せない思いに、美月は泣きそうになった。

これは自業自得であり、美月が望んだこと。なのに、二人の間に割って入りたい衝動に駆られる。でも、それはできないのだ。

理人を守るために、彼を愛する想いを心の奥深い場所へ沈めなければならないのはわかっている。しかし、やはり本音は別のところにある。だからこそ苦しくて、辛くて、荒れる感情を抑えきれない。

瞼《まぶた》の裏をちくちくと刺す刺激に目が潤《うる》んでいく。睫《まつげ》を濡《ぬ》らし始めたその時、急に立ち止まった平間に肩を掴まれた。何をされるのかと身構える間もなく、美月は壁に押さえ付けられてしまう。

こんな風に美月に迫る平間は初めてだ。予想すらしなかった行為に、美月は涙で濡《ぬ》れる目を見張り、真面目な顔をしている彼を窺《うかが》った。

「平間さん、どうしたんですか？」

声が震えそうになるのを気取られないようにしつつ平間を押し返すが、彼は微動だにしない。

　理人以外の男性に迫られるのがどれほど怖いことなのか、美月はこの時初めて認識した。背筋に走るぞくりとした気持ち悪さから逃れたくて、さらに強く両腕を突っぱねて平間を押し返そうする。ところが逆に、両手首を掴まれてしまった。

「平間さん！」

「美月の好きな人って、小野塚さんだったんだね」

　平間の言葉に凍り付くと、彼が顔を寄せて美月の目を覗き込んできた。

　通路は雰囲気を醸《かも》し出すため、灯りがかなり絞《しぼ》られている。そのせいで、平間の顔に陰影ができた。いつもと違う凄《すご》みが増した彼の顔つきに、美月の胸に恐怖が湧き上がる。

「でも、愛菜ちゃんが彼を好きだから、自分は引き下がって譲るつもりでいる」

「そうじゃない……。それだけで済む話ではないんです」

　ずかずかと心に踏み込んでくる平間の考えを否定する。目を逸らして唇を引き結ぶと、不意に美月の頬に彼の息がかる。ぞくりと怖気《おぞけ》が走り、美月は硬直した。

「単純な話だよ。他の理由なんて関係ない。美月は自分を殺し、叶わぬ恋を捨てると決めたんだ」

「だから、それは――」

「俺は美月みたいに、簡単に心を捨てないよ。とはいえ、美月が好きな人と幸せになるのなら、自分の想いを殺す努力はするだろう。好きな人にはずっと笑顔でいてほしいからね。でも美月は好きな人を愛菜ちゃんに譲った。だったら俺は、遠慮なく美月に迫らせてもらう」

平間が美月の両手を高く持ち上げると、美月に見えるように手の甲に口づけた。

「平間さん！」

「美月が好きだ。好きな人がいるからと断られたけど、俺は美月への想いをずっと胸に秘めてきた。……美月、俺と付き合ってください」

「わ、わたしは――」

平間の二度目の告白に、頭の中が真っ白になり、上手く言葉が出てこなくなった。

美月は異国の地で平間の存在に助けられた。でも彼に特別な想いを抱いたことは一度もない。想いを告げられても、美月の心は理人だけのもの。だから、平間の想いには応《こた》えられないのだ。

美月が顔を上げて平間を真っすぐに見つめると、彼が気怠《けだる》げに小さく頷いた。

「わかってるよ、小野塚さんを忘れられないという美月の気持ち。でもその空虚な部分は、俺の愛で埋《う》めていきたい。絶対に後悔させないから」

かすれ声で囁《ささや》いた平間が、美月に顔を近づけてくる。鼻を突くアルコール臭に、初めて唇を求められていると気付いた。早く拒まなければと思うのに、美月の躯《からだ》は強張って動けない。

　ダメだ、逃げられない！

　思わず瞼《まぶた》をぎゅっと閉じた刹那《せつな》、いきなり口元を手で覆《おお》われた。同時に、二の腕を掴まれてそちらに強く引っ張られる。

「……っ！」

　背後に立つ誰かの腕が腹部に回され、美月は逞《たくま》しい胸の中に包み込まれた。

　驚愕《きょうがく》に目を見張る中、すぐに嗅《か》ぎ慣れた香水の匂いが鼻腔《びこう》をくすぐり、躯《からだ》の芯に電流が走った。

　美月がこうなってしまう相手はただ一人しかいない。今、理人の腕の中に抱き寄せられている！

　歓喜のあまり身震いをする美月の前で、平間は理人の登場に頬を痙攣《けいれん》させていた。

「平間さん、これは卑怯ではないですか？」

「そうでしょうか。私は小野塚さんに忠告しましたけど？」

　忠告？　平間さんが理人さんに？　……いったい何を？　――と問いかけたくても、口を覆《おお》われているのでできなかった。それだけでなく、美月が口を挟める隙はない。二人は互いに身動き一つせず、相手の心中を探り合っている。

　ほんの数秒が何十秒にも感じられた頃、理人が大きく息を吸った。

「私は一蹴《いっしゅう》しましたが」

「それは小野塚さんの意見でしょう？　何を言っても、美月の気持ちがあなたへ向かなければ意味はないのでは？　見られたので言いますが、美月は小野塚さんではなく俺の——」

その瞬間、美月の口を覆《おお》っていた理人の手が外れる。ホッとしたのも束の間、彼が美月の耳に髪をかけると、露《あらわ》になった首筋に口づけた。

「あ……！」

首をすくめてしまうほどの疼《うず》きが背筋を這《は》い、乳首がキュッと硬くなる。平間の前で感じさせられたのが恥ずかしくて、美月は慌てて首筋を手で覆《おお》って理人の傍を離れた。

「な、な、何を……！」

声を詰まらせながらも抗議した時、美月の視界に愛菜の姿が映る。

もしかして、今のキスを見られた!?

「ち、違——」

愛菜は信じられないと言わんばかりの様子で立ち尽くしていたが、美月と目が合うなり怒りで顔を真っ赤にした。躯《からだ》の脇に下ろした手をぶるぶると震わせ、美月を憎々しげに睨《にら》み付ける。

「どうして理人さんが美月ちゃんを!?」

愛菜の呟きが美月の耳に届く。隣に立つ理人も躯《からだ》の向きを変えたのがわかったが、美月は彼女だけに意識を集中させていた。

だからわかった。愛菜の視線が理人に移った瞬間、顔一面に広がった怒りが消えてなくなるのが……

その代わりに浮かんだのは、相手を凍らせるような冷たい表情。

美月は恐怖で震え上がった。

ダメだ、このままでは宗介に全てを知られてしまう。付き合っていないと言っても、これでは絶対に信用してもらえない。

「愛菜ちゃん！」

美月が愛菜の名を呼ぶと、彼女は唇をぴくっと動かす。でも声を発しないまま、汚いものでも見るように美月を一瞥《いちべつ》して身を翻《ひるがえ》した。

「ま、待って……」

「俺が行く！」

美月よりも先に、平間が歩き出す。でも、脇を通り過ぎて数歩進んだところで立ち止まり、ゆっくり振り返った。

「今日は愛菜ちゃんと一緒に来たから彼女のところに行くけど、俺は美月を諦めたわけじゃない」

平間は美月だけでなく理人にも目をやる。少し見合ったあと、平間は急ぎ足で愛菜を追いかけていった。

理人と二人きりになり、通路がシーンと静まり返る。かすかに耳に届くのは、ホールで流れているクラシック音楽と、理人と美月の息遣いのみ。

しかも平間とのやり取りを見られたあとというのもあり、妙な雰囲気に包み込まれていく。

空気が張り詰めていく感覚に耐えきれず、美月は躯《からだ》の向きを変えて出口に向かおうとする。けれど、理人に阻まれてしまった。

「離してください」

「美月は、平間さんと付き合おうと思っているのか？　だから彼に身を任せていたのか？」

もしそうだと言ったら、理人は信じるのだろうか。

理人にキスされる姿を愛菜に見られた以上、この件は必ず宗介に伝わる。これから先のことを思うと、理人を守るためにもここで嘘を吐くのが正しいのかもしれない。

でも平間を好きだとは言えなかった。嘘でも理人以外の男性を愛しているとは口にできない。

「わたしのことは放っておいてください」

そうやって話を逸らすしかない美月は、理人の手を払って店の外に出た。

理人はそれ以上何も言わなかったが、最寄り駅に向かう美月の横に並んで歩く。そして、美月が足元を取られてふらつくと、彼が腕を掴んで支えてくれた。

お願いだから、これ以上わたしに優しくしないで！　――と心の中で叫びながら、美月は泣きそうになる顔を隠すように俯《うつむ》き、ひたすら歩道を進む。駅のコンコースに到着したところで、理人に向き直った。

「今日はご馳走さまでした。ここで失礼いたします」

「気分が悪いんだろう？　俺が家まで送る」

「えっ？　わたしは別に――」

そこまで言って、美月は愛菜の策略でそういう話になっていたのを思い出す。

あれは違うと説明したかったが、そうすると愛菜が嘘を吐《つ》いたと話さなければならなくなる。そして何故彼女がそうしたのか、理由を訊《たず》ねられるだろう。

美月は、それだけはしたくなかった。

「大丈夫です。一人で帰れますから……」

問題ないと返答する。しかし、理人は取り合わず、それどころか美月の手を取ろうとする。

理人の腕が触れる前に、美月は乱暴に手を引いた。でもそのせいで、駅へ向かう人たちにぶつかり、焦って彼の腕に縋《すが》ってしまった。

「……大丈夫？」

美月の耳元に顔を寄せた理人が、小さな声で気遣う。

「大丈夫、です」

転びそうになったことについては問題ない。でもこの至近距離に、胸の高鳴りを抑えられなくなる。理人に触れる手が熱くなり、鼓動に合わせてじんじんとし始めた。早く下がらなければと思うのに、愛しい人に触れて喜ぶ心を偽《いつわ》れなくなっていく。手すらも離したくないとばかりに、理人のジャケットを掴んでしまう。

ごめんなさい。でも自分から触れるのはこれで最後にするから……

そう心の中で訴えつつ、理人に少しずつ体重をかけていく。

直後、美月の耳元で理人の息を呑む音が聞こえた。その呼吸音さえも忘れないと胸に刻みながら彼に触れる手に力を込め、そしてゆっくりと離す。

「今日はタクシーで帰ります。お疲れさまでした」

「美月……⁉」

理人が美月を呼んだが、それに背を向け、空車のタクシーに近寄って乗り込む。運転手に「東京駅まで」と告げたあと、美月は膝に置いた手に力を込めてずっと下を向いていたのだった。

第七章

ショールームに設置された応接セットの一角で、理人はウィリアムズ夫妻と流暢《りゅうちょう》な英語で会話している。

美月は彼の隣に座り、穏やかに建築計画を進めていく理人を横目で眺めていた。

ウィリアムズ夫妻が事務所に到着したのは、約二十分前。

理人に呼ばれて彼らと挨拶《あいさつ》を交わしたあと、美月はテニスの決勝戦を楽しませてもらったお礼を言った。また、過去にウィンブルドンを観戦した話もすると夫妻はとても喜び、一緒にテニス談義に花を咲かせた。

理人もまた微笑みながら会話に参加していたが、田端が紅茶をテーブルに並べたのを契機に、気持ちを切り換えて仕事の話を始めたのだ。

『以前いただいた要望を受け、さらに詰めたものを簡単に形にしてみました。ただ、建設予定地は特別な条例が設《もう》けられており、いろいろと制限がございます。ご希望に添えない部分も出てくるかもしれませんが、そこは適宜《てきぎ》対応いたします。ではこちらをご覧ください――』

液晶画面に図案と立体図を映し出した理人が説明を始め、夫妻が質問を投げかける。そのやり取りに耳に傾けながら、美月は頭の中で模型を作っていく。

『ここの天井を高くした場合、陽射しが入ってくる角度はどうなります？　入らなくなります？』

『おっしゃっているところはここですよね？　大丈夫です。逆に大きく取れますね。ただそうなると、裏の階段に設置予定だった明かり取りを塞いでしまうので、また別の方法を考えなければなりません。それは構わないんですが、変更した場合は裏の階段が狭くなる可能性も……。だったら、こちらの空間を広くするのはどうでしょうか』

ウィリアムズ夫妻が二人で相談し出したのを見て、美月は理人に顔を寄せた。

「ウィリアムズ夫人は天井を高くなさりたいんですよね？　所長がおっしゃったここの部分ですけど、こちらは原案のままにしておいて、その隣に同様の明かり取りの窓は作れませんか？　そうすれば、そこから入る光は――」

美月は指をさし、光が入るとされる先まで進めて動きを止める。

「ここまで入ります。ここに明かり取りを入れられれば、後ろの空間を大幅に弄《いじ》ることはありません。ただ強度の問題があって建築上無理かもしれませんが……」

理人を窺《うかが》うと、彼は頬を緩めていった。

「谷口さんから美月に指摘してもらうと別角度から見られる……という話を聞いていた

けど、うん、建築士の目線とは違ってとても新鮮だ」

もしかして褒められてる？　仕事を評価してくれている？

喜びのあまり自然と口元がほころんでしまうが、理人と微笑み合っている事実に気付き、さっと顔を背けた。

何を普通に笑っているのだろうか。そんな風にできる関係ではないのに……

美月は理人を無視するように、意識を外へ向けた。

爽《さわ》やかな風が、歩道を歩く女性の髪とスカートを巻き上げる。それを手で押さえている彼女の表情はとても清々《すがすが》しい。

わたしがあんな風に笑えるのっていつになるのかな——と、いろいろなことに頭を悩ませていると、不意に田端の声がインカムから聞こえた。

『芦名さん、ショールーム展示場の模型が壊れたとの連絡がありました。北川さんは別件で外出中なので、芦名さんにお願いしたいんですが、すぐに対応してもらえますか？』

理人に顔を向けると、一緒に聞いていた彼が目で〝行ってこい〟と訴えて頷いた。

インカムのスイッチを押してイエスと合図を送ったあと、美月は『わたしはここで失礼いたします』とウィリアムズ夫妻に挨拶《あいさつ》して席を立つ。受付へ行き、インカムを田端に返却した。

「今から展示場へ移動すればいいんですよね？」

「いいえ、実は明日朝一で戻してほしいとのことで、持ち込みされました。今、上の工房に運び入れてもらってます」

「わかりました」

美月が二階へ駆け上がると、工房内に事務所員と見知らぬ男性がいた。美月が中へ入るや否《いな》や、その男性はショールーム展示場の担当者だと名乗って頭を下げる。

「申し訳ありません。充分注意をしていたんですが、こちらの不手際で……」

美月は作業台に置かれた模型を簡単に確認する。それは美月が就職した当初に手伝ったものだった。少し難しそうな部分もあるが、なんとか今日中には直せるだろう。

「大丈夫です。明日朝一でお届けします」

「いいえ、私が受け取りに伺います。本当に申し訳ありません。どうぞよろしくお願いいたします」

そう言ってもう一度頭を下げた男性を送り出したあと、美月は修復作業に取りかかった。

まずは壊れた部分をデジタルカメラで撮《と》り、その後は割れた壁や家具をパズルのように貼り付けていく。修復不可能な箇所は、改めて発泡スチロールボードから作成する。

美月は作業に没頭しながらも、この模型をショールームに納品した日を思い出していた。

その日は平日だったため、見に来ていたのは終《つい》の住処《すみか》を求める年配夫婦の人たちや、二世帯住宅を求める家族連れのみだった。そこの物件は都心から離れた県境にあるが、庭に小さな畑を作れるのを売りにしている。そのせいか、休日にはいろいろな年代の人たちが見に来ているようだった。

不動産を求める人たちは、ただ家がほしいわけではない。そこで暮らす自分や家族を想像し、未来の幸せを夢見て足を運ぶのだ。

建築士たちは、そんな彼らの要望を反映するために図面を引く。彼らの幸せの一端を担《にな》えたらと思って……

「わたしもその手助けができたらいいけれど」

そう呟いたあとは、時間も忘れて作業を続けた。終業時刻を過ぎ、同僚たちが次々に退所していっても、美月は一人残って黙々と手を動かす。それからしばらくして、システムキッチンの模型を元の場所に接着して完成させた。

「ふぅ……」

美月は曲がった腰を起こして、壁掛け時計に目をやる。二十時三十分を少し過ぎたところだ。想像していたよりも早めに終わったとホッとし、両腕を上げて伸びをする。

「うーん、疲れた」

「お疲れさま」

突如響いた声に驚き、背後を振り返る。ドアを塞ぐように立つ理人が美月を見つめていた。

「どうして理人さんが、ここに？　まだ帰っていなかったんですか？」

「ウィリアムズ氏との打ち合わせが終わったあと、こっちの様子が気になってね。美月も集中して取り組んでいたから声をかけなかったんだ。無事に終わって良かった」

「あ、ありがとうございます」

理人の態度は所長として当然のものだが、彼と二人きりだと思うと妙な緊張感が増していく。

美月は困惑しながらもそれ以上は何も言わず、模型をキャビネットに入れて鍵をかける。そして作業台を片付けて帰宅準備を終えると、ドアの横に立つ彼の前を通って事務所をあとにした。

事務所の前には、ハザードランプを点けたタクシーが停まっている。美月はそれが気になりつつも、理人がセキュリティをセットするのを待つ。

「お疲れさまでした。ここで失礼いたします」

理人に頭を下げ、最寄り駅へ向かって歩き出す。タクシーの脇を通ろうとすると、不意に後部座席のドアが開いた。驚く美月を尻目に理人がそこに手をかけ、美月を車内へと促《うなが》す。

ろうか。

「乗って」

理人は美月が従うと信じて疑っていない。その自信はいったいどこから出てくるのだろうか。

勘違いさせないためにも、ここではっきりと断らなければと思うのに、理人の澄んだ眼差しを見てしまうと拒絶の言葉が出てこない。

その時、隣接するパン屋の女性店長が外に出てきて、入り口ののぼり旗を片付け始めた。理人たちの姿に気付き、彼女が笑顔で手を振ってくる。

「こんばんは。今、帰りですか？　どうぞお気を付けて」

「ありがとうございます」

理人は目を細めて返事をし、美月はただ会釈《えしゃく》をする。

店長は再び閉店作業に戻りつつも、不可解そうな表情を浮かべて、時折美月と理人を見つめてくる。

停車中のタクシーに乗ろうとしなければ、何をしているのかと思われても仕方ない。

美月がしぶしぶタクシーに乗り込むと、続いて理人が隣に座った。

「出してください」

理人の言葉で、タクシーが発進する。

「理人さん？」

美月は窓の外に目をやり、大通りに沿って立ち並ぶ店舗のイルミネーションを眺めた。見慣れた街並みから、徐々に最寄り駅に近づいてきたのがわかる。

我慢するのもあと数分……

しかし、しばらくしてタクシーが最寄り駅をどんどん離れていくことに気付いた。

「理人さん、駅へ行かないんですか?」

「うん……」

理人はそれ以上何も言わない。美月は声を潜《ひそ》めながらも、語気を強めて彼の名を呼んだ。

それでもこちらに視線を向けない理人に痺《しび》れを切らし、美月はシートに手を置いて彼の方に身を乗り出す。すると、彼がさりげなく美月の手を上から押さえ付けてきた。

唐突に触れられて、美月の躯《からだ》中の血が沸騰したかのように熱くなる。慌てて手を引き抜こうとするが、握り締められて逃れられなくなった。

「黙って。すぐに着くから……」

理人が運転手を見たため、美月は口を噤《つぐ》んで外に目を向ける。

平静を装《よそお》ってはいるが、心中は穏やかではない。運転手の目に入らないようにと必死に手を自分の方へ引き寄せるのに、理人が許してくれなかったからだ。

美月は奥歯を噛み締めると瞼《まぶた》を閉じ、この胸を掻きむしりたくなるほどの甘い責め苦が早く終わるようにと祈り続ける。

代官山の方へ進んだタクシーが停車したのは、それから約三十分後だった。

「……ここって？」

車外に出た美月は、真正面にそびえ立つ大きな建物を見上げた。ライトアップされて浮かび上がるそれは、一目で年代物だとわかる。

以前、理人の実家で貴重な書物を見せてもらっていた時、何度も目にした建築様式だ。

「モダニズム建築……」

「そのとおり。美月も立派な建築関係者だね」

隣に並ぶ理人をちらっと見て、すぐに建物に目線を戻す。

昭和モダンとも評されるそれは、打ち込みタイルの湾曲した壁や、反り上がったバルコニーのひさしなどで有名だ。ただ現在は、国が定めた耐震基準を満たしていない建物が多いため、全国各地で取り壊しが検討されている。しかし、実行に移すのはなかなか難しいようだ。

ここもその一つなのだろうかと物思いに耽《ふけ》っていると、理人が「美月」と呼びかけてきた。

「さあ、来て」

「あの、ここで何をするんですか？」

「今から教えてあげるよ」

理人は美月の背に手を置いて、建物の入り口へ誘《いざな》った。彼に触れられたところに血が集まり、火照《ほて》ってくる。

その熱から逃れたくて足早に歩き出すと、理人がおかしげに笑った。軽やかな声を聞いて、美月の背筋に快《こころよ》い疼《うず》きが走る。まるで耳元で囁《ささや》かれたみたいに、耳孔《じこう》の奥まで震えていた。

美月はそれを気にしないようにして、建物内に入った。

ロビーは美術館みたいに綺麗で、柱には精巧な特殊彫りがされている。天井からつり下げられたシャンデリアが煌々《こうこう》と輝いていた。

思わず足を止めて見惚《みと》れていると、理人が美月の肩に手を載せる。

「理人さん！」

押しのけようとするが、理人は逃してくれない。受付の前を通り、正面のドアへ美月を促《うなが》す。

「いったいなんですか？　わたしをどこへ――」

理人に文句を言いかけた時、彼が重たそうなドアを押し開いた。

直後、軽やかなクラシック音楽が洪水の如《ごと》くあふれ出てくる。そして、大勢の老若男女《ろうにゃくなんにょ》が楽しそうに談笑する姿が目に飛び込んできた。

このパーティはいったい⁉

目を丸くして周囲を眺める美月の耳元に、理人が顔を寄せる。

「この会場にいる人たちは、ほとんどが建築関係の経営者だよ。年二回、親睦《しんぼく》を深めるためのパーティが開かれているんだ」

「建築関係の経営者？」

「ああ。さあ、おいで」

理人が呆然とする美月を奥へと促《うなが》す。

パーティの参加者は理人を目にするなり、次々に挨拶《あいさつ》をしてきた。彼は場に慣れた様子で平等に返すが、皆に「またのちほど……」と言い、決して立ち止まって談笑しようとはしなかった。

理人の意図がわからず、美月はこっそり彼を仰ぎ見る。その時、理人が嬉しそうに目を細めた。

「父さん！」

えっ？

なんとそこには、美月が以前お世話になった小野塚がいた。彼は同年代の男性たちと一緒に楽しげにしていたが、息子に呼ばれてこちらに顔を向けるなり、満面の笑みを浮かべる。

「理人！　今夜は来られないと言っていたのに、出て来られたんだね。しかも、ちょうどいい頃合いに！　嬉しいことに、ようやくパートナーを連れて――」

小野塚の声が尻すぼみになっていく。そして何かを考えるように眉間に皺《しわ》を寄せ、美月の方へ近寄ってきた。

「もしかして、君は!?」

「覚えてますか？　数年前、宮本誠一建築事務所からうちに来ていた彼女を」

「覚えているとも！」

目を輝かせた小野塚は、まじまじと美月を眺める。美月の脳裏に、とても良くしてくれた小野塚との思い出が甦《よみがえ》った。嬉しさから、自然と口元がほころんでいく。

「ご無沙汰《ぶさた》しております、芦名です。その節は、大変お世話になりました。なのに、きちんとご挨拶《あいさつ》もできず、本当に申し訳ありません」

「確かに、少し寂しかったよ……」

小野塚は咎《とが》めはするものの、目を細めて美月をからかってきた。

「大人っぽくなったね。髪が短くなったのも影響してるのかな」

「ありがとうございます」

美月が照れながらお礼を言うと、小野塚はこの再会を楽しむような目で理人を凝視する。

「どうして理人が芦名さんと一緒なのか、詳しく訊《き》きたいところだけど、それは帰国してからじっくりと教えてもらおう。そろそろ空港に行かないと」

小野塚がおもむろに腕時計を見て、申し訳なさそうに苦笑した。

「母さんも一緒に行くんですよね？　気を付けて行ってきてください」

「ああ。……芦名さん、今度また話そう。妻も芦名さんに会いたがっていたからね」

その言葉に、美月は困惑してしまう。

小野塚を避けたくはないが、彼と再び会う機会を設《もう》けるとなると、必然的に理人と仕事以外の場で接点を持つという意味にもなる。

それだけではない。宗介に〝小野塚家と関わるな〟と言われたのに、その約束も破ることになる。

これ以上、話を膨らませるべきではない。

「奥さまによろしくお伝えください」

「きちんと伝えておくよ。じゃ、また」

小野塚は美月の曖昧《あいまい》な言い方を気にせず、その場を離れた。

「さあ、向こうで飲み物をもらおう」

理人に促《うなが》されるが、美月は疑問を解消したくて彼を仰ぎ見た。

「理人さん、わたしに小野塚さんと会わせた理由はなんですか？」

「美月を落とすために、外堀を埋《う》めていこうと思ってね」

驚きのあまり、二の句を継げない。そんな美月を見て、理人が楽しげにふっと頬を緩めた。

「言っただろう？　美月を落とすためならどんなことでもする、と」

「それに対して、わたしも……言いました。忘れたんですか？」

気道が狭《せば》まって、上手く言葉が出ない。

すると、理人が美月の手を掴んだ。タクシー内で握ってきた時とは違い、美月がいつでも逃げられるような緩さだ。なのに、理人の目を見ているだけで、美月は四肢が痺《しび》れて動けなくなってしまった。口から零《こぼ》れる吐息も甘くなる。

不意に理人の目線がついと下がり、美月の唇に落ちる。その双眸《そうぼう》に宿る恋情を感じ取って、躯《からだ》の芯が震えた。

クラシック音楽や話し声が掻き消えるように遠ざかり、代わって自分の心臓の音が大きくなっていく。

「美月——」

理人が何かを言いかける。でも二人の間を割るように、いきなり美月の携帯が鳴り響いた。会場に流れるクラシック音楽を邪魔する音に、周囲からじろりと冷たい目で見られる。

美月は慌てて切ろうとしたが、液晶画面に表示された愛菜の名前を見て息を呑んだ。自然と躯《からだ》が強張り、胃もぎゅっと縮まる。

無視をしたい。でもそれは絶対にできない……

理人に断ってから応答ボタンを押した。

「もしもし……」

『美月ちゃん？　もうさっさと出てよ！』

「ごめんなさい、愛菜ちゃん」

美月は声を潜《ひそ》めつつ、人の間を縫って出入り口のドアへと進む。理人が追ってくるので身振りで必要ないと示すが、彼はそれを無視して無表情で続いた。

『――ちょっと、聞いてるの⁉』

愛菜の怒りが滲《にじ》む口調に、美月は「ええ、聞いてます」とすぐさま答えた。

実は愛菜とは、テニス観戦の時以来、話をしていない。もちろん美月から連絡を入れてはいたが、ずっと梨《なし》の礫《つぶて》だった。そういうところは、宗介ととても似ている。だが、彼とは違って愛菜は自分から連絡をしてきた。これは、絶対に何かある。

美月は身構えると、会話に意識を集中させた。

『カードもお財布も持ってくるのを忘れちゃったの！　友達に奢《おご》るって言った手前、彼女に立て替えてだなんて、恥ずかしくて口が裂けても言えない。だから、美月ちゃんがこっちに来て払って』

「今から？」

美月はそう言って、遅れてロビーに出てきた理人に目をやった。彼は心配げに片眉を上げて問いかけてくる。そんな些細《ささい》な仕草であっても、美月をときめかせるのには充分だった。

早く離れないと、また自分に負けてしまう。

『今来てくれなくて、いつ来るっていうのよ。バカじゃないの！』

「ご、ごめんなさい……」

いつもながら美月を貶《けな》す言葉に悲しくなる。その時、あることに気付いた美月は、理人を凝視した。

そうよ。これを生かさなければ……！

「愛菜ちゃんがいるお店の地図を送ってくれる？」

『ようやくその気になったのね。もう本当に頭の回転が遅過ぎる！　これじゃ、時間がなくなっちゃ……あっ、いや……とにかく、さっさと来てよね！』

最後は歯切れが悪かったが、愛菜は言いたいことを言って電話を切った。

それからすぐに彼女から店の地図が送られてくる。場所は六本木のレストランで、美月のいる場所からは約三十分で行けそうだ。

頭の中に地図を叩き込んでいた時、電池残量の警告通知が入った。もしかしたら、六本木に着く頃には電源が落ちてしまうかもしれない。

美月はバッグから手帳を取り出して、急いで住所と簡単な地図を書き写す。

「どうした？　愛菜ちゃんって倉崎さんだよね？　何かあった？」

理人の顔が心配そうに曇《くも》る。美月と愛菜の間にある問題を知っているかのような素振りに驚いた美月は、慌てて頭を振った。

「いいえ。あの、実は愛菜ちゃんから呼び出されて……。わたし、これで失礼しますね」

「えっ？　俺も一緒に行くよ――」

理人が一歩踏み出して距離を縮めるが、美月は後ろに下がった。

「いいえ、一人で大丈夫です。あの、早く行かないとダメなので」

「理人くん！」

白髪《しらが》まじりの年配の男性がドアから顔を覗かせて、理人を手招きする。しかし美月が傍にいるのを見て、しまったという顔をした。

「すまない、理人くんしかいないと思ってしまって。用事が終わったあとでいいから、少しだけ時間をくれないかな？」

「申し訳ありません。今夜は――」

理人が断ろうとするのを察して、美月は彼を遮《さえぎ》るように「ダメです！」と口を挟んだ。

「わざわざ理人さんを呼んだのは、大事な仕事のお話なのかもしれません。お願いですから、わたしを理由に断らないで……」

理人が何かを言おうとして口を開けるが、そのままゆっくりと閉じた。

「美月の言うことはもっともだ。でも、今、その選択は悪い予感がしてならない。俺たちの間には、前例があるからね」

理人の言葉が何を指しているのか、美月はすぐにわかった。

二人が結ばれた翌日、仕事を優先するべきだと言って理人と離れたあと、いろいろなことが起こったからだ。

しかし美月はそれについて話を広げず、理人を安心させるように頬を緩める。

「理人さんの思い過ごしです。じゃ、わたしは愛菜ちゃんのところに行ってきますね」

「気を付けて、美月！」

顔色を曇《くも》らせる理人に頭を下げると、美月は小走りで外に出た。

「寒っ！」

冷たい風が吹いて、美月の肌をなぶっていく。

躯《からだ》の芯にまで響きそうな風に妙な不安を感じ、我が身を強く抱いて肌を擦《さす》る。しかし気を取り直して、美月は数分歩いた先にある駅に向かった。

――約三十分後。

仕事終わりのデートを楽しむカップルや学生同士のグループ、そして買い物を楽しむ母娘たちが六本木の街を歩いている。

そういった人たちとぶつからないようにして、美月は走っていた。

予想どおり携帯の充電は切れてしまったので地図の確認はできないが、メモは取ってある。

美月は迷わず、華やかな表通りからレストランがある裏通りへ入った。

これから愛菜に会って話すと思うと、正直緊張が走る。それを振り払うように生唾を呑み込んだ時、照明に照らされた綺麗な店舗が視界に入った。ここが愛菜に指定されたレストランだ。

すぐに見つけられてホッとしたのも束の間、店の前に立つ男性を見て思考が止まる。

ヒールの音に気付いた男性――平間がおもむろに顔を上げ、美月を認めるなり姿勢を正して傍に寄ってきた。

「平間さん、どうして……」

そこまで言って、美月は口を噤《つぐ》む。理由なんて訊《き》かなくてもわかる。これは愛菜の策略だ。

理人が美月の首筋にキスしたのを見て、愛菜は腸《はらわた》が煮えくり返ったかのような顔をしていた。あの怒りはまだ収まっておらず、美月に嫌がらせすることにしたのだろう。

平間が美月に告白したのを思い出して、彼をここへ……

「俺は――」

「いいえ、何も言わなくていいです。愛菜ちゃんはここにいないってわかりました。わたし、謀《はか》られたんですね」

「誰に？」

美月が倉崎兄妹に疎《うと》まれているのを、平間は知っている。それなのに、あえて心の奥の恥部を暴くような問いに、美月は顔を歪《ゆが》めた。

「愛菜ちゃんでしょう？　彼女がわたしを呼び出したんですから」

「違う。俺は愛菜ちゃんに頼まれたわけじゃないよ」

「じゃ、いったい誰だと――」

そう言った美月の顔から血の気が引いていく。

「まさか、宗介さん……？」

「そう、宗介だ。愛菜ちゃんから先日の件を聞いたみたいで、俺にもそれが本当かどうか訊《き》いてきたよ。宗介は、本当に愛菜ちゃんを大切にしているから」

「ま、待って……」

宗介と連絡が取れなくなって約一ヶ月。彼は美月に会うこともなければ、電話に出ることもない。その間、美月は彼がいつ理人に手を出すのかとビクビクしていた。

表立った行動を感じ取れなかったため、もしかしたら何も仕掛けてこないのではとも思ったが、それは違ったのだ。宗介は鳴りを潜《ひそ》めていただけで、愛菜から話を聞いてとうとう実行に移すことにしたのだろう。

宗介は本気だ。今回は本気で何かをしようとしている。

「宗介さんに会って、止めないと」

美月のせいで理人を辛い目に遭《あ》わせるわけにはいかない。美月は意を決し、目の前にいる平間を仰ぎ見た。

宗介に会って問題を解決したいのなら、平間を頼るほかない。

「平間さん。宗介さんと会えるようにしてくれませんか？　いくらわたしが電話をしても、会いに行っても、顔を見せてくれなくて……」

懇願《こんがん》する美月に、平間は無理だと言いたげに眉間に皺《しわ》を寄せた。

「宗介と話をしてどうなる？　彼は美月の言葉に耳を貸さないよ」

「わかってます。でも――」

平間の無慈悲な言葉が鋭い矢となって心臓に刺さる。泣いてはダメだと思うのに、涙腺が緩んでいくのを止められない。

そんな美月を見て、平間がやるせないため息を吐《つ》いた。

「俺は美月を傷つけたいわけじゃない。ただ、宗介は愛菜ちゃんのことが大切で、妹の望みを叶えてやりたいという思いが強いんだ。だからこんな風に美月を呼び出して、無理矢理小野塚さんと離そうとした。美月を諦めきれない俺の想いを逆手に取って……足止めさせるほどに」

美月は唇を引き結んでうな垂れるが、平間のある言葉が引っ掛かって顔を上げた。

今、平間はなんと言った？

恐怖で躯《からだ》が震える。なかなか言葉が出てこなかったけれど、美月はなんとか声を絞《しぼ》り出した。

「無理矢理、離した？　平間さんを使ってわたしを足止めに？　……宗介さんが⁉」

「正直、こういう卑怯なやり方は嫌いだ。俺は正々堂々と美月を落としにかかりたい。でも俺がうんと言わなければ、宗介は違う男を寄越すと言った。俺の恋心を弄《もてあそ》ぶかのようにね。愛菜ちゃんが絡むと、あいつはそういう男になるんだ」

身に覚えがあるよね？　――そう目で伝える平間の顔に怒りはない。普通なら利用されたとわかれば苛立つものだが、彼はどこか達観している風に見えた。

「本来なら、心を踏みにじられたと怒るだろうね。でも俺は宗介を責められない。何故なら、俺は彼が辛い日々を過ごしてきたのを間近でずっと見てきたから……」

平間は当時を思い出すかのように口元を緩めた。でもその表情はどこか辛苦が滲《にじ》み出ている。

「宗介の実父が不慮の事故で亡くなったのは、あいつが中学生の時だった。亡くなる間際、宗介は父親から遺言を受け取ったんだ。〝これからは、お前がママと愛菜を守ってほしい。宗介は男だから、パパの代わりに家族を大切にしてくれ。どんな悪いことをしても、責められても、最後はお前が味方になってあげてくれ。これがパパの最後のお願いだ〟とね」

平間は息を吐き、美月との距離を縮めて手を伸ばす。しかし触れる前に思い止《とど》まったように、空中で握り拳を作った。その手を震わせながら、力なく躯《からだ》の脇に下ろす。

「宗介は、亡き父の遺言に縛られている。だから彼は彼で必死なんだよ。俺はそれを責められない。でもね……見逃すこともできないんだ」

辛そうに声を震わせた平間は、美月に背を向けた。

「宗介にこれからどうするのかって訊《き》いたら、小野塚さんと二人きりで会うと言っていた。何をするのか俺は知らないけど、彼は〝軽井沢の別荘で彼と対決する〟と」

「軽井沢の別荘？」

「ああ、そうだよ」

そこは美月も知っている。父が義母と再婚した直後、家族皆で行って過ごした場所だったからだ。

あの時、宗介は義母のいないところで苦々しい表情を浮かべていた。家族の思い出が詰まった別荘に他人を招き入れたくなかったのだろう。

でも宗介は、そこで理人と対決をしようとしている。亡き父との約束を守るために……

しかし、宗介に呼び出されただけで、理人が素直に軽井沢まで行くだろうか。

「理人さんが軽井沢まで行くはずがありません。今は仕事の関係者と会っている最中ですから、たとえ宗介さんから連絡があったとしても、必ず日を改めるはずです」

「普通ならね。でも宗介は小野塚さんの弱みを握ってる。もし、美月が軽井沢に向かっていると告げたらどうなると思う？　小野塚さんは宗介の巧みな話術にはまるだろうね」

美月は愕然《がくぜん》とするが、すぐに我に返って携帯を取り出す。しかし、そこで既に充電が切れていたことを思い出した。

ダメだ、連絡を取れない。理人さんを止められない！

「宗介は、この時間を有効に使えばいいと言った。つまり、美月を俺にやる……とね。もちろん美月が俺の胸に飛び込んできてくれるのなら遠慮なく抱きしめるけど、違うんだろう？」

肩越しに振り返った平間の唇が震えているのが見えた。そこに彼の想いが込められているように見えた。

美月がほしい。でも誰かに心を捧げたままの美月ならいらない……と。

「俺は宗介と、ここで美月を待つと約束した。でも美月がどこかへ行くのを妨げろとは言われていない。だから、美月がこの場を走り去っても、俺は咎《とが》められないというわけだ。ねえ美月、君はどうしたい？　君は何を望む？　俺は美月が大好きだから、君の望みを叶えてやりたい」

「わ、わたしは……理人さんを危険な目に遭《あ》わせたくない。わたしの願いはそれだけです！」

「なら、行けばいい。美月の望むことをすればいい」

悲痛な声を漏《も》らした美月に、平間は片手を上げて駅の方向を指す。宗介のいる別荘へ行けと言っているのだ。

「平間さん、本当にごめんなさい。……ありがとうございます」

美月は丁寧に頭を下げると、平間の横を通り過ぎた。彼は孤独を噛み締めるように唇を結んでいたが、美月は前だけを向いて走る。

お願い、理人さんには手を出さないで。苦しむのは、わたしだけでいい！　――と、心の中で叫びながら、ひたすら彼の無事だけを祈り続けていた。

＊＊＊

最終の北陸新幹線は、定刻通り軽井沢に到着した。電車を降りるなり、肌を刺す冷たい風に晒《さら》される。

「寒い……」

避暑地として知られる軽井沢は、やはり気温が東京と全然違う。通勤時に着るジャケットを羽織ってはいるものの、手足の末端が冷たくなるほど肌寒く感じる。

携帯の充電ができる場所すら探さずに新幹線に飛び乗ったのは、この列車を逃せば今夜中に軽井沢に着けないからだ。とはいえ、理人たちがそこにいるという確信もなかった。

でもここまで来たら、もう前へ進むだけ……

身震いしながら足早に改札を出てロータリーに向かう美月は、いつの間にかしとしとと降り始めた冷たい雨に顔を曇《くも》らせた。

寒いだけならいざ知らず、追い打ちをかけるように雨まで降るなんて、嫌な予感がしてならない。

早く倉崎家の別荘に行かないと…！

タクシー乗り場に行くと、乗客待ちのタクシーのドアが開いた。

「どちらまで行かれますか？」

「あの……あっ！」

ここにきて、美月は別荘の場所は知っていても住所を知らないことに気付いた。

素直に住所を忘れてしまった旨《むね》を話し、記憶にあるお店や大きな看板など、目印になりそうなものを伝える。すると運転手は、美月がどの別荘地に行きたいのか察してくれた。

「そちらまで行けば、わかりますか？　道を教えてもらえますかね？」

「はい！　近くには、モーニングタイムから行列ができる、イタリアンレストランがあるんです。シェフはイタリアで勉強されたんですが、故郷でお店を開かれていて……」

「ああ、あそこですね！　わかりました。もし間違っていたら教えてくださいね」

「すみません、お願いします」

タクシー運転手が車を発進させ、ロータリーから大通りに出る。雨で濡《ぬ》れた道路に反射する街灯とヘッドライトの光が眩《まぶ》しいが、美月は身を乗り出してしっかり正面を見続けた。

森林へ続く道路を進み始めて十数分後、目印のレストランが視界に入る。

「ここからほんの少し行ったところに右へ入る小道があるので……あっ、そこを右です」

タクシーが小道に入ると、ようやく広大な敷地に立てられた倉崎家の別荘が見えた。周囲の別荘は暗闇に包まれているが、倉崎家は電灯が点いて煌々《こうこう》と輝いている。カーポートには、宗介が愛用しているブラックボディのSUV車が停まっていた。

広い庭へ繋《つな》がるアウトサイドリビングが目に入るが、そこは誰もいない。気温が低いので、やはり室内にいるのだろう。

美月は精算を終えてお礼を言うと、車外に出た。大粒の雨を避けるようにアプローチを走り、玄関ドアに続く階段を駆け上がる。

呼び鈴を鳴らそうと手を上げるものの、結局そのまま手を下ろしてドアノブに手をかけた。

もしかしたら美月を見るなり宗介に追い払われるかもしれない。それならば、勘付かれる前に家に入れないだろうか。

「でも、簡単に開くはずも……あっ、開いた」

鍵がかかっていない上に、セキュリティまで切ってある。どうやら理人を招き入れた際、宗介がドアの施錠を怠《おこた》ったようだ。

これ幸いと美月は建物内に入り、一階のリビング、ダイニング、キッチン、そしてメインベッドルームを順番に探していく。なのにどこにもいない。物音すら聞こえなかった。

もしかして二階かと耳を澄ました時、何か小さな音が聞こえた。すぐに吹き抜けの玄関ホールに戻り、二階へ真っすぐ伸びる階段を上がっていく。その途中で、ドアの開く音が響いた。

「そういう話なら聞きたくない」

突如、理人の声が響いてきた。平静を装《よそお》ってはいるが、声音には怒気が含まれている。

顔を上げると、二階の廊下を進む理人の姿が見えた。しかし彼は、すぐにあとを追ってきた宗介に腕を掴まれ、さっと振り返る。

「聞いていなかったんですか？　何度も無理だと言っているでしょう」

「だが、そうするのが小野塚さんのためでもある！」

「俺のことは自分で決めます。俺の人生に口を挟むのは間違っていると、どうしてわからないんですか？」

「強気でいられるのは、いつまでかな？　言っておきますが、美月はこっち側です。決して小野塚さん側につくことはない」

何の話なのか、詳細は不明だ。でも、宗介が理人を脅しながら、取引を持ちかけているのだ。

これ以上、理人に嫌がらせをさせない！

美月は階段を駆け上がった。しかし理人たちは美月に目もくれず、互いに心を探るような鋭い目つきで威嚇《いかく》し合っている。

「だから？　それで俺を揺さぶろうと？　そんな脅しに屈するとでも思ってるんですか。やれるものならやればいい。俺は磯山グループと対立することを厭《いと》わ——」

挑発してはダメ！

そう思った瞬間、カッとなった宗介が理人の手を掴んだ。二人は向かい合わせのまま柵状の手すりの近くで取っ組み合いをする。やがて宗介に関節を押さえられて、理人が動けなくなった。

「や、やめて……」

美月は声を絞《しぼ》り出した。それはかすれて小さかったが、二人が美月に気付くには充分だったようだ。彼らの視線がさっと美月に向けられる。

「美月、無事だったんだね——」

理人は安堵の表情を浮かべるが、先に我に返った宗介が逆上して彼をより締め上げた。

「美月！　お前は関係ない！　下がってろ！」

宗介が怒声を浴びせながら、理人の首の下を押さえ付ける。すると、理人が顔を歪《ゆが》ませた。

「やめて！」

宗介の一方的なやり方を目の当《ま》たりにして、胸の奥に秘め続けた感情が渦《うず》を巻き始めた。それは攪拌《かくはん》されてぐちゃぐちゃになっていく。

確かに理人への想いは消せていない。でも必死に想いを殺し、理人と付き合ってはいけないという宗介の命令だけは守ってきた。

なのに、これがその結果？　これが自分の望んでいたこと？

瞼《まぶた》の裏に刺すような痛みが走り、目が潤《うる》んでいく。とうとう気持ちを抑えきれなくなると、美月は泣きそうな顔を隠さず二人に突進した。

「美月、やめ……るんだ」

理人が声を詰まらせて懇願《こんがん》するが、どうしても彼を助けたい。

宗介の腕を掴んでなんとかしようとする。でも美月の力ではどうにもならない。

それが悔しくて、辛くて、美月は瞼《まぶた》をぎゅっと閉じた。

いや、諦めてはいけない。理人を助けられるのも、宗介に訴えかけられるのも美月しかいない。今行動を起こさなくて、いつ動くのか。

「美月！　言うことを聞かなければ、どうなるかわかってるんだろうな！」

宗介の強い口調に美月はビクッとなる。だがそこで怯《ひる》まず、彼に哀願の目を向けた。

もし理人を巻き込んでいなければ、宗介の言葉を聞いていただろう。でも今は、こんな命令には従えない。

「宗介さんやめて！　どうして理人さんをこんな目に遭《あ》わせるんですか？　わたしは言うとおりにしました。理人さんと〝付き合うな〟という命令に従い、ありとあらゆるものを捨てて彼と距離を置きました。愛する人を守りたい、傷つけたくないという一心からです。なのに、わたしとの約束を破るんですか？　彼を傷つける真似はしないと約束したでしょう！」

美月は宗介の腕を乱暴に叩く。しかし、苛立った宗介は邪魔だとばかりに手を振り払った。

「きゃあぁ！」

美月の躯《からだ》が簡単に後方へ飛ぶ。すると、美月を見る二人の目が大きく見開いた。

二人とも美月に手を差し伸べるが、理人の方がほんの僅《わず》かだけ速い。

理人は必死の形相で美月の腕を掴み、凄《すご》い力で彼の方へ引っ張った。

美月には、それらの行動がまるでスローモーションのように見える。けれど、それは一瞬にして解け、理人の躯《からだ》が凄《すご》い勢いで美月の真横から掻き消えた。

「小野塚さん！」

美月は前方に放り投げられて床で躯《からだ》を強打したが、痛みはまったくなかった。

しかし、これまで一度も聞いたことのない宗介の叫びを耳にして、手がぶるぶる震えるほどの恐怖に包まれる。

恐る恐る顔を上げた美月は、微動だにしない宗介を窺《うかが》った。彼は顔面蒼白になり、直立不動の姿勢でそこにいた。

宗介の視線を追って背後を振り返った瞬間、背筋がすーっと寒くなる。直後、血が沸騰するかのように感情が爆発した。

「いやあああぁぁ！」

理人が階段の下で仰向けになって倒れていたのだ。

視界が瞬《またた》く間にボヤけて霞《かす》むが、美月は震える下肢に力を入れて階段を駆け下りた。

「理人さん、理人さ……ん。お願い、目を開けて……」

「……っ」

理人が呻《うめ》き声を上げて、重たげに瞼《まぶた》を開く。そして美月を認識するなりその目を和ませ、口を開いた。

「美、月……なんとも、ない？」

美月は唇の震えを抑えられないまま、何度も小刻みに頷く。途端、あふれ出た涙が次々に理人の頬に落ちた。

「良か……った」

そう言ったのち、理人は静かに瞼《まぶた》を閉じてそのまま動かなくなった。

彼がどこを強打したのか見当もつかないため、無闇に動かすことができない。それでも美月は理人の腕に触れずにはいられなかった。

「理人さん！　理人……さん！」

いくら理人の名を呼んでも、彼は起きない。

「ダメ、眠ってはダメよ……」

理人に声をかけていた時、未《いま》だに階上で微動だにしない宗介の姿が目の端に入る。美月はさっと顔を上げて、呆然と立ち尽くす宗介に呼びかけた。

「何をしているんですか！　救急車を……早く救急車を呼んでください！」

美月の叫びで、宗介はようやく我に返った。慌ててポケットから携帯を取り出し、階段を駆け下りる。彼の手は震え、救急車を呼ぶ声もか細い。そこにいたのは、美月が知る義兄ではなかった。

こんなにも取り乱した宗介は初めだ。でも、美月が気遣う相手は彼ではない、理人だけ。

「理人さん、お願い……」

理人の幸せのみを願っていたのに、何故こうなったのか。自分は何をしているのだろう。

こんなことが起こるのなら、美月がもっと強くなるべきだった。

美月が大切にするべき人は誰なのか、どういう行動を取るのが一番正しいのか。それに思い当たらないはずがなかったというのに……

美月は涙を流しながら、ずっと理人に話しかけていた。

ほんの数分がとてつもなく長く感じる。やがて遠くからサイレンの音が聞こえてきた。宗介が玄関のドアを開けると、音は一段と大きく響き、赤色回転灯が部屋に射し込み始める。

そこからはあっという間だった。救急隊員が理人をストレッチャーに乗せて移動させ、美月は付き添い人として、一緒に乗り込んだ。

救急隊員は意識を失っている理人を診《み》て、病院と連絡を取り合う。別の隊員から理人についていろいろと訊《き》かれた美月は、事故の状況と、彼の両親は機上の人となっているので連絡が取れないことを告げた。

それから数分後、病院に到着するや否《いな》や理人は治療室に入った。美月は薄暗い待合室の椅子に座ると額《ひたい》の前で手を組み、理人の無事を祈り続ける。

シーンと静まり返る待合室に響くのは、美月の呼吸音、自動販売機の音、そして処置室から聞こえる医師と看護師の声。その音を聞いていると時間の感覚が鈍くなり、もう何時間も経った気がしてくる。

次第に気分が悪くなって上半身を前に倒した時、治療室から看護師が出てきた。

「小野塚さんの付き添いの方は……」

「は、はい！」

美月が腰を浮かせるが、すぐに眩暈《めまい》がしてふらっとしてしまう。椅子に手を突く美月に、看護師が慌てて駆け寄ってきた。

「大丈夫ですか？」

「……は、はい。大丈夫です」

「小野塚さんから、付き添いの方に説明をしてほしいといわれておりますので、こちらへいらっしゃってください」

美月は看護師の手を借りて立ち上がると、医師の待つ治療室に入った。

当直の若い医師は液晶画面に釘付けだったが、美月の気配を察したのかすぐさま椅子を勧める。

「容態はどうなんでしょうか」

美月が椅子に腰掛けるなり状態を訊《たず》ねると、医師の説明が始まった。

まずレントゲンを撮《と》り、骨折の有無を確認したところ、幸いにもどこも折れていないらしい。普通、階段から転げ落ちたら、脚や鎖骨が折れていても不思議ではないのに、彼の表立った症状は脱臼《だっきゅう》のみ。そのため、脱臼《だっきゅう》した肩を正しい位置に戻して処置は終わったという。現在は、既に意識を取り戻していると教えてくれた。

「脳震盪《のうしんとう》の症状は出ているんでしょうか。気を失った理由は？」

すかさず問いかけると、医師は硬い表情を緩めた。

「気を失ったのは、あまりの痛みに耐えきれなかったからだと考えられます。診察したところ、小野塚さんに意識障害はなく、この状況を理解していました。頭痛の症状も出ていません。ただ肩の痛みが辛いようなので鎮痛剤を処方しています。そろそろ薬が効き始める頃なので、もう少しすれば楽になるでしょう。とはいえ、頭痛や吐き気に悩まされるかもしれません。今夜は安静に過ごすために入院してもらい、明日、念のために専門家の医師に診《み》てもらいましょう」

「あの！　付き添ってもいいでしょうか？」

「ええ、構いませんよ。ただ時間も遅いので、静かにしてくださいね」

医師はこれで話が終わりだと、看護師に頷く。

美月が「ありがとうございました」と告げて治療室を出ると、看護師が理人のいる病室に案内してくれる。そこは、外科病棟の一番端にある特別室だった。

「今は落ち着いていますが、もし肩の痛みが酷くて眠れないようでしたら、こちらの薬を服用させてください。小野塚さんはいらないとおっしゃったのですけど、念のためにお渡ししておきます」

美月は看護師から薬を受け取ると、力強く頷いた。

「わかりました。彼が辛そうにしていれば、わたしが責任を持って飲ませます」

「では、何かありましたらナースコールでお呼びください」

看護師と別れ、美月はドアに向き直った。

これから理人に会うと思うと、鼓動が速くなる。医師から容態を聞いてはいるが、本当に躯《からだ》は大丈夫なのだろうか。

美月は深呼吸を繰り返して肩に入った余計な力を抜くと、ドアを小さくノックして開けた。

視界に飛び込んできた広い病室にドキッとなるが、すぐにベッドに目が吸い寄せられる。ベッドを四十五度ぐらいの角度に調整したそこに、アームホルダーをして腕を吊る理人がいた。

「理人さ――」

喜びのあまり理人の名前を呼んでしまうが、慌てて手で口を覆《おお》って言葉を呑み込む。彼が瞼《まぶた》を閉じていたからだ。

美月は忍び足で近づき、ベッドサイドに薬を置いて椅子に座った。

理人の顔には疲れが滲《にじ》み出ているものの、眠っている彼の頬の血色は良く、鼻から漏《も》れる呼吸音も乱れはなかった。

点滴中に加えて腕を吊ったその姿は痛々しいが、理人の無事な姿を見ているだけで、美月は感情を抑えられなくなっていく。涙が込み上げ、嗚咽《おえつ》まで零《こぼ》れそうになった。

理人を起こしてしまわないように慌てて奥歯を噛み締めるが、やはり安堵から込み上げる涙を止められない。

美月は理人の手を握りたいのを我慢しながら濡《ぬ》れた頬を拭《ぬぐ》い、彼を見守った。

しばらくすると、理人が眉間に皺《しわ》を寄せて呻《うめ》き声を上げる。少し身動きしたせいで、肩に痛みが走ったのかもしれない。

「そうだった……」

看護師から預かった薬を思い出し、ベッドサイドを見る。そこには薬を服用するための水がなかった。

美月は理人を起こさないように静かに立ち上がり、財布を持って病室を出る。

ナースステーションの横にある自販機へ向かったが、そこにある水は売り切れだった。

「確か、待合室で待っている時に、自販機の音がしてたよね？」

踵《きびす》を返した美月は、エレベーターで再び一階へ移動する。しかし目当ての自販機も売り切れになっていた。

「どうしよう……」

きょろきょろしていた時、ちょうどカルテを持った職員が前を通りかかった。

美月は声をかけて、他に水を売っている自販機がないのか訊《たず》ねる。別館の一階にあると教えてもらい、そちらへ歩き出した。

自販機を探すのに手間取ってしまったものの、ようやく水が入ったペットボトルを購入できた。その後はエレベーターホールへ引き返し、外科病棟に戻る。

病室のドアを引いて足を踏み入れようとした時、美月はそこにいる人物を見てハッと息を呑んだ。別荘で別れた宗介が病室内にいたからだ。しかも眠っていたはずの理人が起きており、二人は黙って見合っている。

しかし、ドアの開いた音に気付いたのか、二人がドアの傍に立つ美月にゆっくりと視線を移した。

「美月」

宗介の呟きで、美月の頭に理人と彼が取っ組み合いをしていた光景が走馬灯のように過《よぎ》った。

もしかして、また理人さんを傷つけるつもり？ ――そう思った途端、宗介に対して怒りが沸々と湧き上がってくる。

「宗介さん、いったいそこで何をしているんですか⁉」

二人を引き離さなければと声を上げたつもりだったが、感情が昂《たかぶ》ったせいでかすれてしまう。美月が苛立ちを振り払うように顔を背けた時、理人に「美月……」と愛《いと》おしげに呼ばれた。

その声に引き寄せられて美月が面《おもて》を上げると、理人はこちらに手を差し伸べていた。

「こっちに来て」

美月を助けるために怪我をしたというのに、理人の声には怒りが滲《にじ》んでいない。美月を安心させるためか、穏やかな笑みさえ浮かべている。

でも美月は、動けなかった。理人が美月を見つめているその姿に、感極まってしまったからだ。あまりの嬉しさに、再び瞼《まぶた》の裏がちくちくして涙が込み上げてくる。

すると、宗介が不意に椅子から立ち上がった。

「小野塚さん、もう一度謝らせてください。俺は、本当にあなたに怪我をさせるつもりなどなかったんです。ただ、小野塚さんが愛菜ではなく美月を選んだのが許せなくて暴走してしまった。あの時、もっと自分をセーブできていれば、美月が階段から落ちそうになることも、あなたが代わりに落ちることもなかった……」

宗介の突然の告白に、美月は唖然となって彼を凝視した。

何故宗介が理人に心情を打ち明ける気になったのか、その真意はわからない。でも、そういう行動に出たのは彼だけではなかったのを、ふと思い出した。

宗介と交わした約束を先に口にしたのは、美月だ。それも、理人のいる前で……

美月は近づいてくる宗介に話しかけようとするが、彼はそれを遮《さえぎ》るように美月の持つペットボトルを指した。

「俺のことより、小野塚さんを優先してくれ。俺は逃げも隠れもしない」

そう言った宗介は、美月の肩を優しく叩いて部屋を出ていった。

美月の背後で小さく音を立ててドアが閉まった途端、部屋の空気がピーンと張り詰めて重たくなる。バックミュージックみたいに響く雨音に合わせて、美月の心臓が激しく鳴り始めた。

「美月、こっちに来て」

再び懇願《こんがん》されて、美月はゆっくりと理人の方へ歩を進める。

徐々に大きくなる理人の顔。階段から落ちて意識を失った時、彼の瞼《まぶた》はぴくりとも動かなかった。でも今は、彼は瞼《まぶた》を開き美月を見つめている。

美月の胸に喜びと安堵感が広がるにつれて、感情があふれ出すように、涙が頬を伝い落ちた。

瞬間、美月はなりふり構わずベッドに走り寄った。疲れが滲《にじ》む理人の顔に手を伸ばすが、彼に触れる一歩手前で躊躇《ためら》う。

「ご、ごめんなさい。わたしのせいで――」

所在なげに手を引こうとすると、理人がその手を掴んだ。脱臼《だっきゅう》した腕ではない方だったが、急に動いたせいで痛みが走ったのか、苦しそうに呻《うめ》く。

「理人さん！」

美月は心配のあまり声を上げる。理人は一瞬だけ顔をしかめたものの、決して美月から目を離そうとはしなかった。

「俺を傷つけたくないから距離を置いた？　それで、説明もなしに一方的に別れを告げたのか？」

美月は理人に引き寄せられるままベッドに腰掛け、観念するように目を閉じた。

今の発言で、美月が口走った言葉を理人が覚えているとわかった。また、宗介と話したことで、美月が義兄の命令に従い続けていたのもわかったのだろう。

「俺の幸せは、美月と離れることにあると思っていたのか？　本気でそう思っていたとしたら、美月はバカだよ。俺は苦しかった。美月に捨てられた理由もわからずに過ごすのは、本当に辛かった」

「わたしのことで理人さんに迷惑をかけたくなかったんです。わたしが身を引けば、理人さんの幸せは守られると思った。でも結局、巻き込んでしまった……」

「もし美月が、俺を巻き込んでしまったと悔いているなら、認識を改めてほしい。俺は、君の人生に巻き込まれたいんだ。そして美月を……俺の人生に引き入れたいと願っている」

理人は美月の手を握ったまま手を下ろした。二人の指を絡ませて、想いを伝えるように強く握り締めてくる。

「美月、好きな人に心を捧げるって、自分の一番弱い部分を相手に曝《さら》け出すことじゃないかな。触れられれば簡単に熱に浮かされるし、少し爪を立てられたら痛みが生じる」

淡々と訴えながらも、その口調には切実な想いが込められていた。言葉が心を打ったびに、美月の瞳から静かに涙が零《こぼ》れる。

美月も理人に言われたのと同じ想いを抱いていたからだ。

「俺はそうだったよ。美月に心を捧げて、君の傍にいるだけで幸せだった。でも去られたあとは胸が苦しくて心が痛かった。美月は？　俺を守るためと称して、俺を遠ざける言葉を投げたけど、胸は痛まなかった？　張り裂けそうな気持ちにならなかった？」

込み上げる感情を抑えきれなくなるのと同時に嗚咽《おえつ》が漏《も》れそうになり、美月は俯《うつむ》いた。あふれ出た涙が理人の手の甲を濡《ぬ》らしていく。

しばらくの間、その状態で鼻を啜《すす》っていたが、やがて美月は顔を上げて理人に微笑みかけた。

「恋って……もっと柔らかくて、甘やかで、楽しいものだと思ってました。でも、それはただの妄想だったんですね。愛する喜びと幸せを知ったからこそ、本当に苦しかった。理人さんと別れてからは、何度も一人で泣き明かしました。なのに、再会したあとも、わたしには理人さんを避けることしかできなかったんです」

美月は表情を引き締めると、改めて理人に頭を下げた。

「わたしが願っていたのは、理人さんを危険な目に遭《あ》わせないということ。それだけだったのに、わたしのせいで……理人さんに怪我をさせてしまった。本当にごめんなさい。わたし――」

「美月が謝ることはないよ。さっきも言ったように、美月が迷惑をかけたくないと思っても、俺が関わっていきたいんだから。それに、俺は謝られるよりお礼を言ってくれる方がいい。〝助けてくれてありがとう〟って」

　理人が美月の手をさらに強く握り締め、促《うなが》すように唇を緩める。

　さあ、言って――と。

　その心遣いに、またも美月の涙腺が緩む。

「わたしを助けてくれて、ありがとうございました」

「うん。美月が怪我をしなくて本当に良かったよ。そうだ、気にする前に言っておくけど――」

　そう切り出した理人が、今回の件について宗介と話し合ったことを告げた。

　怪我の件を理人が表沙汰にしない代わりに、宗介も理人と美月の仲には手を出さないといった旨《むね》の覚え書きを交わしたという。

「この数年、倉崎さんの策略で美月と離れなければならなかったと思うと、悔しくて堪《たま》らない。でも俺は、そればかりを考えたくない。今を、そしてこれからの未来を大切にしたい」

理人が愛情の込もった真剣な目で、美月を見つめる。

「美月が好きだよ。俺は君に優しく触れたい、甘やかしたい、俺の腕の中に引き寄せて包み込みたい。それほど君を愛《いと》おしく思っている。美月は？　俺が……好き？」

美月の頬を、あふれた涙が伝い落ちていく。でもそれは悲しみからでも申し訳なさからでもない。理人が美月だけを一筋に愛し続けてくれたからだ。

「好きです。理人さんを嫌いになったことは一度もありません」

泣きながら理人を振ったあの時から、ずっと変わらない想いを抱いていた。その気持ちを込めて愛を告白すると、彼は小さく頷いて美月の手を握り締めた。

「これからは、何が起こっても一人で悩まないで、必ず俺に相談してほしい。そして一緒に解決しよう。付き合うというのは、悩みを分かち合って心を曝《さら》け出すことでもあるんだから」

「はい……」

美月が素直に返事をしたので安心したのか、理人が急に辛そうに息を吐き出した。彼の額《ひたい》には汗が滲《にじ》み出ている。

「大丈夫ですか⁉」

「ああ……」

そう言うものの、理人の声には張りがない。

早く休ませてあげなければ……

「理人さん、薬を飲みましょう。看護師さんから――」

「いや、いらない」

美月はベッドサイドにペットボトルを置いて、看護師から渡された錠剤を掴んだ。

「ダメです」

「まだ美月と話したい――」

なおも拒もうとする理人の口に、一方的に薬を押し込む。美月の行動に目を見張る彼を見ながら、その柔らかな唇にそっと触れた。

「わたしはもう逃げません。理人さんの傍にいます。だからお願い……今夜は躯《からだ》を休めることに専念してください」

「……わかったよ。美月の言うとおりにする。水をくれないかな」

美月はペットボトルを掴み、キャップを捻《ひね》った。そして、テーブルの上にあるコップに手を伸ばす。

「美月、そうじゃない。口移しで飲ませて」

「えっ？　……口移し？」

その言葉を咀嚼《そしゃく》するにつれて、美月の頬がほんのり赤らみペットボトルを掴む手が震えてきた。

冗談かと思ったが、理人の双眸《そうぼう》にはからかいの色がない。美月を欲する想いだけが宿っている。

直球な言葉に、自然と照れてしまう。しかし、理人が素直に薬を服用すると言ってくれたタイミングを逃したくない。

美月は、ペットボトルを持ち上げて水を口に含んだ。腰を浮かし、彼の方にゆっくりと上体を傾けていく。彼が軽く顎《あご》を上げると美月はその頬に触れて、自《みずか》ら口づけた。

少しずつ水を流し込んでいくと、理人は美味《おい》しそうに嚥下《えんげ》する。同時に美月の唇も優しく貪《むさぼ》った。彼の情熱と慈《いつく》しみの感情が胸に流れ込み、躯《からだ》の芯に疼《うず》くような痺《しび》れが走っていく。

「……っんぅ」

美月は小さく喘《あえ》いで、理人から離れる。息を弾ませながら、いつの間にか閉じていた目を開けた。

「思い出すね。美月が熱を出した時に、俺もこうして口移しで水を飲ませた。でもあの時と今とでは全然違う。その意味はわかる？」

理人の目に浮かぶひたむきな想いに、美月はこくりと頷いた。

これまでは自分の気持ちに正直になれなかったが、今は彼への想いを隠さずに愛を囁《ささや》ける。

それがどれほど幸せか……！

「さあ、休んでください」

「わかった。今夜は美月の言うことを聞くよ。その代わり、明日は容赦しないから」

「はい。どんなことでも聞きます。だから早く元気になって……」

美月は理人への愛を目にたたえて彼を見続ける。彼もまた、同じ想いを返すように目を細めた。そして美月の手を握ったまま、彼は深く息を吐いて静かに目を閉じた。

理人の寝息が深くなるまで美月は息を殺し、ずっと傍で見守っていた。

それから数十分後に点滴が終わり、看護師がそれを外す。その間、理人はぴくりとも動かずに熟睡していた。

これぐらい眠りが深ければ、少し席を外しても大丈夫だろう。

美月は手を洗いに行こうと立ち上がり、そっと病室を出る。静まり返った薄暗い廊下を歩き始めた時、ナースステーションの真横に設置された待合室にいる宗介を見つけた。

宗介もまた美月を認めるなり立ち上がり、しっかりとした足取りでこちらに近づいてくる。

「まだ帰っていなかったんですか？」

「俺は逃げも隠れもしないと言っただろう？　……時間をくれないか？　十分でいい」

美月としては話すことなどなく、もう放っておいてほしいという心境だったが、宗介の眼差しがあまりにも真剣だったため、小さく頷いた。

宗介に促《うなが》されて向かった先は、先ほどまで彼が座っていたソファだった。彼が自分の隣を指すのを見て、美月は腰を下ろす。

しかし、これまでに様々な出来事があったため、やはり宗介の傍にいるだけで緊張してしまう。思わず膝に置いた両手に力を込めた時、彼が突然美月に頭を下げた。

「これまで辛く当たって本当に悪かった。いくら謝っても俺のしたことは決して消せない。それはわかってる。だが、俺が気持ちを改めたことを、美月には伝えておきたい」

宗介の豹変《ひょうへん》ぶりに呆気に取られながらも、美月は彼をまじまじと見つめた。彼は決まりが悪そうに顔をしかめたが、美月から目を逸らさない。これまで美月を見るたびに宿していたあの冷たい光は、そこに浮かんでいなかった。

「俺は、愛菜を悲しませたくなかった。だから、なんとかして美月と小野塚さんを別れさせなければと考えた。それは成功したと思ったよ。美月が小野塚さんの事務所に就職したと聞かされるまでは」

「聞かされる？　やっぱり……わたしに人を付けて動向を探らせていたんですね」

もう既にわかっていたことだが、はっきりさせるために改めて確認すると、宗介は首を縦に振った。

「ああ。美月が小野塚さんと付き合わないと言っても、彼は美月を好きなままだったからね。二人の関係がどんな風に変わっていくのか、それを把握する必要があったんだ」

「愛菜ちゃんのために……」

「そう、俺の行動は全て愛菜のため。だから小野塚さんに近づけば、俺は彼を陥《おとしい》れると美月を脅した。でも、本当に気付かなかったのか？　愛菜と彼との縁を結ばせようと考えている俺が、本気で彼に手を出すと？」

「あっ……」

　そのことにようやく気付いた美月は、目をまん丸にした。そんな美月を見て、宗介がクスッと笑みを零《こぼ》す。

　初めてだった、宗介が美月に笑顔を見せたのは……

「出せるわけがない。そもそも最初から、小野塚さんに何かを仕掛けるつもりはなかったんだ。俺が考えていたのは、美月を脅して別れさせればいいということだけ。だが上手くいかなかった。彼の気持ちは変わらなかった上に、それを愛菜が見てしまった。その事態だけは避けたかったのに」

「どうしてですか？」

「愛菜は、誰かのお下がりを極端に嫌う。特に美月のはね。母を奪った義父の娘だからだろう。そんな愛菜が、小野塚さんの気持ちが美月にあると知ればどうすると思う？　必ず自分の気持ちよりプライドを優先する」

宗介の言葉を聞いて、美月は義母が見立ててくれたレースチュールカクテルドレスの件で、愛菜に〝誰かのお下がりって嫌いなの。特に……美月ちゃんのはね！〟と言われたことを思い出した。

あの時の対象はドレスだったが、他にもたくさんの出来事があった。愛菜が気に入ったものを義母が美月に選ぶと、彼女は怒りを顕《あらわ》にする。でもしばらくすると、興味をなくしてしまうのだ。

美月が手にしたものは、そもそも最初から趣味に合わなかったとでも言うように……

「その表情を見る限り、俺の知らないところでもいろいろとあったんだな。それならわかるだろう？　だから俺は、小野塚さんと美月の関係を愛菜に気付かれないよう、美月だけを脅し続けた」

そこで一呼吸置き、宗介はさらに続けた。

結局、宗介の努力も空《むな》しく、理人が誰を想っているのか知ってしまった愛菜は、潮が引くように理人への興味を失った。それでも愛菜のために諦めきれなかった宗介は、平間を利用して最後の賭けに出ることにした。

但《ただ》し、その計画は愛菜の発案だという。既に理人への想いなどなかったが、美月が彼の愛を受け入れるのは許せなかったそうだ。美月を好きな平間をけしかけることで、理人も傷つけられる。美月など平間にめちゃくちゃにされて、理人と顔を合わせられなくなればいい……と。

それで宗介は愛菜のために作戦を練った。

まず、宗介は理人に〝美月が平間と別荘で一夜を共にする〟と連絡した。

当然ながら、宗介は理人は軽井沢に飛んでくる。彼が急いで駆けつけたのを見て、宗介は彼の美月への想いが強いと知ったが、諦められなかった。人の心は変えられる、変えなければ……と強迫観念に囚われていた宗介は、もう一度愛菜のことを考えてほしいと理人に告げた。

「知ってのとおり、上手くいかなかった。これは俺の望んだことじゃない。でもこうなったことで、ようやく目が覚めた。俺の行為は、ただの自己満足だと思い知らされたよ」

宗介は顔を歪《ゆが》めながら身振りで病院を示し、苦しそうに唇を震わせる。まるで自分の行動を悔やんでいるかのようだ。

「美月、俺は小野塚さんにこれまでの件を白状した。美月が彼に別れを告げた理由も、帰国後に拒絶した理由も全部だ。彼は今回の一件を問題にしない代わりに、美月との交際を認めてほしいと言ってきた。認めるも何も、美月次第だと伝えておいたよ。美月が彼の手を取るなら、応援するともね」

宗介は深く息を吐き出して姿勢を正すと立ち上がり、美月に真摯《しんし》な目を向けた。その眼差しにつられて、美月も腰を上げる。

「美月、俺としたあの約束は無効だ。小野塚さんとの関係について、俺は何も言わないし、邪魔もしない。お前が望むままに行動すればいい。そんな美月を、俺は応援するから」

小さな声だが、言い方に迷いはなかった。

そのあと、宗介は財布を取り出し、そこに入っていたお札を美月に全部差し出す。それで入院費の支払いをし、帰りはタクシーを使うようにと勧めた。

「こんなに⁉」

拒もうとする美月に、宗介が一歩距離を詰めた。

「いくらかかるかわからないんだから、持っておきなさい」

「……すみません。ありがとうございます」

お金を受け取ってお礼を言う美月に、宗介は小さく頭を振った。

「こんなことで許されるとは思っていない。でも俺にできることは、なんでもするつもりだ」

そして美月の肩を優しく叩いてその場を去ろうとしたが、不意に立ち止まって振り返る。

「美月、母もお義父さんも君が家に戻ってくるのを待ってる。……もう問題はないんだから、気持ちの整理がついたら帰っておいで。愛菜のことは気にしなくていいから」

思いも寄らなかった宗介の優しい言葉に、美月は何も言えず、ただ唇を震わせて小刻みに頷く。彼はそんな美月を見て口元を緩め、その場から歩き去った。

一人になった美月は、手を洗おうとしていたことも忘れて理人の病室に戻った。

深く眠っている理人を見つめているだけで、胸の奥に積もったいろいろな思いがあふれ出そうになる。

自分の我儘《わまま》で大好きな父を悩ませ、義母を心配させてしまった。美月は、それがとても辛かった。でもこれからは、少しずついい方向へ進んでいきそうな気がする。

美月はベッドに肘をついて体重をかけると、理人との距離を縮めるように前屈《まえかが》みになる。

「理人さん。わたし、もう絶対に逃げないから……」

理人に聞こえていないのはわかっている。でも美月はそう囁《ささや》かずにはいられなかった。

終章

――翌朝。

一晩きちんと眠れたお陰か、理人の顔色は良く、双眸《そうぼう》には生気が漲《みなぎ》っていた。利き手を脱臼《だっきゅう》したため動き辛そうではあるものの、美月の介助を受けて朝食もぺろりと平らげた。

その後、理人は専門医の診察を受けた。そこでも脳震盪《のうしんとう》の症状はなく、怪我は脱臼《だっきゅう》のみで全治二週間と診断が下される。

美月は医師の言葉を聞いてホッと胸を撫で下ろしたが、それでも気を抜いてはいけない。眩暈《めまい》や嘔吐《おうと》などの症状が出てきたらすぐに病院へ行くようにと注意を受け、気を引き締める。

そのため、退院の準備をしている間も、一階で精算している間も、美月は彼の様子が気になって仕方がなかった。

帰りは電車でゆっくりと帰りたいという理人の意向に従い、新幹線で東京へ戻る。そこからタクシーに乗って理人が暮らす高層マンションに到着したが、美月の不安は拭《ぬぐ》いきれないままだった。

本来なら、マンションの豪奢《ごうしゃ》な内装に目を奪われたり、一人暮らしの男性の部屋に入ることに躊躇《ちゅうちょ》したりするだろう。でも今の美月にはその余裕すらない。

理人の部屋に入るなり、美月は靴を脱ぐ彼を支えた。

「大丈夫ですか？　このままベッドへ行ってゆっくりしましょう。お部屋はどこですか？」

　視界に入るどのドアがベッドルームなのかときょろきょろしていると、理人がぷっと噴き出した。

「大胆な誘いだね」

「えっ？　さ、誘い……いえ、違います！　昨日の今日なので、ゆっくりした方がいいと思って」

「……こっちだよ」

　理人はかすかに口元を緩めて、玄関から一番近いドアを開けた。

　十二畳ほどの広々とした室内は、モノトーンの家具で統一されている。そんな中、美月の目を惹き付けたのは、とても大きいクイーンベッドだった。木製のブラウンベッドに白いシーツが敷かれ、ベッドと同色系の薄い羽毛布団が掛けられている。さらにふんわりとした大きな枕がいくつも置かれてあった。ベッドの他にはソファとローテーブルがあるのみで、あくまで休むためだけの部屋は、今の理人にとって理想的だ。

　美月は上着を脱ごうとする理人を助け、彼の指示でクローゼットからハンガーを取り出す。

「何かほしいものはありますか？　食べたいものがあれば作りますし、買ってきて……あっ！」

突然、理人が背後から抱きついてきた。そのせいで手の力が抜けてしまい、上着のかかったハンガーを足元へ落としてしまう。

「美月、ようやく君を捕まえられた」

理人の吐息で感じやすい首筋を撫でられただけで、美月の躯《からだ》の芯に火が点いた。その上、彼の体温を感じてしまい、下腹部の深奥《しんおう》が燻《くすぶ》り始める。

美月が小さな声を漏《も》らしたのを切っ掛けに、理人が顔を傾けて唇を求めてきた。彼の想いと吐息に身震いすると、美月の腹部に回された彼の手が上へ滑《すべ》り、乳房を包み込んだ。

理人が何を求めているのか悟った美月は、さっと顔を背けて彼を退《しりぞ》ける。

「ま、待って。今はまだ安静に――」

「うっ！」

その時、理人が苦しそうな呻《うめ》き声を漏《も》らした。美月は動揺して、すぐさま動きを止める。

さっき拒んだ際、理人の肩を押してしまったのだろうか。

「ごめんなさい！　わたし――」

美月がしなければならないのは、理人を労《いたわ》り、彼の手となって手伝うことだというのに……

「違うよ、美月」

「でも、痛いんでしょう!?」

おろおろする美月に、理人が決まり悪そうに苦笑する。

「うん、痛い……。でも美月が思っている部位とは違うけど」

「えっ？」

美月が問いかけると、理人は美月の手を握り、彼の引き締まった腹部に引き寄せる。そして何をするのかと狼狽《ろうばい》する美月を気にせず、硬い昂《たかぶ》りに導いた。

手のひらに脈打つものが伝わってくる感触に、美月はハッと息を呑む。

「あ、あの――」

「美月と愛し合いたい」

美月は目を見開いて口をぽかんと開けるが、不意に理人の昂《たかぶ》りに触れ続けている事実を思い出し、慌てて手を引き抜こうとする。でもそれを防ぐように、彼が押さえ付けた。さらに彼の形に添って手を動かし始める。

「理人さん、あ……ダメっ」

美月のかすれ声に合わせて、理人のものが一層硬くなる。

込み上げる生唾を呑み込めなくなるほど美月の心臓が高鳴り、喘《あえ》ぎ声が漏《も》れた。頬も熱くなっていく。

「こっちにきて」

理人の欲望にあてられて、美月の四肢は痺《しび》れたようになる。力が入らず、引っ張られるまま彼に続いた。

「あっ！」

理人はベッドに腰掛け、ふわふわな枕に凭《もた》れながら美月を導いた。美月は彼に体重をかけてしまわないよう傍に座るが、再び彼に引き寄せられる。

それだけでベッドルームの空気が甘くねっとりしたものへと一変した。息をするのも苦しくなるほど呼吸のリズムが乱れ、手が小刻みに震え始める。

しかし、理人のアームホルダーが目に入るや否《いな》や、医師の言葉が脳裏に浮かんだ。途端、美月にまとわりついていた濃厚なものが薄れていく。

「理人さん、わたしはもう逃げません。だけど今はやめましょう。理人さんの体調が――」

「やっと愛する人と想いを通じ合わせられたんだ。その幸せを先延ばしになんかできない」

理人の思いはとてもよくわかる。美月だって、彼の愛を拒まず素直に受け入れたい。でも今は絶対にダメだ。理人は自分の躯《からだ》がいつもと違うのを知るべきだ。

「退院したばかりなんですよ。それに、昨日の今日なんですから安静に――」

「今、君がほしいんだ。わかる？　美月と一つに結ばれたくて、こんなにも硬くなってる」

理人の大きくて硬い感触に頬が熱くなるが、美月はそれでもダメだと頭を振った。

「理人さんは肩が痛くて動けないでしょう？　それに、いつ脳震盪《のうしんとう》の症状が出てもおかしくはないんですよ。もし気分が悪くなったら……。だから、もうしばらく様子を見ましょう」

これで理人に通じると思った。でも美月の予想に反して、彼は何故か頬を緩める。そして、美月に熱い視線を送ってきた。

「俺のことをそんなに心配してくれてるんだね。でも本当に大丈夫なんだ――」

そう切り出した理人は、美月を庇《かば》って階段から転落した時の経緯を話し出した。

反動を利用して美月を助けたが、あのまま一気に階下へ落ちることはなかったという。階段の中央あたりで手すりを掴んで事なきを得た。ただ、全体重が肩に乗ってしまったせいで脱臼《だっきゅう》したらしい。その激痛に耐えきれなくて手の力を抜き、一階に肩から落下してしまったと告白した。

「脳震盪《のうしんとう》の症状が出ていないのは、そもそも頭を打っていないから。だから、俺の躯《からだ》はどこも悪くないんだよ」

理人の話を聞いて、美月は躯《からだ》の力が抜けるほどホッとした。とはいえ、肩を脱臼《だっきゅう》したのは確かなので、激しい運動は避けた方がいい。

「それなら一層、安静にした方が――」

「うん、わかってる。だから……美月がリードして、どれほど俺を愛しているのか示して」

「えっ？」

美月がリードして、どれほど理人を愛しているのかを示す？　つまり、理人の手を借りずに美月が愛をぶつけるという意味だろうか。でも、いったいどうやって……

呆然とする美月を見ながら、理人はさらに雄茎を押し付けた。それはむくむくと大きくなり、熱を持ち、力強く脈打つ。

理人の反応を意識すればするほど、美月の鼓動は早鐘を打ち、口腔《こうこう》がカラカラになるほど体温が上昇していく。

こういう体験をしたことがないため、どう抗《あらが》えばいいのかわからない。

そんな美月を、理人がさらに崩しにかかってきた。いつの間にかズボンのボタンを外していた彼は、美月の手をボクサーパンツの中へ導く。美月の指に彼の茂《しげ》みが触れた思った刹那《せつな》、肌触りのいい硬く漲《みなぎ》った彼自身を握らされた。

「……っぁ」

「美月から俺を求めてくれないか？　美月の愛を感じたい」

理人の頼みを聞いてはいけないとわかっているのに、その蕩《とろ》けるような誘惑に躯《からだ》が震えた。

しかも、理人の辛い状態がひしひしと伝わってくる。ここまで張り詰めていたら、ちょっとやそっとでは収まらないだろう。

どうしたら理人さんを助けられる？　――そう思ったが最後、答えはもう一つしか出てこない。

こんな風にさせたのは美月であり、また理人を助けられるのも美月だけなんだと……

美月は息を詰まらせつつも、愛情を込めて見つめてくる理人と目を合わせた。

「わたし、理人さんに痛い思いをさせたくない。でもわたしが……辛い思いをさせているんですね」

「俺をこんな風に興奮させられるのは美月だけ。それを治められるのも、君だけだよ」

理人の切羽詰《せっぱつ》まったような口振りに、美月は小さく頷いた。

「わかりました……」

美月はそう言うと、理人自身を優しく握って擦り始めた。拙《つたな》い愛撫《あいぶ》にどれほど感じてくれるか見当もつかないが、愛情を込めたらきっと満ち足りた幸せに浸《ひた》ってくれるだろう。

ぎこちない手つきながらも自《みずか》ら動き出すと、理人は美月の手首を掴んでいた手を離し、自分のズボンとボクサーパンツをほんの少しだけ下げる。途端、彼の見事な男剣が目に飛び込んできた。間近で見て、美月の心臓が痛いほどドキドキしていく。

艶《つや》やかに勃《た》ち上がる赤黒いシンボル。充血してぷっくりとしたところからは粘液が滲《にじ》み出て、すぐにでも精を迸《ほとばし》らせるのではないかと思うぐらいだ。

それを見ているだけで美月の肌は粟立ち、下腹部奥には熱が集中し始める。

美月は浅い呼吸をしつつ、理人の先端の窪《くぼ》みを指の腹で弄《いじ》る。すると淫液が絡まり、スライドさせる行為を助けてくれた。

刺激を与える速さが増していくにつれ、理人が切なげな呻《うめ》き声を漏《も》らす。シャツからちらりと覗く鍛《きた》えられた腹筋が、乱れた呼吸音に合わせて波打っていた。

理人が悶《もだ》えてくれるのが嬉しくてそっと仰ぐと、美月を一心に見つめる彼と目が合う。

「美月、口でして……」

突然のことに、美月の手が止まる。

えっ？　今、なんて……？

言葉を失っていると、理人が美月の横髪を指で梳《す》き、感じやすい耳殻《じかく》をたどって側頭部を手で包み込んだ。そして股間の方へ引き寄せる。

美月の息がそこをなぶると、手の中の硬茎が生き物のようにしなった。

躯《からだ》は嘘を吐かない。理人は確かに美月を欲しているのだ！

美月は理人を愛するあまり、なんでもしてあげたい気分になった。とうとう淫液が滲《にじ》むそこに口づけ、さらに口を開いて彼のものを頬張る。

「……っん、……ふぁ……っんぅ」

鼻から抜ける自身の息遣いがとてもいやらしいが、羞恥《しゅうち》は覚えなかった。理人を気持ちよくさせたいという思いがあるのも事実だが、それ以上に彼が言葉にならない心情を伝えてくれているからかもしれない。

これはお互いを信頼しているから行《おこな》える行為だよ、と……

理人は美月の髪が顔にかからないように手で押さえ、小指をかすかに動かして首筋を撫でてくる。美月は彼の愛に胸を震わせて、猛《たけ》るものを舌で舐め上げた。

「美月、そこ……もっと。口を窄《すぼ》めて吸って」

愉悦に浸《ひた》る理人が指示を出す。言われるままに彼が望む行為に徹した。

唾液を絡めて愛撫《あいぶ》すると、その音に合わせて彼の呼吸の間隔が狭《せば》まっていく。苦しそうにしながらも、理人は何度も美月の名前を呼んだ。

理人が絶頂に向かって駆け上がっているのが伝わってきた。芯を持ったそれは一段と硬くなり、最初に握った時よりも角度が増している。

理人を感じさせているのは美月だと思うと、女性としての誇りが湧き上がってきた。それだけではない。胸の奥にある彼への想いが燃え上がり、その熱は四肢にまで広がっていく。

「は……ぅ、んぅ……っん、っん……ぁ」

次第に理人の熱情が美月にも伝染してきた。彼に触れられているのは、側頭部とかすかに指でくすぐってくる首筋のみ。なのに、彼に全身を弄《いじ》られているかのように躯《からだ》が反応する。

淫猥《いんわい》な音が聞こえるたびに、美月の秘所が充血して疼《うず》き始めた。

堪《たま》らず美月は両腿に力を入れて擦《こす》り合わせるが、そこはなんと既に愛液で濡《ぬ》れていた。ぬるっとした感触を意識した途端、理人と愛し合いたいとばかりに、さらに愛蜜があふれてくる。

まさかこんな風に理人がほしくなるなんて……

「ン……っ、んふ……ぅ、は……ぁ、……あっ！」

驚きながらも、もっと理人を悦《よろこ》ばせたいと思った時、いきなり退《しりぞ》けられた。美月の唾液で光るそこは、思っていたとおり角度を増している。その上、すぐにでも達せるのではないかと思うほど、切っ先の窪《くぼ》みが戦慄《わなな》いていた。

これでは先ほどよりもきついはずなのに、どうしてここで拒むのだろうか。

「理人さん？」

「美月、ベッドに膝を乗せて……こっちとこっちに手を突いて」

「こう、ですか？」

理人の躯《からだ》を挟むように手を置き、ベッドに片膝だけ突いて体重を乗せる。すると、彼がスカートの中に手を忍ばせてきた。

「きゃあ！　り、理人さ……っぁ！」

理人は上腿《じょうたい》の裏を撫でパンティの上から双丘を触り、秘められた部分に指を走らせた。淫液で濡《ぬ》れたそこに小刻みな振動を送られる。

「あ……っ、ダメ……、イヤ……力が抜けちゃう」

我慢できずに本音を口にしてしまうほど、甘美な潮流に腰砕けになりそうだった。だが理人は制止の声も聞かず、愛戯を続ける。執拗《しつよう》に花弁に沿って指を動かし、滴《したた》る愛液を絡ませながらスピードを上げていった。

それだけではない。理人はパンティの中にも手を忍ばせる。淫唇を左右に押し開き、彼を求めて潤《うる》む蜜蕾に指を挿入した。

「……っ、んぁ……、嘘……」

理人は蜜孔の奥を抉《えぐ》るような動きをしては、敏感で柔らかな壁を擦《こす》り上げた。腰が引けそうになるほどの鋭い快感に襲われ、美月は唇を引き結んで喘《あえ》ぎを殺そうとする。でも、押し寄せる波には抗《あらが》えない。理人のリズムに合わせて、自然と腰が動いてしまった。

「ンッ……あぁ……」

美月は快《こころよ》い奔流《ほんりゅう》に上体をしならせて、軽い絶頂に達した。ただ、これが終わりではないと知っているせいか、先を望んで身悶《みもだ》える。

甘い吐息を零《こぼ》して顔を上げると、魅了されたように美月を見つめる理人と目が合った。

理人の双眸《そうぼう》には、これではまだ足りないと言いたげな欲望の色が浮かんでいる。

「美月のここに、俺のを挿《い》れていい？」

「理人さんは激しい運動をしたらダメ――」

「大丈夫、美月が動いてくれるなら問題ない。言っただろう？　美月が俺を愛してくれると」

「で、でも！」

反論する美月の気持ちを変えようと、理人は充血した花芯に触れて刺激を送ってきた。快《こころよ》い疼痛《とうつう》が、尾てい骨から脳天へと駆け抜けていく。

「や……ぁ、っ……んぅ」

「美月も俺がほしいから、ここがこんな風になってる。俺だって美月と一つになりたくて、もう限界に近いんだ。わかるよね？」

理人のためを思うなら断固として止めるべきだ。でも今の美月は、彼の懇願《こんがん》を退《しりぞ》けられるほど心が強くなかった。彼が望むまま、全てを捧げたい気持ちでいっぱいだったのだ。

美月はこれ以上反論せず、愛を込めて小さくこくりと頷く。

「ああ、美月！」

目を輝かせた理人が、美月のパンティを大腿《だいたい》の下まで引き下ろした。

視界に入る蜜液の量と粘《ねば》りに、美月の頬が上気する。ほんの僅《わず》かに動くだけでぬるっとして、躯《からだ》が再び燃え上がった。

自《みずか》らパンティを脱いでそっと顔を上げると、理人がちょうどベッドサイドの引き出しを開けてコンドームを取ったところだった。彼は歯で封を裂き、はち切れんばかりの自身にそっと沿わせる。

「美月、手伝って」

美月は片手でやりにくそうにしていた理人の願いを叶える。コンドームを装着するなんて初めてのことでまごつくが、彼の助けを借りてしっかりと根元まで引き下ろした。

それは天を突くほどそそり勃《た》ち、美月が力を入れても決して頭を垂れない。美月が早くほしいと示している。

理人の想いを感じながら生唾をごくりと呑み込んだ時、彼の両脚を跨《また》がるように促《うなが》された。

「俺のを手で支えて、ゆっくりと腰を落として」

膝立ちをした美月は、ベッドの上部を掴んで躯《からだ》を支える。そして熱茎に手を添え、ぱっくり割れた柔襞に先端を触れ合わせた。その感触に、甘やかな電流が背筋を走り抜けていく。

「あぁぁ……」

腰の力が抜けていくにつれて、膨らんだ頭頂部が花蕾《からい》を押し広げて入ってくる。じわじわと迫りくる疼《うず》きに美月が躯《からだ》を震わせた時、ぬちゅぬちゅっと音を立てて太いものに穿《うが》たれた。

「は……ぁ、あ……っ」

埋《う》められた硬杭の脈動が妙にくすぐったくて、気持ちよくて、甘い吐息を何度も零《こぼ》してしまう。

そうして目の眩《くら》むほどの快感に浸《ひた》っていると、理人が美月のブラウスのボタンを片手で外していった。そして肩口を舐めるようにブラウスとブラジャーの紐を肘まで滑《すべ》り落とす。

感じやすい肌に空気が触れて身震いすると、ブラジャーから零《こぼ》れそうな乳房が揺れた。それを見ていた理人はカップの縁《ふち》に指を引っ掛けて下へずらしていく。

「ン……ぁ」

冷気に触れた乳首がじんじんとして、美月は艶《つや》っぽい声で喘《あえ》ぐ。

途端、欲望で煙《けぶ》る理人の目が輝いた。彼を興奮させていると思うと、美月の躯《からだ》は悦《よろこ》びで熱くなり、彼を包み込む媚襞が激しく戦慄《わなな》く。

「とても綺麗だ！　とても……ああ、美月」

理人の感情的な声音から、早く一緒に絶頂を得たいという思いが伝わってくる。それは美月も同じだった。

しかし、やはり気を付けるべきは、理人の脱臼《だっきゅう》した肩だ。

「お願いです、ちょっとでも痛みが走ったら言ってくださいね」

「約束するよ。さあ、俺を愛して……美月の愛を感じたい」

理人の悩ましい懇願《こんがん》に、美月は胸をドキドキさせて静かに躯《からだ》を上下に揺らした。間近で見つめながら、彼のものを埋めては抜く行為を、焦《じ》らすように繰り返す。

理人に高揚感を与えるためにしているのに、何故か美月の方が快楽の渦《うず》へと引きずり込まれていった。

「ぁんっ、……っん、は……ぁ」

美月は律動の速さを上げていく。蜜に空気がまじり合う粘液音が響き渡り、情火の熱が広がり始めた。

「とても素敵だよ、もっと俺を締め上げて」

理人は情熱的に囁《ささや》くと、片腕を美月の腰に回して乳房に顔を埋《うず》めた。そして充血してぷっくりとした頂《いただき》を口腔《こうこう》に含み、温かな舌を激しく動かして、美味《おい》しそうに吸った。

「ひぅ……ん……、ぁん……っ、理人さん！」

美月は理人の頭を撫でて、乳房に吸い付く彼を真綿で包み込むように愛《いと》おしげに抱く。

「好き、好きです。理人さん」

「うん……」

美月の告白に照れながらも、理人は美月に熱っぽい眼差しを向ける。そして、滑《なめ》らかな動きで突き上げてきた。

ぬめりのある花蜜の助けを借りて、敏感な媚壁を擦《こす》り上げられる。

「だ、ダメ……！　理人さんが、動いたら……っんぁ！」

「美月に任せるつもりだった。でも、美月の顔を見ていたら、もう我慢できない……」

理人は腕に力を込めると、ベッドのスプリングを利用して美月の総身を揺すり始めた。

理性をかなぐり捨てた彼に、突き上げられる。それは美月が刻んでいたリズムとは違い、男らしい力強さがあった。

「いや……ぁ、んぅ、は……んぁ……っ！」

これまでと違った部分を擦《こす》り上げられ、甘くて身を焦《こ》がすような熱情が襲いかかってきた。

蜜壷が収縮し、理人の硬くて太い昂《たかぶ》りを締めつけてしまう。彼は呻《うめ》きながらも決してリズムを崩さない。それどころか、欲望の滲《にじ》む目をさらに輝かせてスピードを上げていった。

「あっ、あっ……っ、っん……ふぁ」

誘うような喘《あえ》ぎが止まらなくなると、蜜筒に収められた楔《くさび》はより一層硬く大きく漲《みなぎ》った。蜜孔が引き伸ばされて息を呑むが、それが気にならないほどの甘い激流に攫《さら》われる。

「みつ、き……、ああ、君が愛《いと》おしくて堪《たま》らない」

理人の告白に、美月の脳の奥が麻痺《まひ》していく。

全身に走る愉悦に身をゆだねると、彼の息遣い、自分の陶酔《とうすい》した声、そして淫靡《いんび》な音がおもむろに遠ざかる。代わって痛いほど早鐘を打つ拍動音が、耳の奥で大きく鳴り響き始めた。

もうダメ、体内で渦《うず》巻くこのうねりに耐えられない！

「理人さん……っ！　ン……ぁ、もう……イ、イク！」

蜜壁の収縮が速くなり、理人が美月の唇を塞いだ。そうしながら、一際強く深奥《しんおう》を突き上げる。

刹那《せつな》、蓄積していた熱だまりが膨張して一気に弾けた。

「んんんっぅ……！」

蜜壷を穿《うが》つ怒張をきつく締め上げて、美月は天高く飛翔した。瞼《まぶた》の裏に眩《まばゆ》い閃光が走るのと同時に、狂熱が渦《うず》となって脳天へと駆け抜けていく。

理人も美月を追ってすぐに絶頂に達し、深奥《しんおう》で精を勢いよく迸《ほとばし》らせた。

お互いに肩で息をしながら至近距離で微笑み合うと、再び理人が美月の唇を求めてきた。

唇を軽く触れ合わせ、舐めるように舌を絡める。美月はなんとか彼の動きについていったが、途中で息切れして呻《うめ》き声を上げてしまった。

「大丈夫？」

理人の気遣いに頷く。しかしそこで、本来は立場が逆なのを思い出す。

「理人さんは大丈夫ですか？　肩は？　気分が悪いとかありませんか？」

「ああ……」

問題ないと伝える理人の顔には、満ち足りた表情が浮かんでいる。美月はホッと胸を撫で下ろし、彼の上から退《ど》いた。

快感を得た直後の躯《からだ》は敏感なままだ。そのせいで理人自身が抜ける感覚に煽られるが、それを無視してベッドから下りようとする。でもそれを阻むように理人の腕が美月の肩に回され、そのまま彼の胸に引き寄せられた。

「まだ離れないで」

「でも、辛くないですか？」

脱臼《だっきゅう》した肩とは違うが、理人に思い切り体重をかけてしまっている。

理人を窺《うかが》うと、彼は幸せそうに目を細めていた。

「大丈夫だよ。今の俺は、これ以上の幸せはないと思うほど満ち足りている。ありがとう、美月」

「わたしの方こそ、ありがとうございます。酷い態度を取っていたのに、わたしをずっと愛し続けてくれて……。こんな幸せを得られるなんて思ってもみなかった」

あまりの幸福感に、美月の目に薄《うっす》ら涙が浮かんでいく。

「もし理人さんと再会していなければ、わたしは……今も避けていたと思います。理人さんに迷惑をかけないようにするためには、宗介さんの命令に従うしかないって。宮本所長から青山博建築事務所を紹介してもらって、本当に良かった」

「あっ……」

理人がばつが悪そうな声を上げる。彼は言いにくそうに顔を歪《ゆが》めたあと、美月の頭をぽんぽんと撫でた。

「そのことなんだけど――」

何故、美月が青山博建築事務所の紹介を受けるに至ったのか、理人が理由を話し始めた。

理人は仕事で倉崎兄妹と知り合い、美月と彼らが義兄妹だと知ったという。そこで美月のことを訊《き》くが、何故か宗介は美月の話をしたがらない。それどころか、巧みに愛菜を押し付けようとしてきたらしい。

それで愛菜を誘導したら、美月が宗介の怒りを買って留学したと暴露したのだとか。

それからは、美月の帰国が決まったら報告するように探偵に伝えていたらしい。

その事実に美月は唖然として、理人をまじまじと見つめる。

「わたしをずっと調べていたんですか⁉」

「いや、美月の身辺を探っていたわけじゃない。倉崎家の情報を得る過程で、美月の帰国日を掴んだら知らせてほしいと頼んでいたんだ。その時には美月が俺から離れていったのは、倉崎兄妹が関係しているんだと確信していたから……。ただ、確証はなかった」

理人の告白に言葉が出てこない。そんな美月に、彼は「ずっと言えなくて悪かった」と頭を下げる。

「だからこそ、美月には会わなければと思っていた。忘れられなかったのもあるし、そんな障害を気にせず、俺を信頼して心をゆだねてほしかったんだ」

そこで美月はハッとする。美月が何度理人を拒絶しても、彼は決して諦めなかった。普通なら怒って去っていってもおかしくないのにそうはせず、毎回美月の本音を引っ張り出そうとしていた。

理人は最初から知っていたのだ。美月が本気で彼を拒んでいなかったことを……

「でもそうするには、美月から俺のところへ来てもらわなければならない。それで、宮本所長に頼んだんだ。美月に青山博建築事務所の面接に来るように言ってほしいと。結局、連絡を入れる前に偶然会ったと言っていたけどね」

美月の脳裏に、数ヶ月前に宮本と出会った日のことが甦《よみがえ》ってきた。

確かにあの日の宮本はおかしなところがあった。とても急いでいて、すぐに面接に行くべきだと背中を押してきて……

正直、最初から理人の手のひらの上で転がされていたのかと思うと面白くないが、彼が動いてくれなかったら美月は彼と再会できなかったかもしれない。

そうすると、今のこの状況もなかったかも……

そう思うと急に不安に駆られて、美月は理人に躯《からだ》を寄せた。

「美月？」

「最後に一つだけ……。青山所長が辞めて理人さんが所長になったのには、理由があるんですか？」

「何？　美月を雇うために、俺が青山所長の地位を奪ったとでも？」

「いいえ！　そうではなくて――」

顔を上げて反論しようとしたところで、理人が美月のこめかみに唇を落として言葉を遮《さえぎ》った。

「実は、美月が留学した年には所長就任の話があったんだ。青山所長から引退の相談があってね。でも、当時はそれどころじゃなくて、ずっと保留にさせてもらっていた。話を受けることにしたのは美月が帰国すると知ってからだ。物事をより良い方向へ動かしたいのなら、まずは自分が動かないと、と思ってね」

まさしく理人の言うとおりだ。何かを望むなら、まずは自分から動くべきだろう。そうしないと、良い運気は流れてこない。

理人を誰にも渡したくない。愛し愛される関係を続けたいなら、彼と乗り越えなければ……

「美月が見張られていたことは、就職したあとすぐに気付いたよ」

美月は信じられないとばかりに目を見開いて、鋭く息を呑んだ。

「つまり、あの男性が誰を見張っていたのか、理人さんは既に知ってたんですね。それで彼をまくために、わたしをあっちこっちに振り回して横浜のホテルへ？　風邪で寝込んだ時も、既に義兄《あに》にバレたとわかっていたから、正直に対峙したんですか？」

「全て美月を守るためだ。かなり心を痛めているのがわかったから……。俺にできるのは、美月を愛していると示すことだけ。そして、それを受け入れてくれたら全力で戦い、守るつもりだった。何があっても美月を諦めないと誓ったから。美月、君のいる場所はここだから、俺の傍だから……。もう離れないでほしい」

いろいろなことで迷惑をかけたのに、理人は目を輝かせて美月への愛を伝える。美月は嬉しさのあまり彼の頬を手で包み込んだ。

「もう離れません。わたしのこの想いは、理人さんのものです。だから、絶対に零《こぼ》さないで。全部すくってわたしを受け止めてください」

理人の目線がついと美月の唇に落ちる。その誘う眼差しに、美月の背筋に快《こころよ》い疼《うず》きが走る。それを感じながら、ゆっくり背筋を伸ばして顎《あご》を上げていく。

「美月……」

理人の吐息が唇をなぶる。そのままどちらからともなく距離を縮め、惹かれ合うままにキスを交わした。彼が美月の唇を甘噛みし、柔らかい舌を口腔《こうこう》へ滑《すべ》り込ませる。それはお互いの唾液がまざり合い、あふれ出そうになるまで続けられた。

「っんぅ……、んふ……ぁ」

キスを交わしているだけで、下腹部の深奥《しんおう》に熱が集中し、そこが疼《うず》いて堪《たま》らなくなる。心をくすぐる軽やかな触れ合いに、歓喜と期待がさざ波のように押し寄せてきた。得《え》も言われぬ甘やかなものが躯《からだ》中に満ちていく。

もっと、もっと——という感情が湧き起こるとともに、美月の心の中で理人への想いが大きく膨らんだ。

理人は名残《なごり》惜しげに唇を離すと、美月の額《ひたい》に自《みずか》らの額《ひたい》を擦りつける。

「愛しているよ、美月」

「わたしも、愛してます……」

これからの未来は、誰かの命令に従ったり自分を偽《いつわ》ったりしない。愛する人への想いを大事にして、前を向いて進むのだ。

大切なのは諦める努力をすることではなく、後悔しない選択をすることだから……

理人の愛の言葉に打ち震えながら、美月はこれ以上の幸せはないというように顔をほころばせた。

書き下ろし番外編

Winter Love

立春を過ぎた週末。

理人に二泊三日の旅行に誘われて、美月は彼と一緒に長野県《ながのけん》にある戸隠《とがくし》スキー場に来ていた。

天気に恵まれたのもあり、白銀のゲレンデは太陽の眩《まばゆ》い陽射しを受けて輝いている。

美月は素晴らしい景色を眺めては、理人にスノーボードを教えてもらっていた。何度も転びはしたが上手く滑《すべ》れた時は爽快で、その度に笑い声を上げた。

とても楽しかったが、はしゃぎ過ぎたせいで昼過ぎには疲れてしまった。

初心者なのだから、それも仕方ないだろう。

少し休みたいな。そうしたら、理人さんも思う存分スノーボードを楽しめるし――と思うや否《いな》や、美月は隣にいる理人の腕を引っ張る。

「うん？　どうした？」

「このまま滑《すべ》り続けたら、夜には筋肉痛で動けなくなりそう」

「そうなったら俺が介抱してあげるけど?」

理人が目を輝かせて、意味深に片眉を上げる。

「もう!」

美月は照れ笑いをしながら理人の腕を軽く叩いた。

「わたしはここで休憩してるので、理人さんは滑《すべ》ってきてください」

「いや、休憩するなら一緒にしよう。カフェに行ってコーヒーでも飲む?」

「ううん、お茶はもう少しあとでいいかな。まだ喉も渇いてないし」

「だが——」

理人が拒もうとするのを察した美月は、サングラスをニットキャップの上に載せて彼を仰ぎ見た。

「理人さんが格好よく滑《すべ》る姿を、ここでゆっくり眺めたいんです。いいでしょう?」

甘えるように言うと、理人が考えるように息を吐いて小さく頷いた。

「わかった。じゃ、二、三本滑《すべ》ったら戻ってくる。いい子で待ってて」

「楽しんできてくださいね」

美月は笑顔で理人を送り出し、彼がリフト乗り場の列に並ぶのを見つめる。彼がそれに乗るのを見届けてからボードを脱いだ。

「明日はもっと滑《すべ》れるようになるかな」

ふふっと笑いながらボードを立たせると、そこに凭《もた》れかかった。そして今か今かと思いながら、理人が滑降してくるのを待つ。

しかし、なかなか理人の姿を目に捉えることができなかった。

上級者コースで何本か滑《すべ》ったあと、そこから一気にここまで滑《すべ》り下りてくるのかもしれない。そうなると、きっと十数分はかかるだろう。

だからといってこの場を離れる気もなく、美月は山肌を滑降する他のスノーボーダーたちを眺めていた。

しばらく経った頃、見覚えのある茶系のツートンカラーが視界に入った。

「あれ、理人さんのウェアだよね？」

美月はさらに目を凝らす。

最初は米粒ぐらいだったが、今では親指の爪ほどの大きさになり、迷彩柄も見て取れるようになった。

前を滑《すべ》るスノーボーダーを追い抜くそのスピードは、まさにプロ並みだ。見事な滑《すべ》りに、美月の口元が自然とほころんでいく。

理人は低体温症の処置について知識があった。あの出来事でウィンタースポーツが好きなんだなとは思っていたが、まさかこんなにも上手いなんて……

美月は理人に魅了されていたが、それは自分だけではない。どうやら斜め前にいる二十代ぐらいの女性グループもそうだった。

女性たちはストックに体重をかけながらスキー板を交互に動かすものの、そこから動く気配はない。

「めっちゃ格好いいんだけど、プロ？」

「あっ、今跳んだ！　素敵！」

理人が褒められると、美月はなんだか自分のことのように嬉しくなってきた。

「恋人と一緒なのかな？　一人で滑《すべ》ってるけど……」

「どうなんだろう？」

そう言って、女性が周囲をきょろきょろし始める。

後ろを振り向いた瞬間、美月は咄嗟《とっさ》に〝わたしが恋人です〟とにっこりするが、彼女はすぐに友人に顔を向けた。

「いないみたい。彼は一人よ。……もしくは男友達と一緒かも！」

「それあり得る！　あんなに格好いい人なら友人もイケてるかも。ねえ、こっちまで来たらボードを教えてほしいって頼んでみない？　スキーも飽きてきたし」

「それいい！　じゃあ、ここで待っててよ」

女性たちの会話に、美月は自然と眉をひそめた。

理人が認められるのはとても嬉しい。でも彼に近づこうとする話を聞けば、心穏やかでいられるわけがない。

せっかく理人の素晴らしい滑《すべ》りを楽しんで見ていたのに、ちらちらと女性たちに意識が向くのを止められなくなる。

美月は女性たちを見ては、何度もため息を吐《つ》いた。

「どうしたんですか？　もしかして気分が悪い？」

不意に話しかけられて、慌ててそちらに顔を向ける。理人と同年代ぐらいの男性が、美月を気遣うような目で見つめていた。

他人にもバレるぐらい顔を歪《ゆが》めていたのだろう。

美月は恥ずかしさを覚えながら咳払いし、心配してくれた男性に軽く会釈《えしゃく》した。

「だ、大丈夫です」

「本当に？　……どうぞ遠慮せずにおっしゃってください。僕はここのスタッフで――」

男性が首に掛けたネームプレートを示す。そこには〝パトロール員〟と書かれていた。だから美月の様子が気になって声をかけてくれたのだ。

「ありがとうございます。でも、体調が悪いというわけではありませんので」

美月は軽く微笑み、大丈夫だと伝える。そこでようやく男性はホッとしたかのように頬を緩めた。

「良かった。慣れない山で体調を崩される方も多いので、一瞬そうなのかなと思って……。では、どうぞ気を付けてくださいね」

「はい」

美月がそう言った時だった。

「キャー！」

突然女性の黄色い嬌声《きょうせい》が響き渡った。

驚いた美月は、声がした方向へさっと顔を向ける。ちょうどボードに乗った男性がこちらに近寄ってくるところだった。

片脚で地面を蹴る男性のウェアを見て、理人だとわかった。

「どうした!?」

理人が美月の傍で立ち止まるなりサングラスを外し、男性スタッフに向き直る。

「何かありました？」

「えっと、お二人は――」

男性スタッフは美月と理人を交互に見て、最終的に美月に問いかける。

「あっ、わたしの友人です」

「友人？　そうなのか？」

理人がすかさず目を眇《すが》めて、美月に問いかける。

どうも男友達だと説明したのが不愉快みたいだ。

関係のない人に、わざわざ恋人同士だと伝えなくてもいいのに……

美月は苦笑して男性スタッフに意識を戻す。

その際、先ほど理人に興味を示した女性たちが、こちらを盗み見する姿が目に入った。

理人がフリーだと思われたくない。彼女たちに攻め入る隙を与えたくない！

美月は、ほんの少し理人に寄り添った。

「わたしの彼氏なので、何かあったら彼に相談します」

直後、女性たちが「やっぱり一人じゃなかったんだ。残念。行こう」と言ってリフト乗り場へ進み始めた。

良かった。理人さんに色目を使われなくて――そんな風に思いながらホッと胸を撫で下ろす美月に、男性スタッフがにっこりする。

「では、彼氏さんに任せるのが一番ですね。何かありましたら、遠慮せずスタッフにお声がけください」

男性スタッフは軽く頭を下げたのち歩き去った。

二人きりになった途端、理人が美月の顔を覗き込んできた。

「それで何があった？　俺が滑《すべ》り下りてくるのを見ずに、楽しそうにしてたけど」

何やら拗《す》ねたような声音に、美月は目をぱちくりさせる。

お互いに相手への想いはわかっているのに……

じっと見つめていると、理人が決まり悪げにため息を吐《つ》いた。

「美月の気持ちは疑ってないよ。だけど、男が好意的な目で美月を見ていたら心がざわついてしまう」

そこで美月は、自分も理人と同じように心配した件を思い出した。

二人とも相手を想うからこそ焦ったのだ。

お互いに似てるなと思った途端、美月の唇がふっとほころぶ。

「笑ったな？」

「えっ？　ち、違っ……っんぅ！」

慌てて否定しようとした美月に、理人が覆《おお》いかぶさるようにして唇を塞いだ。

ひんやりした感触にドキッとなるものの、美月はすぐにキスを受け入れる。

理人に味わわれるたびに唇は蕩《とろ》け、熱くなる。それは躯《からだ》にも伝染していった。

「……っぁ」

美月は身を震わせて理人に縋《すが》りつくが、グローブを填《は》めているのでウェアを掴めない。

足元がおぼつかなくなって体勢を崩してしまいそうになる。

すると理人が、美月の腰に腕を回して支えてくれた。

「笑った罰だ」

理人が軽く顎《あご》を引き、美月の鼻に冷たい鼻を擦り付ける。

「ち、違うの！　理人さんを笑ったんじゃなくて……わたしも同じだなって」

「同じって？」

美月はリフト乗り場へ向かう女性たちを見つめた。

「あそこにいる三人組の女性がいるでしょう？　見覚えある？」

「いや」

理人が即答する。それは、美月以外の女性には興味すらないという証拠だ。

あれだけ秋波《しゅうは》を送られていたのに目もくれなかったなんて……

その事実が嬉しくなり、美月はさらに彼に寄り添った。

「あの女性たちが、理人さんの滑《すべ》りに見惚《みと》れてたの。一人なら声をかけて、スノーボードを教えてもらおうって。それで複雑な気分になって」

「複雑？」

「女性たちが理人さんに興味を持ったって話を聞いていたら嫌な気持ちになって……。それで眉をひそめたら、わたしの気分が悪いんじゃないかと心配したゲレンデのスタッフが声をかけてくれたの」

「なるほど。それで彼が美月に声をかけたのか。それを見た俺は焦った。……美月と同じように」

美月は微笑みながら頷く。

「わたしもそれに気付いて、さっき笑っちゃったの。不思議ね。お互いの気持ちは一つなのに……。もっと心に余裕を持ちたいな」

「無理だな。美月のことになると、俺はいつもの自分でいられない」

理人の強い想いに、美月は頬を緩める。すると彼は面白おかしく片眉を上げた。

「この嫉妬《しっと》を癒《い》やしてほしいな」

「癒《い》やすって？」

理人は美月と頬を触れ合わせるように耳元に口を寄せる。

「コテージに戻らないか？　美月の凝り固まった筋肉を、俺の手でほぐしてあげる。露天風呂で。……どう？」

何かを約束するように甘い声で囁《ささや》き、ちゅくっと音を立てて耳に口づけた。

それだけで躯《からだ》の芯がジーンと痺《しび》れて熱くなっていく。

美月はかすかに唇を開いて息を零《こぼ》した。

「帰る？」

「……うん」

理人の問いに静かに返事をすると、彼はすぐさま屈《かが》んでボードを外した。そして美月のものと一緒に抱える。

「行こう」

美月は理人の腕に手を置き、彼と一緒に駐車場へと歩いていった。


――一時間後。

コテージに備えられた露天風呂。そこから眺められる景色は雪原と山々のみで、誰かに覗かれる心配はない。

それもあって、理人はコテージに到着するなり美月を抱き上げて露天風呂へ向かった。躯《からだ》を温めるためではなく、そこで愛し合うためだ。

理人の膝の上に跨《また》がらされた美月は彼と向かい合い、求められるがままキスを、抱擁を、そして愛撫《あいぶ》を受け入れて嬌声《きょうせい》を上げた。

美月の喘《あえ》ぎ声は反響し、水面に落ちる水音と協奏し合う。

「ダメ……、もう……っんぁ」

「もう少し耐えられるだろう?」

美月は理人の肩に載せる手を震わせながら、何度も頭を振る。

理人の長い指で蜜壷を掻《か》き回されて、もうどうにかなりそうだった。息も絶え絶えになる。

軽い絶頂に達しようとするたびに寸止めされ、再び押し上げられるという行為を長く続けられたら当然だ。

なのに理人は容赦ない。

美月が息を呑むと、腰に回された理人の腕に力が込められた。そのまま軽く持ち上げられる。彼は目の前で揺れる乳房に顔を寄せ、遠慮なく硬くなった乳首を唇で挟んだ。

「ンっ！　……ぁ、やあ……そこ、はぁ……んくっ」

「もっと感じてくれ」

理人の柔らかくて生温かい舌で弄《いじ》られて、甘美な刺激がより一層強くなる。泣き声に似た喘《あえ》ぎが止まらない。

何度も声をひそめようと試みるが、意思の力ではどうにもならなかった。

「お願い、お願い……っ！」

「イきたい？」

美月は涙目で小刻みに首を縦に振る。

「イかせて……」

美月が懇願《こんがん》すると、理人が微妙に指を曲げて蜜壁をぐるりと撫でるような愛戯をした。

「ぁん！」

鋭い快感に上体がビクッと跳ね上がった。直後冷気に晒《さら》されて、疼《うず》きとは別のもので躯《からだ》が震える。

刹那《せつな》、充血してぷっくりした花芽を擦り上げられた。

「んんんっ！」

強烈な電流が脳天へと突き抜けていく。理人の肩をぎゅっと掴んで背を弓なりに反らせると、美月は身を蕩《とろ》けさせる心地よさに浸った。

「あ……っ、あぁ……」

強張った四肢が弛緩《しかん》し、美月は崩れるようにして理人に凭《もた》れかかった。

「気持ち良かった？」

「うん、とても……」

満ち足りた息を零《こぼ》しながら本音を伝える。すると理人が嬉しそうに笑った。

「これで終わりじゃないから。次はもっとあんあん啼《な》かせたいな」

誘惑を滲《にじ》ませた声音で囁《ささや》かれて、美月はうっとりしながらさらに体重をかけた。

「それは理人さんの腕にかかって――」

「言ったな！」

理人が美月の腰をぎゅっと抱きしめる。そして、意味ありげに指の先端で背筋をツーと撫でていった。

体内で鎮まりつつある疼《うず》きが、再び理人の手で焚《た》き付けられる。

「んっ……ぁ！」

美月が声を詰まらせると、理人が美月の双丘に手を滑《すべ》らせた。彼の愛戯で柔らかくなった蜜口をさわさわと擦ってくる。

再び忍び寄る心地いい刺激に、美月は息を呑んだ。

「これから証明してあげる」

耳元で囁《ささや》かれて、美月は口元をほころばせた。

理人の愛は変わらない。いや、以前より深くなっている。それは美月も同じだった。初めて愛し合った時よりも、彼が愛おしくて堪《たま》らない。

これからもこの気持ちは変わらないだろう。

美月は至近距離で理人と見つめ合い、彼の双眸《そうぼう》に宿る愛の光に胸を高鳴らせた。

「好き、好き……」

自《みずか》らキスしては愛を囁《ささや》くと、理人が顔を傾けて深い交わりを求めてきた。

コテージで過ごす間、美月は理人に寄り添って楽しい一時を過ごしたのだった。

恋愛小説「エタニティブックス」の人気作を漫画化！

EC Eternity COMICS

片恋、スウィートギミック

漫画 小立野みかん
Mikan Kotatsuno

原作 綾瀬麻結
Mayu Ayase

鳴《なる》海《み》優《ゆ》花《か》には、学生時代ずっと好きだった男性がいた。その彼、小鳥遊《たかなし》に大学の卒業式で告白しようと決めていたが、実は彼には他に好きな人が……。失恋しても彼が心から消えないまま時は過ぎ二十九歳になった優花の前に、突然小鳥遊が！　再会した彼に迫られ、優花は小鳥遊と大人の関係を結ぶことを決め——

B6判　定価：704円（10%税込）　ISBN 978-4-434-27513-5

本書は、2018 年 11 月当社より単行本として刊行されたものに、書き下ろしを加えて文庫化したものです。


この作品に対する皆様のご意見・ご感想をお待ちしております。

おハガキ・お手紙は以下の宛先にお送りください。

【宛先】

〒 150-6008 東京都渋谷区恵比寿 4-20-3 恵比寿ｶﾞｰﾃﾞﾝﾌﾟﾚｲｽﾀﾜｰ 8F
（株）アルファポリス　書籍感想係

メールフォームでのご意見・ご感想は右のＱＲコードから、
あるいは以下のワードで検索をかけてください。

アルファポリス　書籍の感想　検索

ご感想はこちらから

エタニティ文庫

もう君《きみ》を逃《のが》さない。

綾瀬麻結《あやせまゆ》

2022年3月15日初版発行

文庫編集－熊澤菜々子
編集長　－倉持真理
発行者　－梶本雄介
発行所　－株式会社アルファポリス
〒150-6008 東京都渋谷区恵比寿4-20-3 恵比寿ｶﾞｰﾃﾞﾝﾌﾟﾚｲｽﾀﾜｰ8F
TEL 03-6277-1601（営業）　03-6277-1602（編集）
URL https://www.alphapolis.co.jp/
発売元－株式会社星雲社（共同出版社・流通責任出版社）
〒112-0005 東京都文京区水道1-3-30
TEL 03-3868-3275
装丁イラスト－さばるどろ
装丁デザイン－ansyyqdesign
印刷－中央精版印刷株式会社

価格はカバーに表示されてあります。

落丁乱丁の場合はアルファポリスまでご連絡ください。

送料は小社負担でお取り替えします。


ISBN978-4-434-30053-0 C0193